KB129611

암환자가 뭐 어때서

암환자가 뭐 어때서

초 판 1쇄 2021년 12월 30일
초 판 2쇄 2023년 03월 15일

지은이 김완태
펴낸이 류종렬

펴낸곳 미다스북스
총괄실장 명상완
책임편집 이다경
책임진행 김가영, 신은서, 임종익, 박유진

등록 2001년 3월 21일 제2001-000040호
주소 서울시 마포구 양화로 133 서교타워 711호
전화 02) 322-7802~3
팩스 02) 6007-1845
블로그 http://blog.naver.com/midasbooks
전자주소 midasbooks@hanmail.net
페이스북 https://www.facebook.com/midasbooks425
인스타그램 https://www.instagram.com/midasbooks

© 김완태, 미다스북스 2021, *Printed in Korea*.

ISBN 978-89-6637-217-1 03810

값 15,000원

※ 파본은 본사나 구입하신 서점에서 교환해드립니다.
※ 이 책에 실린 모든 콘텐츠는 미다스북스가 저작권자와의 계약에 따라 발행한 것이므로 인용하시거나 참고하실 경우 반드시 본사의 허락을 받으셔야 합니다.

미다스북스는 다음세대에게 필요한 지혜와 교양을 생각합니다.

암환자가 뭐 어때서

김완태 지음

미다스북스

추천사

*

도전과 열정으로 행복을 꽃피우는 김완태 동생의 〈암환자가 뭐 어때서〉 저서 출간을 진심으로 축하드립니다.

강한 대한민국을 꿈꾸는 국회의원 강민국입니다.

언제나 밝은 모습과 긍정적인 사고방식으로 여러 분야에서 최선을 다하고 있는 김완태 동생의 책 출간을 진심으로 축하드리며, 김완태 동생의 소중한 추억과 현재가 담겨 있고 그동안의 고난과 역경을 딛고 지금의 청년 '김완태'의 모습이 깊이 고스란히 녹아 있는 소중한 저서에 인사말을 남길 수 있게 되어 큰 영광을 표합니다.

아름답게 살아가며 아름다운 꿈을 실현해 나가는 소중한 동생의 『암환자가 뭐 어때서』에는 본인과 가족에게 닥친 여러 현실적 역경을 딛고 극복해내는 도전정신의 스토리를 담고 있습니다.

또한 행복한 삶을 찾기 위해 노력해 나가는 김완태 동생의 간절한 바람들이 깊이 내포되어 있어 더욱 잔잔히 가슴에 와닿았습니다.

이제 작가로서 또 하나의 도전을 시작한 김완태 동생이 앞으로도 수많은 재능을 맘껏 펼치기를 응원합니다. 그리고, 첫 발간을 진심으로 축하

합니다.

어려움 속에서 희망을 잃지 않고 열심히 살아온 김완태!

날개를 활짝 펴고 훨훨~ 날아 더 큰 꿈을 이루시기 바랍니다.

"혼자 꾸는 꿈은 꿈에 불과하지만 함께 꾸는 꿈은 현실이 됩니다."

감사합니다.

– 국회의원 강민국

*

인생은 누구나 생로병사(生老病死)의 과정을 경험하게 된다. 단지 사람마다 찾아오는 시기와 경험하는 시간의 차이가 있을 뿐이지 누구나 삶의 여정(旅程)에서 겪는 수많은 병마와의 투쟁과 극복 그리고 회복과 치유, 혹은 죽음에 대해 개인이 어떻게 대처하고 노력하느냐에 따라 삶으로부터 얻는 가치, 의미, 만족의 정도인 삶의 질은 극적으로 달라진다.

이런 사례를 보여준 저자 김완태 씨는 추천인 누님의 아들로 조카요, 따라서 부친은 자형이 되고, 그의 아내인 박현주 씨는 조카며느리였다.

저자가 가장 먼저 고환암이라는 진단 결과를 통보를 받는 순간 한 집안과 가족들에게는 수난(受難)의 예고요, 병마와의 사투(死鬪)가 예견(豫

見)되는 일이었다. 그런 처지에도 저자는 절망과 좌절을 할 겨를도 없이 염려와 불안한 마음을 다스리고, 바로 암 수술을 받았다. 교제 중이었던 착한 조카며느리는 결혼을 포기하지 않고, 가정을 이루어 암 위기를 극복하고자 헌신적으로 노력을 해주었고, 덕분에 그들은 첫째 아들을 얻을 수 있었다.

그러나 결혼으로 찾은 행복은 순탄치 않았다. 연이어 부친 김경홍 씨가 폐암 말기 진단을 받게 되었고, 그것도 모자라 조카며느리인 저자의 아내가 두 번째 딸을 출산하기 직전에 설사가 이어졌고, 병원 정밀검사는 충격적이었다. 도저히 수술할 수 없을 정도의 암세포가 포도송이처럼 대장을 뒤덮은 대장암 4기에서 말기 진단을 받게 된 것이었다.

한 가정에 거대한 쓰나미처럼 밀려온 암(癌)이라는 병마는 암환자로서는 감당하기 어려운 인생의 절체절명(絕體絕命)의 위기(危機)를 마주한 것이었다.

사랑하는 가족이나 혈육이 질병에 노출되어 고통 속에 빠지게 되면 '자신의 삶을 돌아보아 교훈으로 삼거나 힘든 극복의 과정에 함께 참여함으로 혈육의 소중함을 재발견하게 해주기도 한다.'는 것을 실감한 기간이 되었고 추천인 역시 '암의 고통에 노출된 조카와 그 가족을 어떻게 해서든지 좋은 치료(治療)를 받아서 회복시키고, 질병을 이겨내게 하여 건강한 삶으로 살아가도록 도움을 주어야 한다.'는 '혈육에 대한 의무감(義務感)과 연대감(連帶感)과 사명감(使命感)' 그리고 목회자로서의 긍휼이 가슴에 사무치도록 각인(刻印)되자 먼저 하나님께 한 가족 세 명의 암환자를 위한 중보기도(仲保祈禱)를 시작하였고, 치료받을 의료진을 찾아내어 도울 방법을 모색(摸索)하고, 내가 조력자(助力者)와 후원인(後援人)이 되기로 결심하게 되었다. 그때부터 한 가족인 세 명의 암환자들은 부산과 서울을 넘나드는 암과의 사투가 거의 동시다발(同時多發)로 진행이 되었다.

위대한 사람은 태어나면서 만들어지는 것이 아니라 자신을 얼마나 연마(練磨)하느냐, 주어진 상황(狀況)과 환경(環境)에 어떻게 대처(對處)하고 처신(處身)을 하느냐에 따라 인생의 위대(偉大)함이 조성(造成)되기 마련이다.

저자는 암환자이기에 일상의 행복과 건강을 되찾고, 암을 극복해내기 위해 피나는 노력이 요구되었고, 무엇보다 좋은 의료진의 도움이 절실하게 요구되었다. 추천인과 친분이 있는 의료진들의 도움은 참으로 사랑의 빚진 자로 살 수밖에 없게 만들었지만 정말 고맙고, 감사한 일이었다.

처음 저자의 암 수술을 위해 도움을 주신 원자력병원 의료진과 진단방사선과 과장이신 김기환 박사님에게 지면을 통해 감사를 드리고, 조카며느리의 암 치료 과정에 도움을 주신 연세암병원 대장암센터 이강영 박사님과 의료진 그리고 이만해 집사님에게 감사를 드리며, 당시 아산병원 김남수 이사님과 서울 삼성의료원 의료진에게도 참으로 감사를 올린다.

모든 의료진은 때로는 가족처럼, 날개 없는 천사처럼 최선을 다해 도와주심에 거듭 감사의 말씀을 올린다. 만약 이들의 도움이 없었다면 저자와 추천인은 더욱 힘든 시간을 보냈을 것이다. 저자 역시 암을 극복하고 건강 회복을 하는 과정에서 더 어려움을 겪었을 것이고 회복의 시간이 길어졌을 것이 분명하기 때문에 감사를 말하곤 하였다.

한 가족 세 명의 암을 발견해서 최선을 다하여 도왔지만 자형과 며느리를 떠나 보낼 수밖에 없어서 안타까웠다. 그럼에도 자형(姉兄)이 남긴 이야기가 뇌리(腦裏)에 스친다.

"내가 살면서 황 목사에게 진짜 사람다운 대접을 받아보았고, 아낌없이 도와주어서 정말 감사했다." 그리고 가족들에 남긴 말씀 가운데 "나의 치료는 중단하고, 며느리를 치료해주어라."라는 당부는 며느리를 자식으로 여기는 고귀한 마음이었다.

그리고 며느리의 외침도 감사하다. "신앙으로 죽음을 두려워하지 않게 되었고, 예수님을 믿어 천국에 가게 되어 감사합니다." 죽음마저 두려워하지 않고, 극복해낸 용기가 귀하다.

저자는 한 가족 세 암환자 가운데 한 사람으로 암의 고통을 견디어내고 암을 이겨 얻은 생존(生存)의 기쁨보다 사랑하는 가족인 아버지와 아내를 잃은 상실감을 누구보다 절실히 느꼈을 것이다. 또한 남겨진 어린 남매(男妹)의 양육 부담 때문에 고민과 갈등이 많았을 것이다.

그럼에도 불구하고 암환자들을 위해 자신의 경험과 소중한 정보를 알려주고, 특별히 '소아암환자들의 고통을 분담하겠다'는 의지로 책을 출판

하여 수익금을 기부하겠다는 결심은 전화위복(轉禍爲福)이 될 것이 분명하다.

귀한 선인(仙人)들의 값진 혜안(慧眼)과 지혜를 오늘의 우리가 본받아 실행하고, 장점을 발전시켜 나눠 가지기 위한 고민이 필요한 시대에 이 책은 꼭 맞다.

추천인은 저자를 자랑스럽게 여기며, 무엇보다 '암환자들의 고통을 나누고자' 후원자로 섬기는 삶의 실천과 암환자들을 가족처럼 여겨 후원하고, 봉사의 삶을 살아가며, 그 어떤 보물보다도 투병 가운데 선물로 얻은 자녀들을 위해 암을 극복한 열정으로 양육에 최선을 다하리라 믿는다.

저자는 '자녀의 양육과 가족을 위해 건강으로 기여(寄與)해야 한다'는 절박함이 강한 의지가 되어 암을 이겨내어 건강을 회복하였고, 박현주 씨는 암을 발견했을 때 생존 기간을 1년으로 예상했다. 그러나 투병 생활 6년을 이어간 의지(意志)와 투병 중에도 자녀들의 양육을 위해 쏟은 각고(刻苦)의 노력은 우리가 본받아야 마땅하다.

심지어 저자가 자신의 암을 치료하는 과정과 암환자와 가족들에게 필요한 정보를 13년간 일기처럼 모아둔 자료를 근거로 암환자와 가족들을 위한 중요한 기록들을 남겨주었기에 그 노력은 가히 칭찬할 만하다. 암 가족을 보살피며, 매일의 일기로 기록된 암 정보와 치료과정에서 암의 고통을 헤쳐나간 혜안(慧眼)과 문학성(文學性)과 휴머니즘(humanism)을 포함한 이 책은 암환자의 행복과 삶의 질을 높이기 위해 치유를 모색

(摸索)하고, 암투병 과정에 필요한 정보가 들어 있어 누구나 읽어볼 가치가 충분하다.

이 책은 저자와 처지가 비슷하거나, 절박한 암환자들을 위해 동병상련의 마음으로 집필되었기에 그들에게 큰 힘이 되리라고 확신한다. 동시에 암투병하는 본인과 가족들로 인한 여러 가지 갈등과 고통, 가슴의 응어리로 남아 있는 안타까움과 아픔을 분담하고자 하는 가장으로서의 고민과 노력, 반드시 가족을 살려내야 한다는 절박감과 사별의 응어리를 풀어낸 저자의 생각과 노력의 흔적들이 암환자들과 가족들에게 조금이라도 위안과 희망이 되기를 바라는 마음이 가득하다.

무엇보다 본서가 독자들의 삶의 발자취를 뒤돌아보면서 최선을 다함으로 후회가 없는 건강한 삶을 영위(營爲)하는 데 조금이라도 기여(寄與)하게 되기를 간절히 소원하며, 적극적으로 추천하는 바이다.

– 서울시기독교총연합회(동명, 서울특별시교회와시청협의회) 사무총장,

사)한국교회법학회 상임이사, 국제차감별협회장, 미스바교회 담임목사 황영복

*

암은 매우 무섭고 치명적인 질병이지만 한편으로는 주변에서 많이 경험하게 되는 질병이기도 하다. 특히 본인과 매우 가까운 가족에게 암이라는 질병이 다가온다면 굉장히 당황스럽고 힘들어질 수밖에 없다. 암을 진료하는 의사로서 많은 암환자 및 가족과 상담도 하고 그 과정을 지켜보게 된다. 저자의 아내인 박현주 님은 내 머리에 생생히 기억되는 분이다. 특히 책에 있는 사진의 미소를 보는 순간 과거 함께 투병하던 과정이 파노라마처럼 흘러갔다. 병이 호전되어 기뻐하던 모습부터 더 이상 적절한 치료가 없어서 좌절하던 순간까지.

그럼에도 환자분은 항상 미소를 띠면서 긍정적으로 투병하시던 모습이 잊히지 않는다. 젊은 나이에 전이성 대장암으로 투병하는 것이 환자나 가족에게 얼마나 힘든 과정이었을까? 경험하지 못한 분들은 상상조차 하기 힘들 것이다. 모든 결과가 환자나 가족이 원하는 방향으로만 가지는 않기 때문이다. 그러나 저자는 이 책을 통해 이러한 과정들, 병 발생부터 마지막 상황까지를 솔직하고 아름답게 기록하고 있다.

암, 두려운 병이다. 누구도 결과를 장담할 수 없다. 하지만 이 책을 통해 암환자의 가족으로서 암과 어떻게 관계를 가져가야 할지에 대한 힌트를 얻을 수 있을 것이라 생각한다.

– 연세암병원 종양내과 안중배

2012년부터 2017년까지 6년간의 생생한 삶의 여정. 2016년 환자분을 처음 만났을 때 너무 해맑은 표정에 상냥한 태도에서 가벼운 병일 거라 예상했는데 5년간 수술, 항암을 씩씩하게 해오고 있던 4기 환자분이셨다.

항암치료를 3개월만 해도 지치기가 쉬운데, 환자분의 눈빛과 목소리에서는 마음속에서부터 뿜어져 나오는 긍정과 희망의 에너지를 느낄 수 있었다. 5년간 지속된 암치료 때문에 몸은 상당히 지쳐 있었고, 표적치료제의 부작용으로 피부의 트러블도 있었다.

여러 암환자분이 그렇듯이 몸이 긴장되어 딱딱해져 있었고, 몸의 수분과 영양분이 고갈되어 건조해져 있었으며, 심부의 기초체온이 떨어져 차가워져 있었다.

한양방 통합면역암치료를 시행하면서 몸의 수분과 영양을 채워주고 몸의 심부 온도를 높여주고 몸의 긴장을 풀어주는 치료를 시행하면서 환자분의 피부색이 밝아지면서 기력이 서서히 회복되어 다시금 힘을 내서 항암치료를 적극적으로 받게 되었다. 항암치료는 암의 크기를 줄이고 암을 제거하는 데에는 큰 장점이 있지만, 그 암을 가지고 있는 몸 자체에 대한 관심도 기울여야 한다.

아마도 환자분의 탁월한 긍정과 희망의 마음들이 어렵고 외롭고 기나긴 그 투병의 여정을 헤쳐나가게 한 원동력이 아니었을까 생각한다.

그 당시 보호자이셨던 김완태 작가님의 아내에 대한 간절하고 정성스러운 그 마음이 환자분에게 너무나도 든든한 버팀목이 되었을 것이라 확신한다.

향후 우리나라 인구의 35~40% 내외가 암을 진단받게 되고, 투병하게 될 것이다. 이제 암이라는 병은 어둡고 힘든 병이 아니라 우리의 삶 속에서 일부가 되고 삶의 한 과정이 되었다. 환자분과 작가분이 보여주신 찬란하고 아름다운 투병의 여정은 독자들에게 큰 울림을 줄 것이다. 암으로 힘들어하는 분들에게도, 여러 어려운 일들에 지쳐 있는 분들에게도 좋은 울림을 줄 것이라 확신한다.

– 전) 부산한방병원장, 현) 휘림한방병원장 방선휘

*

성실과 열정으로 봉사의 자리에 누구보다 앞장서 온 로타리 김완태 회원님, 김완태 작가님이 되신 것과 출간을 진심으로 축하드립니다!

많지 않은 나이에도 불구하고 남을 돕는 자세의 익숙함과 바람직한 봉사의 자세가 참 인상 깊은 청년이었는데, 이렇게 슬프고도 아름다운 이야기가 숨겨져 있었는지 몰랐습니다. 유튜브로 김완태 작가님의 사연을 처음 접하고 한참 동안이나 가슴이 먹먹하고 눈물이 흘렀습니다.

김완태 작가님의 책과 살아오신 이야기를 보며, 성경 속 '욥'이 떠 오르는 건 비단 저 뿐만이 아닐 것입니다.

"그러나 내가 가는 길을 그가 아시나니 그가 나를 단련하신 후에는 내가 순금 같이 되어 나오리라."(욥기 23:10)라는 성경 속 유명한 구절처럼 욥은 그의 고통이 작다고 느낄 때도, 크다고 느낄 때도, 하나님을 향한 고난 속 노력의 길을 멈추지 않았고, 그 결과 끝내 승리했습니다.

인간은 '완전한 존재'이지 못하기 때문에 크든 작든 고통 중에 있을 수밖에 없을 것입니다. 하지만 아이러니하게도 그 고통 때문에 잠깐이나마 소중한 가치에 대해 감사함을 느끼고, 행복함의 원천에 대해 다시 한 번 바라보게 됩니다.

로타리 명언 중에, "가장 많이 베푼 사람이 가장 많이 거두어들인다"는 말이 있습니다. 이 책은 김완태 작가님께서 암환자들에게 베풀 수 있는 최선의 노력이라고 생각합니다. 그러니 부디 김완태 작가님께서 가시는 길에 크나큰 결실이 있기를 누구보다 소망합니다.

– 국제로타리 3590지구 2021–22년 총재, 진주성남병원 이사장 영림 김임숙

*

흔하지만 흔치 않은 질환, '암'이라는 이름으로 가장 사랑하는 사람과 자신을 이겨낸 저자의 진한 경험은 오늘 하루를 그저 그렇게 살고 있는 사람들에게 울림을 주는 감사의 메시지일 것입니다. 이 책은 이 시간에도 암과 싸우고 있는 모든 사람들에게 생생한 경험을 통한 후회 없는 시간을 선물해줄 진한 생명수가 될 것이라 생각합니다. 책 출간을 축하드립니다.

– 정연화의료서비스아카데미 대표,

대동대학교 간호학과 겸임교수, 부산가톨릭대 병원경영학과 외래교수 정연화

*

서리 내린 아침 들판 사이로 불쑥 솟은 파란 움처럼, 눈 쌓인 찬 가지 틈으로 버텨내는 푸른 잎처럼, 역경 속에서 더욱 빛나는 우리의 삶을 돌아봅니다.

– 고용노동부 차관 박화진

프롤로그

*

하루를 살더라도 아프지 않고 즐겁고 행복하게

통계상 대한민국 성인 중 남성은 다섯 명 중 세 명, 여성은 세 명 중 한 명이 암에 걸립니다. 그리고 우리 모두는 암세포를 몸속에 지니고 있는 잠재적 암환자이기도 합니다. 주위를 둘러보면 한 집 건너 한 집에 암환자가 있지만, 대부분 나, 내 가족이 아니라면 암은 무서운 병이지만 나와는 상관없는 일이라고 생각하면서 살아갑니다.

2012년 한국질병본부와 국립암센터에서 실시한 암에 대한 인식 조사 결과를 보면, 아직 암을 불치병이라 생각하는 사람이 많습니다. 암에 걸리면 직장을 그만두어야 하고, 사회와 단절된다고 생각하는 사람 역시 많습니다. 또한 암에 걸리지 않은 사람들이나 가족 중 암환자가 없는 사람들은 암은 곧 죽음이라 생각합니다. 암환자와 그 가족들을 안타깝게 바라보며, 한편으로는 아무것도 할 수 없는 무능력한 사람으로 보기도 합니다.

저는 2009년 스물여덟 살의 젊은 나이에 고환암을 앓았습니다. 그리고 아버지는 2011년에 폐암 4기 판정을, 아내는 2012년 31세에 대장암 4기 진단을 받았습니다. 그리고 가장 가까웠던 이모 역시 1년 뒤인 2013년 69세에 폐암 4기 진단을 받았습니다. 가족이 비슷한 시기에 저를 포함하여 무려 네 명이나 암투병을 했던 것입니다.

안타깝게도 발견 시기가 늦은 탓에 아내와 아버지, 이모는 현재 모두 세상을 떠났습니다. 그래도 아내는 4기였음에도 건강하게 6년을 생존하며 마지막까지 행복하고 건강하게 생활하다가 천국으로 가게 되었고, 아버지 역시 생존해 계시는 동안 건강하게 생활하시다 돌아가셨습니다.

불행 중 다행히도 저는 의학적 완치 판정을 받고 세 아이의 아빠가 되어 13년째 건강하게 생활하고 있습니다. 가끔은 술도 한잔씩 하고 때론 흔히들 몸에 좋지 않다는 음식들도 한 번씩 먹곤 합니다. 암환자가 그래도 되나 생각할 수 있지만 저와 여러 가족의 투병 생활을 통해 암을 이기기 위해서는 무엇보다 가장 중요한 것이 건강하게 살겠다는 마음가짐과 함께하면 즐거운 사람들을 만나며 지금 현재의 내 인생을 더 행복하게 보내는 것이라는 것을 알게 되었습니다. 이것들이야말로 암치료의 가장 큰 치료제이자 건강한 삶을 살아가는 중요한 요소라 생각합니다.

저는 이 책을 통해 처음 암을 접하고 당황하며 좌절하는 환자와 그 가족들 그리고 평범한 삶을 살아가고 있는 모든 분들에게도 일어날 수 있는 암에 대해 제가 경험한 것들을 환자로서, 또 환자의 보호자로서의 경험과 노하우를 전수하고자 합니다.

저의 치료 과정 및 아내와 아버지의 병간호를 하면서, 지금 알고 있는 것들을 그때도 알았더라면 암을 대하는 저의 자세나 또한 중요한 순간에서의 선택이 일부 달랐을 거라는 생각도 하곤 합니다.

암을 알아가는 과정에서 정보는 무수히 많더라도 그 안에 난무하는 상업적 목적이 짙고 출처가 불분명하며 잘못된 내용들 때문에 고생하는 환자와 가족을 많이 보았습니다. 처음 암을 접하고 어떻게 치료해야 할지 혹은 어떻게 살아가야 할지 막막해하는 암환자와 그 가족이 가지고 있을 부정적인 생각을 바로잡고 부족한 경험에 도움을 주어 의미 있는 생활, 나아가 치료를 통해 더 건강하고 행복한 삶, 단순 암치료를 넘어 행복한 인생을 위한 길잡이가 되었으면 합니다.

저는 발병 후 5년이 지나 현재 암세포가 몸에 없는 의학적 소견에 따른 완치 판정을 받았지만, 이 책은 암환자의 완치를 주목적으로 쓴 책은 아닙니다. 하지만 '암환자와 그 가족은 불행할 것이고, 암치료와 정복은 어렵다.'라는 잘못된 믿음을 바꿔가는 것이 암을 다스리는 성공의 첫걸음이요, '안 될 거야.'라는 마음을 '될 거야.'라고 바꾸는 과정 자체가 암을 다스리는 핵심임을 말하고자 합니다.

흔히들 암은 돈과 시간의 싸움이라고 합니다. 이 책은 제가 암환자로서 그리고 암환자의 보호자로서 10년 넘는 기간에 겪은 암치료의 모든 과정들, 성공과 실패 그리고 투병 과정에서 습득한 정보와 지식, 돈과 시간을 활용하는 지혜들을 저의 다양한 경험과 이론적 근거들을 바탕으로 정리한 것입니다.

암치료 과정에서 환자와 가족들에게 단순히 치료를 잘 받는 과정을 넘어, 시간을 잘 활용하고, 특히 장기간 투병에 있어서 치료에 동반하는 금전적인 부분들을 어떻게 준비해나가면 좋을지, 또 투병 기간 치료 외적으로는 어떠한 것들이 환자에게, 또 환자의 가족들에게 도움이 될 수 있을지에 대한 내용을 담아 암치료에 있어 고민하는 모든 암환자와 그 가족들에게 도움이 되고자 합니다.

또한 세계적인 팬데믹으로 어려운 시기에 있는 많은 사람들에게 저처럼 힘든 역경의 순간과 상황에서도 이겨낼 수 있었던 이야기를 통해 작은 위로와 희망을 전하고 싶습니다.

저 역시 처음 암진단을 받았을 때, 막막함 속에 유일하게 할 수 있는 것이 인터넷에서 '암'이라는 단어를 검색해보는 것뿐이었습니다. 무수히 많은 정보와 책이 검색되었지만, 암환자로서의 경험과 암환자의 보호자로서의 경험을 함께 담은 책을 보지 못하였습니다.

같은 시기에 가족이 네 명이나 함께 암투병을 하는 사례가 매우 드물기 때문일 것입니다. 환자로서의 경험과 환자의 보호자로서의 경험은 또 다른 것이었습니다. 대부분 저의 상황을 처음 들었던 분들은 안타까워하며 "참 기구한 삶이다, 힘들었겠다." 하며, 저를 불쌍하고 안타깝게 바라보셨지만, 저는 그 과정에서도 즐겁고 행복하게 생활하기 위해 노력했습니다. 덕분에 암과 동행하며 이겨내는 방법을 넘어 인생을 더 행복하게 사는 방법을 알게 되었습니다. 암환자지만 더 행복할 수 있다는 것을 보여주고 싶었고 그 모든 내용을 여기에 담았습니다.

얼마나 오래 사느냐도 중요하지만 하루를 살더라도 아프지 않고 즐겁고 행복하게 생활하는 것에 집중하는 것도 가치가 있습니다. 저나 가족들이 투병 중일 때에도 이러한 긍정적인 마음으로 실천했던 것들이 더 좋은 일들과 기적 같은 일들을 만들어낸 계기가 되었다고 믿습니다.

이 책이 우리나라에서 암환자가 되었을 때, 또는 암환자의 간호에 작은 힘이나마 도움을 줄 수 있는 첫 번째 가이드 책이 되었으면 하는 바람이 있습니다. 나아가 건강한 사람들에게도 더 건강한 삶을 살아가는, 더 열심히 살아가는 실천서가 되었으면 합니다. 어려운 내용이나 실천하기 어려운 것을 담기보다는 우리 생활에서 쉽게 실천하고 활용할 수 있도록 하는 것에 기반을 두고 준비하였습니다.

모든 암환자가 치료에 성공하고 완치라는 마지막 결승선에 도착하면 좋겠지만, 반드시 그렇지 못한 것이 현실입니다. 하지만 그렇더라도 마지막까지 하루하루를 즐겁고 행복하게 살아가는 것이 암환자와 가족들에게 충분히 의미 있고 가치 있는 일이라는 것을 저와 가족들의 사례를 통해 전하고 싶습니다.

힘든 상황에 있었지만 우리 가족은 누구보다 더 행복했으며 어떤 시련 속에서도 행복을 유지하기 위해 노력했고 지금껏 살고 있습니다. 투병 중이던 가족들이 세상을 떠난 지금 역시 저는 변함없이 행복을 위해 생활하고 있습니다. 결국 이러한 긍정적인 생각과 실천이 환자와 남겨진 가족들에게도 큰 힘이 되었으며, 여러분에게도 큰 힘이 되리라 확신합니다.

"1%의 희망만 주어져도 그것을 향해 달린다."

– 랜스 암스트롱(사이클 선수)

저와 같은 고환암을 앓았던 랜스 암스트롱은 암에 대해서 이렇게 말했습니다. "암(CANCER)이란? C=용기(Courage), A=대응(Attitude), N=포기 않기(Never give up), C=치료 가능(Curability), E=깨달음(Enlightment), R=동료 환자 기억하기(Remembrance of fellow patients)다."

그리고 그는 5연승을 거둔 다음 말했습니다.

"암에 걸렸을 때 나는 죽고 싶지 않았다. 마찬가지로 경기 출전 때 나는 지고 싶지 않았다. 암은 죽음의 형식이 아니라 내 삶의 일부였다. 나는 모두에 최선을 다했다."
"여섯 번째 승리를 위해 다시 돌아오겠다."

그는 믿기 힘들었던 약속을 지켰습니다.

아내는 현재 비록 세상을 떠났지만, 치료하지 않으면 1년밖에 살지 못한다고 했는데, 최선을 다한 결과 대장암에 쓸 수 있는 약을 모두 다 쓰고 난 후 더 쓸 약이 없는 상태에서도 2년을 넘게 생존했습니다. 대장암 4기 발병 후 6년을 생존한 것입니다.

"1%의 가능성이 있다면, 마지막까지 포기하지 마라! 그 1%가 내가 될 수 있다!"

이 책을 읽는 모든 분들이 긍정적인 생각과 꾸준한 실천으로 현재의 삶을 더 행복하게 살아가는 힘을 얻기를 바라고 고인이 된 사랑하는 아버지 김경홍, 아내 박현주를 추모하며 생전에 고인들의 뜻과 저의 뜻을 담아 암으로 고통받는 환자와 그 가족을 돕고자 하는 소명으로 책을 쓰게 되었습니다.

책의 수익금의 일부는 고인들의 이름으로 소아암환자를 위해 사용할 예정이며, 앞으로도 책이 나오기 이전 시점부터 해왔던 소아암환자를 위한 후원 및 봉사를 통해 의미 있고 행복한 삶을 살아가고자 합니다.

새로운 시작을 앞둔 2021년 12월에

목 차

추천사 004

프롤로그 하루를 살더라도 아프지 않고 즐겁고 행복하게 016

1장 * 나는 고작 스물여덟 살인데 암이라고?!

01. 항상 웃는 김완태 031

02. 보증금 500에 월세 17만 원! 달동네 뒷동산에 올라 036

03. 불길한 예감 039

04. 나는 고작 스물여덟 살인데 암이라고? 044

05. 29세 대학교 4학년 만학도 암환자의 결혼 051

06. 암환자 김완태! 결혼, 취업, 임신 세 마리 토끼를 잡다 059

07. 건강하지 않은 상태에서 찾아온 첫째 아들 태명은 '건강이' 067

08. 떨리던 완치 판정의 순간 075

2장 * 암환자가 암환자의 보호자가 되다

01. 사랑하는 나의 아버지 081

02. 나 하나로 부족했나요? 아버지의 폐암 4기 선고 087

03. 암환자가 암환자의 보호자가 되다 096

04. 둘째 출산의 기쁨과 동시에 아내에게 찾아온 청천벽력! 대장암 104

05. 한 지붕 세 환자가 되다 113

06. 사랑하는 아내의 암투병 120

07. 잊지 못할 암환자들의 제주 여행 127

08. 대장암 4기 간절히 바랐던 기적 같은 수술, 표적항암치료 후에 이루어지다 133

09. 200장의 헌혈증과 600만 원의 성금 140

10. 세브란스병원의 암환자 여행 지원 프로그램 146

3장 * 다가오는 마지막 순간

01. 아버지의 암 수술 165
02. 우리 아들 참 잘 생겼네, 아버지가 든든하다! 171
03. 내가 아니면 이 집에 이런 거 정리할 사람이 누가 있노? 174
04. 아버지와의 이별 178
05. 대장암에 더 이상 쓸 약이 없습니다 183
06. 아내에 의한 아내를 위한 우리만의 전원주택 186
07. 10년 만에 대학 친구들을 초대하다 199
08. 아내를 위한 선물, 진주 예술촌 207
09. 마지막 가족 여행 '필리핀 보라카이' 211

4장 * 내가 없을 수도 있잖아

01. 통증만 없다면 219
02. 두통, 최악의 상황이 시작되다 226
03. 내가 없을 수도 있잖아 231
04. 이별, 준비하셔야 합니다 239
05. 시한부 판정 245

06. 오늘 넘기기 어려울 것 같습니다 250
07. 엄마, 좀 천천히 가면 안 돼? 255
08. 마지막 희망 262
09. 아내의 임종을 지키고 싶습니다 270
10. 이젠 안녕, 최선을 다했던 나의 아내 박현주 279
11. 아내의 마지막 선물, 유산 그리고 숙제 287
12. 영화 〈코코〉 "기억한다는 것은 무슨 의미일까?" 289

에필로그 나는 소망한다, 우리 가족이 더 행복하기를 292
부록 296

* 1장

나는 고작 스물여덟 살인데 암이라고?!

01.

항상 웃는 김완태

스물여덟 살…. 지금껏 살아오면서 암은 나이가 많고 건강 관리를 잘 못하는 사람들이 걸리는 병이라 생각했다. 나는 더욱 그러한 게 나이도 젊은데다 담배도 일절 피우지 않았고 술도 많이 마시지 않는 반면 운동은 많이 하며, 나름 규칙적인 생활을 해왔기 때문이다. 어느 날 갑작스럽게 20대의 암환자가 된 나로서는 충격이 더 클 수밖에 없었다.

'항상 웃는 김완태.' 이 닉네임은 어린 시절부터 지금까지도 나를 표현하는 대표 멘트이다. 늘 밝게 웃으며, 매사에 긍정적인 마음가짐으로 어려운 상황들을 이겨내왔고, 나쁜 일은 빨리 잊고, 좋은 일에 더 집중하며 살아왔다. 비록 나쁜 일이 있었다 하더라도 지나고 나면 좋은 기억만 남는 B형에 매우 단순한 유형이라 스트레스 또한 거의 없는 편이었다. 바꿀 수 없는 과거에 집착하기보다는 나의 의지와 노력으로 바꿀 수 있는 현재와 미래에 집중하며 살아온 나는 암에 걸리기 전까지 정말이지 암은 나나 내 가족과는 거리가 아주 먼 병이라 생각했었다.

스물여덟 살, 한창일 나이 어느 날에 고환암을 선고 받은 나는 이전까지 누구보다 치열한 젊은 시절을 보내고 있었다. 어린 시절에 사립 초등학교를 다닐 정도로 부유한 집안에서 태어났지만, 중학교 때를 기점으로 아버지 사업이 어려워지면서 가세 역시 급격히 기울어져갔다. IMF까지 겹치면서 평수가 꽤나 넓었던 집이었지만 기름값을 아끼기 위해 단칸방에 살듯 가족 모두가 한방에서 생활했을 만큼 어려운 날들이 계속되었다.

집안 형편은 내가 대학교에 입학할 때까지 전혀 나아지지 않았고, 당시 약 200만 원이 넘는 큰돈이었던 대학 등록금과 입학금은 나와 부모님 모두에게 큰 부담이었다. 다행히 늘 힘들 때마다 우리 가정에 도움을 주고 계셨던 서울 외삼촌께서 선뜻 해결해주셔서 겨우 대학에 입학할 수 있었다.

나는 캠퍼스의 낭만을 느낄 여유가 없었다. 우여곡절 끝에 대학에는 입학하였지만 성인이 된 내가 집안 형편을 알면서도 용돈을 받으며 생활할 수가 없었기 때문이다. 사실 용돈이 문제가 아니었다. 학업을 이어가기 위해서는 많은 돈이 필요했다. 2000년 당시는 버스 환승제도가 없었다. 부산 덕천동에서 대연동까지는 한 번에 가는 버스나 지하철이 없어 등하교에만 약 5천 원이 넘는 돈이 필요했고, 학교에서 밥까지 해결하려면 거의 하루에 최소 1만 원 정도의 돈이 필요했다.

IMF로 모두가 어려웠던 시절, 아르바이트 자리를 구하는 것도 쉽지 않았다. 다행히 학기 중에는 호프집 서빙 자리를 얻어 한 달에 30만 원 정도를 벌 수 있었지만 기껏해야 생활비와 용돈 정도 가능한 금액이었다. 그래도 얼마 되지 않는 돈 중에서 매월 5만 원은 정기적금을 부어두었다. 매월 꾸준히 정기적금을 넣을 수 있었던 이유는 월급 중 5만 원을 먼저 적금으로 넣고 나머지 남은 돈으로 생활했기 때문이다.

스무 살에 시작된 이 저축 습관은 꾸준히 이어져, 이후 엄청난 암치료 비용을 마련하는 시드머니가 되었고, 이는 다양한 치료를 시도하는 데에 큰 도움이 되었으며, 그 이후에도 꾸준히 이어져 힘들었던 집안 형편을 일으키는 초석이 되었다.

방학이 되면 그나마 돈을 좀 많이 받을 수 있는 아르바이트를 할 수 있었다. 바로 공장이었다. 부산 사상에 위치한 신발 공장, 울산 외곽 시골에 기숙사가 있는 아이스크림 포장지 제조 공장까지 방학이면 닥치는 대로 일해서 등록금을 마련하고 약간의 여유 자금도 만들 수 있었다. 그렇게 1년의 대학 생활을 무사히 마치고 나는 군대를 가게 되었다.

당시 2년 2개월이라는 시간이 지나면 다시 예전의 부잣집으로 돌아가 있지 않을까 하는 기대를 품고 탈출구처럼 군대에 갔다. 시간이 흘러 전역이 얼마 남지 않은 시점에 평소 전화가 없었던 집에서 군부대로 전화가 왔다. 어머니의 목소리였다. 이사를 하게 되었는데 꼭 가져가야 할 것이 있냐고 묻는 것이 아닌가? '이제 모든 것이 다 잘되었구나! 15년째 살던 집에서 이사를 한다는 것은 분명 아버지 사업이 잘되었기 때문일 거야!' 나는 설레는 마음으로 새 집으로 마지막 휴가를 가게 되었다.

이사 간 새 집을 몰랐기에 어머니는 기차역으로 직접 마중을 나오셨다. 어머니와 함께 택시를 타고 설레는 마음으로 기대했던 새 집으로 향했다. 하지만 나의 기대와는 달리 도착한 새 집은 내가 상상했던 동네, 기대했던 집과는 너무나도 다른 모습이었다. 기찻길 뒷편에 밀집해 있는 어느 다세대 주택 1층에 도착하니 아버지가 나를 반겨주셨다. 도착한 집은 맞붙어 있는 방 두 개 그리고 약간의 통로가 있었는데 그 좁은 통로에 주방이 있었다. 다행인 건 작은 화장실이 집 내부에 있다는 것이었다. 세 식구가 사는 집은 방이 두 개에 주방과 화장실이 있었지만 채 10평이 되지 않는 크기였다. 또한 구조상 빛도 잘 들어오지 않아 습하기까지 했다.

지금의 나라면 이 정도면 충분히 괜찮은 집이라고 생각하고 살 수 있지만, 부잣집 아들로 살다가, 더군다나 15년 만에 이사를 한다고 해서 큰 기대를 한 후에 맞닥뜨린 현실이라 충격이 더 클 수밖에 없었다.

어머니는 아들이 실망하고 걱정할까 봐 아버지 사업이 풀릴 때까지 잠깐 동안 전세로 지내는 것이라 안심시키셨지만, 이사 온 후 얼마 지나지 않아 집에 혼자 있게 되었을 때, 월세를 받으러 온 2층 주인아주머니로부터 그 집은 보증금 500만 원에 월세 17만 원짜리 집이라는 사실을 알게 되었다.

군 제대 후 군기가 바짝 들어 있던 나에게는 정신이 번쩍 드는 계기가 되었고 이날부터 나는 일을 시작해 지금껏 쉬어본 적이 없는 부지런함을 얻을 수 있었다. 덕분에 오늘날까지 매사에 최선을 다해 인생을 살 수 있었다.

02.

보증금 500에 월세 17만 원!
달동네 뒷동산에 올라

나는 그날 이후 바로 일자리를 찾기 시작했다. 이제는 학비와 내 용돈이 문제가 아니라 집에도 보탬이 되어야 한다는 생각이 들었다. 이력서를 넣자마자 운이 좋게도 나를 좋게 봐주셨던 담당자의 눈에 띄어 부산의 대형 통신 대리점에 정직원으로 취업할 수 있었다. 당시는 근무 환경이 매우 열악한 때라 오전 9시부터 오후 10시까지 거의 13시간을 일하며, 한 달에 세 번 휴무하면서 월 90만 원을 벌었다. 힘든 환경이었지만 정기적으로 월급을 받으면서 일할 수 있다는 것이 행복했다.

7월에 제대했으니 다음해 3월 복학 전까지 일을 한다면 약 7~8개월은 일을 해서 돈을 모을 수 있었다. 90만 원 중 4대보험을 제하니 83만 원이 수중에 들어왔다. 나는 전에 했던 것처럼 50만 원을 미리 빼서 적금으로 넣고, 10만 원은 집에 드리고, 23만 원으로 한 달을 생활했다.

다세대 주택이 빼곡히 붙어 있던 동네에는 작은 뒷동산이 있었는데, 거기에 올라 아래를 바라보면 무수히 많은 건물들과 상점 그리고 화려한 네온사인 사이로 수많은 자동차들이 움직이는 것이 보였다. 뒷동산에서 보는 부산의 야경은 참 아름다웠지만 나는 야경의 아름다움보다는 이 많은 것들 중에서 내 것이, 우리 가족의 소유가 아무것도 없다는 것이 너무 서글펐다. 그리고 그날 갓 제대한 군바리의 악으로 다짐했다.

"두고 봐라! 반드시 내가 5년 안에 집도 사고, 차도 사고, 어머니 가게도 하나 차려드리고 말 거야!"

당시 스물세 살이었던 김완태에게는 아무것도 없었지만 그래도 긍정적인 마인드와 자동으로 나오는 항상 웃는 미소가 있었고 군 제대한 지 얼마 되지 않아 넘치는 자신감까지 있었다.

그날 이후 지갑 속에 그리고 휴대폰에 내가 꿈꾸는 집, 자동차, 가게의 사진을 찍어서 늘 품고 다녔다.

나는 복학을 미루고 일에 매진했다. 스물세 살 때부터 갖춰진 저축하는 습관을 통해 정확히 5년이 되던 스물여덟 살에 작은 아파트와 중고차 그리고 어머님께 작은 음식점을 차려드릴 수 있었다. 노력 끝에 20대에 내가 원하던 꿈 세 가지를 모두 이룬 것이다!

03.

불길한
예감

"작은 증상에도 걱정되고, 맘이 편치 않다면 그 즉시 가까운 병원으로 향하라!"

나는 군 제대 후 학비 마련을 위해 일을 하느라 복학이 남들보다 한참 늦었던 고학이었다. 또 그렇게 모았던 학비를 통해 부산 경성대학교에서 2학년을 마친 나는 편입시험을 통해 2008년 스물여덟 살에 대구 영남대학교에서 3학년을 다니게 되었다. 3학년 2학기에는 국내 교환학생 제도를 통해 전북에 있는 원광대학교에 있었다. 편입 후 1학기밖에 지나지 않은 시기였지만 학교에서 기숙사는 물론 교재 등을 지원해주는 다양한 학업지원 프로그램이 있었고, 경제적인 측면은 물론 학업에 더 열중할 수 있는 환경일 것이라는 판단하에 지원했던 것이었다. 나는 그렇게 대학교를 세 군데나 다니면서 남들이 겪지 못한 특별한 경험을 이어가고 있었다.

타지에서의 대학 3학년 생활은 여느 때와 마찬가지로 수업을 듣고 하루 일과를 마무리하는 반복적인 하루가 이어지는 평범한 날의 연속이었다. 그러던 어느 날, 기숙사 샤워실에서 샤워를 하던 도중 무심결에 한쪽 고환이 심하게 처진 것을 발견하게 되었다. 거울에 비친 내 모습, 고환을 봤을 때 한쪽이 조금 비대해져 있는 형태를 발견하고 뭔가 평소와 다르다는 생각이 들었다. 대수롭지 않게 생각하고 넘어갈 법도 했지만 만져보니 딱딱한 게 혹 같은 느낌이 드는 것이 아닌가? 약간 이상하다고 느끼긴 했지만 만졌을 때 아프다거나 특별히 불편함을 느끼지 못했기에 문제가 되리라곤 상상조차 하지 못했다. 당연히 이 혹이 암이라는 생각은 전혀 하지 못했다. 스물여덟 살이었던 그 당시 나에게 '암'이라는 단어는 생소함을 넘어 전혀 관계없는 질병이었다. 나뿐만 아니라 20대라면 모두 그렇게 생각할 것이다.

하지만 다행히도 그 당시 나는 이상 징후를 발견한 후, 그냥 넘어가지 않았다. 평소 작은 일도 가족이나 여자친구와 대화를 통해 공유하는 버릇이 있었는데 이 습관은 추후 암을 조기에 발견하여 치료하는 데에 큰 일을 해내게 된다. 이날 역시 평소처럼 전화통화를 하며 그 당시 여자친구에게 상황을 이야기하게 되었다.

"한쪽 고환에 혹 같은 게 있는 거 같은데 아프지는 않고 딱딱한 게, 모양만 약간 이상해. 근데 이거 병원에 가봐야 할까?"

그 당시 여자친구는 "그래도 혹시 모르니 근처 병원에 가서 검사를 받아보는 게 좋지 않을까? 수업 일찍 끝나는 날에 근처 병원에 가서 한 번 물어봐." 하고 권유했다.

여러 가지로 운이 따랐지만 그 당시 정말 다행이었던 것은 내가 학생이었던지라 직장인보다는 시간적 여유가 충분했다는 것이었고, 또 하나는 여자친구의 권유를 그대로 실행에 옮겼다는 것이다. 아마 직장 생활을 하고 있었거나 아르바이트 등으로 시간이 없었다면 바쁘고 귀찮다는 핑계로 병원에 빨리 찾아가지 않았을 가능성이 크지 않았을까?

나는 가장 먼저 학교 근처에 있는 가까운 비뇨기과를 찾아갔다. 대부분의 동네 의원이 그렇듯 검사 장비가 충분치 않았던 비뇨기과 의원의 의사 선생님은 별 심각하지 않은 표정으로 말씀하셨다.

"혹 같은 것이 만져지긴 하네요. 일단 저희 병원 협력된 곳에서 초음파 검사를 할 수 있으니 초음파 검사를 먼저 받아보시고 결과를 본 후 진료하도록 하겠습니다."

그렇게 병원에서 추천한 곳으로 이동해 초음파 검사를 받은 후 결과지를 가지고 다시 의사 선생님과 마주 앉게 되었다.

"혹 같은 것이 보이는데, 일단 진료의뢰서를 한 장 써드릴 테니 큰 병원에 가서 정확히 확인해보는 것이 좋겠습니다."

아주 약간의 심각성이 느껴졌지만, 그때까지도 '별 것 아니겠지.' 생각하고 가벼운 마음으로 병원을 나왔다. 일단 초음파 결과를 가지고 그날 바로 근처에서 가장 큰 병원인 원광대학교병원을 찾았다. 때마침 학교재단의 대학병원이 근처에 있었기에 이 모든 것들이 하루에 가능했다.

대학병원 진료에서도 역시나 마찬가지였다. 내가 가져간 의뢰서와 결과를 보고는 대학병원 의사 선생님 역시 별다른 말씀이 없으셨다. 지금 생각해보니 초음파 결과만을 가지고는 혹이 양성인지 악성인지를 판단할 수 없었기 때문이었던 것 같다.

"일단 혹이 있으니 해당 부위를 수술을 해서 떼어내는 것이 좋겠습니다. 큰 수술은 아니고 간단한 수술이니 너무 염려하지 않으셔도 됩니다."

큰 수술이든 작은 수술이든 수술 후 입원을 하게 되면 보호자인 가족들도 다녀 가야 하는데, 여자친구나 부모님께서 전북 익산으로 와서 간호를 하기는 힘들다고 판단되어서 여러모로 고향인 부산에서 수술을 받는 게 낫겠다는 생각이 들었다.

"선생님, 제가 교환 학생으로 여기에 머물고 있어서 병간호할 사람이 없습니다. 가족들이 있는 부산에서 수술을 받았으면 합니다."

나는 다음 날 곧장 부산으로 향했다. 여자친구의 지인이 원무과 직원으로 근무하고 있던 부산 동아대학교병원에서 진료 후 수술을 받기로 최종 결정했다. 어린 시절 포경 수술 이후 처음 받는 수술이라 매우 걱정되고 염려되었다. 가족과 여자친구의 응원으로 당당하게 수술실로 향하고 싶었지만 긴장과 걱정이 몰려오는 것을 내 스스로 컨트롤할 수는 없었다.

3시간에 걸친 수술 끝에 다행히 수술은 잘되었다. 고환의 일부 혹을 절제한 후 약 5일간의 입원 치료를 마치고 집으로 돌아오게 되었다. 수술 전 의사 선생님께서 말씀하신 대로 입원 기간도 생각보다 짧았으며 나이가 젊은 탓에 회복도 빨라 수술 후 일상생활로 돌아오는 데 전혀 어려운 점이 없었다. 그렇게 나는 지독한 감기 몸살 이후 원래의 컨디션으로 돌아온 사람처럼 가벼운 마음으로 일상으로 돌아갈 준비를 하고 있었다. 그리고 나의 병을 빨리 찾아낼 수 있도록 조언해주고 병원에서 지극히 나의 병간호를 해주던 여자친구는 나중에 나의 아내가 되었다.

04.

나는 고작 스물여덟
살인데 암이라고?

수술 후 다시 일상으로 그리고 학교로 복귀를 위해 준비하고 있던 어느 날, 동아대학병원 원무과에서 근무하던 친구 경미에게 한 통의 전화를 받게 되었다. 나는 감사의 인사와 함께 반갑게 인사를 전했다.

"경미야! 고마워. 덕분에 수술 잘 받고 학교 복귀하려고 준비하고 있어."

"완태야, 지금 가지 말고 치료 경과를 좀 더 보고 추가 치료가 더 필요한 게 있다면 치료 마무리하고 가는 게 좋을 것 같아."

전혀 예상치 못한 친구의 전화에 "왜 수술 잘 끝났다며? 뭐 더 받아야 될 게 있어?"라고 물으니 그때서야 친구가 조심스레 대답했다.

"완태야, 조직 검사 결과 나왔는데. 악성 종양이야…."

정신이 멍했다. 망치로 머리를 맞아본 적은 없지만 아마도 그런 느낌이 아니었을까? 드라마에서나 보던 것처럼 귀가 막히면서, 머릿속이 하얘지는 느낌이었다. 통화 후 내 방 침대에 누워 한참을 생각하고 또 생각하고 또 생각에 잠겼다.

'악성 종양…. 암….'

그 당시 지식으로 내가 알고 있던 암이라는 병은 불치병이었고, 죽는 병이며, 매우 심각한 병이었다. 이 정도의 내용이 내가 아는 암의 전부였던 것이다. 침대에 누워 천장을 바라보고 멍하니 있으니 여러 가지 생각과 만감이 교차했다.

'도대체 어디서부터 잘못된 것일까? 외동아들인 내가 없으면 우리 부모님은 어떻게 하지? 나는 앞으로 얼마나 살 수 있을까? 부모님과 사랑하는 사람들에겐 어떻게 이야기를 해야 할까? 한다면 어떤 방법으로 이야기를 하는 게 좋을까? 이제 스물여덟 살이고 장가도 못 가봤고 2세도

없는데 이제 나는 죽는 것인가?'

천장을 바라보며, 한참을 생각하고 또 생각했다. 생각할수록 머릿속은 더 복잡해지고 한숨만 나올 뿐이었다. 앞으로 어떻게 해야 할지에 대한 아무런 생각이나 계획이 서질 않았다.

'왜 나에게 이런 일이 생기는 걸까? 왜 하필 나에게?'

암에 걸린 대부분의 사람들이 처음 하는 생각은 대부분 비슷하다. 믿기지 않는 현실, 세상에 대한 원망 그리고 왜 이 일이 하필 나에게 생긴 것인지에 대한 화가 머릿속을 지배한다. 하지만 시간이 지날수록 현실을 받아들이게 되고 이성적인 판단을 할 수 있는 시기가 오게 되어 있다. 어느 정도 시간이 흐른 후 이성적인 판단으로 이 상황을 수용하는 시점에 나는 먼저 대학병원에 근무하는 친구에게 물어보았다.

"이제 그럼 어떻게 해야 하는 거야? 수술이나 치료가 더 필요한 거야?"

"완태야, 일단은 당장 학교로 가지 말고…. 재수술이 필요할 것 같은데, 진료가 잡혔으니까 진료 날짜에 다시 한 번 보자."

이후 다시 만난 주치의는 "병변 부위 일부가 아닌 전체를 먼저 깨끗하게 제거하고, 그 다음 추가적인 검사를 통해 필요한 치료가 있다면, 다른 치료를 병행해야 할 것 같습니다."라고 말씀하셨다.

그 당시 암에 대한 정보를 얻기 위해 내가 할 수 있는 거라곤 친구에게 물어보는 것과 인터넷 서핑을 통해서 관련 자료를 찾아보는 것밖에 없었다. 할 수 있는 첫 번째 일은 친구를 통해서 이미 확인하였고, 다음은 내가 궁금한 암에 대한 정보들을 책이나 인터넷을 통해 여러 가지 확인해보는 것이었다. 그리고 이와 함께 시급하게 해야 할 우선 과제는 가족들에게 만큼은 이 사실을 제일 먼저 알려야 하는 것이었다. 이 사실을 알리는 일은 굉장히 조심스럽고 두려운 일이었다. 특히 나는 형제, 자매가 없는 외동아들이었던 터라 부모님께서 받을 충격이 더 많이 걱정되었기 때문이다. 그날 저녁, 아버지, 어머니께 조심스럽게 말을 꺼냈다.

"아버지 어머니, … 수술은 잘되었는데 제가 암이라고 합니다."

아버지, 어머니는 늘 나를 대하던 그대로셨다. 늘 나를 믿어주시고 아들의 결정을 존중해주셨던 두 분은 아마 내가 이 병 역시도 지금껏 해왔던 것처럼 잘 이겨낼 수 있을 거라 믿으셨던 것 같다. 또 한편으로는 많은 충격을 받으셨겠지만 아들이 더 힘들어하고 걱정할까 봐 최대한 티를 내지 않으려고 담담하게 말씀하셨던 것 같다.

어머니께서는 그길로 서울에서 목회 활동을 하시는 외삼촌에게 전화를 하셨다. 늘 우리 가족이 어려울 때 가장 먼저 나서서 도와주셨고 우리 뿐만 아니라 늘 어려운 이웃을 위해 봉사하시고 헌신하시며 사회적으로도 덕망이 높으신, 내겐 늘 자랑스럽고 든든하며 존경하는 삼촌이셨다. 목회자로서 교인뿐 아니라 여러 사람들에게 존경받는 삼촌께서는 어머니와 나의 병에 대해 이야기를 나누시고는 추가 치료를 위한 계획에 도움을 주셨다. 삼촌께서는 이리저리 수소문하여 병원을 알아보시고는 한국원자력병원에 김기환 박사님이 이 분야의 권위자라 하시며 급히 병원 예약을 직접 잡아주셨다.

2차 수술인 데다 중요한 수술인 만큼 경험이 더 많은 서울의 원자력병원에서 수술하길 권하셨다. 혹시나 모를 추가 치료까지 생각하셔서 내리신 결정이었다. 나는 그 길로 학교가 아닌 치료를 위해 서울행 기차를 타게 되었다.

병원을 선택할 때 그 병원의 명성이나 수술 횟수, 수술 경과 등도 물론 중요하겠지만 나의 경험으로는 좋은 주치의를 만나는 것이 굉장히 중요했다. 여기서 말하는 좋은 주치의는 꼭 명의로 알려진 유명한 선생님을 말하는 것이 아니다. 물론 알려진 명의를 만나는 것 역시 좋은 방법일 수 있겠지만 주치의의 말이 신뢰가 가지 않거나, 주치의를 만나서 진료에 관한 이야기를 나눈 후 치료하는 과정에서의 만남이 불편하다면 이것은 암을 치료하는 데에 있어서 절대 좋은 영향을 미칠 수 없다.

내가 생각하는 좋은 주치의는 진료받을 때 나의 마음이 가장 편안하고 내가 신뢰할 수 있는 주치의다. 나는 나뿐만 아니라 아내, 아버지가 치료받는 동안 많은 의사 선생님들을 만나왔다. 경험에서도 그러하듯 치료 과정에서 좋은 선생님을 잘 만났던 것들이 암치료에 좋은 성과를 가져왔다고 지금도 확신하고 있다.

서울 원자력병원에서 만났던 김기환 박사님 역시 그런 분이셨다. 의사로서는 늘 최악의 상황을 염두에 두고 환자에게 이야기를 해야 하지만, 항상 밝은 표정으로 작은 부분도 쉽고 상세하게 친절히 설명해주셨다. 나의 병변이 심하지 않아서일 수도 있을 것이고 또 아직 젊기에 그러셨을 수도 있지만, 치료 방향 및 치료 경과 역시 늘 긍정적으로 이야기해주셨다.

"어려운 수술이 아니니 염려할 필요 없고 맘 편하게 가지세요! 최선을 다하겠습니다."

웃으며 말씀해주셨는데, 그 표정과 말씀이 잊히질 않는다. 이러한 것들이 처음 암을 접하고 두려움에 떨던 나에게는 매우 큰 힘이 되었다. 이후 수술을 준비하는 나의 몸과 마음은 박사님의 말씀을 듣고 난 후 한결 걱정을 덜 수 있었고 처음보다 편히 수술에 임할 수 있었다. 다행히 수술 경과 또한 좋았다. 서울에서 2차 수술 후 약 1주일간 입원 및 회복 기간을 가진 나는 비로소 모든 치료를 마무리하고 다시 부산으로 돌아올 수 있었다.

전북 익산에서 처음 암을 발견하여 시작된 나의 암치료 병원 투어는 익산–부산–서울 원자력병원을 마지막으로 한쪽 고환 전체 절제 수술을 한 후 종료되었다. 수술 후 검사를 통해 초기 판정을 받았던 나는 수술 치료 이후 추적 검사를 시행하기로 했다. 3개월 단위로 수술 후 경과 및 암의 잔존 여부와 재발 여부를 확인하는 정기 추적 검사를 시행하게 되었다. 수술은 잘되었고 항암치료나 방사선치료 없이 모든 치료가 잘 끝났음에도 여전히 나의 마음은 편하지 않았다.

아마도 그건 바로 이 정기 추적 검사에 대한 걱정 때문이었다. 검사에 대한 걱정도 컸지만, 암이 재발하지 않을까 하는 막연한 두려움이 더 컸다. 보통은 수술 후 1년간은 3개월 단위로 검사하고 다음 2년은 6개월 단위 그리고 나머지 2년은 연 단위로 추적 검사를 시행하게 된다. 추적 검사의 시기나 방법은 병원에 따라 병명에 따라 주치의의 치료 방향에 따라 다를 수 있다.

나는 그렇게 수술 후 추가적인 암치료 없이 일상으로 복귀했다.

05.

29세 대학교 4학년 만학도 암환자의 결혼

2008년 수술 후 여자친구였던 아내는 당시 나이 서른으로 결혼 적령기에 들어섰지만, 나는 아직 스물아홉의 늦깎이 대학생 신분이었고, 비록 치료를 했다고는 하나 암 수술 후 5년이 지나지 않은 투병 중 암환자였다.

발견 당시 초기였고 비교적 수술이 잘 진행되었다 하더라도, 대부분의 암에 대한 상식이 부족한 일반인들에게는 암은 굉장히 무서운 병으로 인식되어 있다. 이 사실을 아는 내 주변 사람들은 나를 안타까운 시선으로 바라보는 경우가 많았다. 사실 처음 암진단을 받게 되면, 주변의 시선과 건강을 묻는 안부 등의 질문이 암환자에게는 상당히 부담스럽기도 하고 불편하다. 안 괜찮은지 알면서 괜찮냐고 물어보는 사람들의 걱정을 빙자한 동정 어린 시선이 나는 너무 싫었다.

취업을 준비하는 미래가 불확실한 대학생인 데다 암에 걸린 젊은 남자…. 이런 남자를 사랑하고 결혼까지 결심하는 것은 내가 아내의 입장에서 생각해봐도 쉽지 않을 결정이었다. 당시 여자친구였던 아내는 부산 동아대병원에서 수술을 앞두고 좀처럼 마음이 진정되지 않고 심란했던 나를 이끌고, 마음의 안정과 위안을 주고자 경주 여행을 제안했다. 경주는 우리 부부에게 여러모로 의미 있는 장소였다. 대학 신입생 환영회를 통해 아내를 처음 만난 장소이자, 연인 사이가 아닌 친구일 때 다른 동기들과 함께 단체 여행이긴 했지만 함께했던 첫 여행지였고, 또한 연인 사이가 된 이후로 처음 갔던 여행지이기도 했다.

유난히도 별이 밝았던 그날 경주의 밤하늘이 아직도 생생하게 기억이 난다. 늘 천사같이 밝고 따뜻했던 아내는 이날도 여느 때와 같은 미소로 나에게 먼저 다가와 따뜻하게 손을 잡아주며, 이야기했다.

"아무 걱정 말고, 수술 잘 마치고, 우리 더 예쁘고 행복하게 살자. 그리고 나는 자기가 어떻게 살아온 사람인지 잘 알고, 앞으로도 어떻게 살아갈 사람인지도 잘 알고 있어. 지금 당장은 아직 졸업을 앞두고 있고, 또 취업도 해야 하지만 금방 취직할 거 믿어 의심치 않아. 취업의 어려움보다는 어떤 회사에 취직할 것인지가 고민인 거잖아? 내가 회사 다니고 있으니깐 아무 걱정하지 말고 앞으로 내가 내조 잘 할게."

아내가 먼저 결혼에 대한 이야기를 선뜻 꺼내주었다. 30대를 앞둔 아내는 결혼 적령기이기도 했고, 결혼을 전제로 나와의 만남을 시작한 것도 맞겠지만, 이런 상황에 먼저 선뜻 결혼을 하자고 말을 건네줄 거라곤 생각지도 못했다. 생각해보면 아내는 처음 볼 때부터 늘 한결같은 사람이었다. 사람을 사귈 때도, 어떤 일을 할 때도 조건이나 본인의 이익을 먼저 따지는 계산적인 사람이 아니었다. 남에게 싫은 소리 할 줄 모르는 사람이었고 늘 남을 배려하는 성격이었다. 그런 아내는 외모도 아름다웠지만 늘 밝고 따뜻한 마음으로 주변 사람들을 편안하게 해주는 매력이 있었다. 그래서 그녀 주변에는 늘 인간적으로 그녀를 좋아하는 사람이 많았다.

나 역시도 그녀를 만나면서 내 인생의 반려자로 늘 마음에 두고 있었지만, 막상 병을 얻고 나니 아내에게 먼저 말할 용기가 나질 않았다. 솔직히 말하자면, 그 당시 나는 준비가 부족했기 때문에 결혼은 어느 정도 자리가 잡힌 후 해야겠다는 생각을 가지고 있었다. 지금껏 해온 것처럼 해나가다 서른다섯 살 정도가 되면, 내가 꿈꾸던 이상적인 위치에서 결혼을 할 수 있지 않을까 하는 생각에서였다. 비록 가진 것이 많지 않고 크게 이뤄놓은 것도 없는 상황이었고 직업도 없고 함께할 신혼집도 없고 빽도 없었지만 그래도 아내 그리고 내 가족만큼은 누구보다 행복하게 해줄 자신은 넘쳐나고 있었다.

지금껏 모든 일에 그래왔던 것처럼 병마와 싸워 이겨낼 자신도 있었고, 누구보다 열심히 치열하게 20대를 살아오며 얻은 성과를 바탕으로 앞으로의 인생도 누구보다 더 열심히 노력하며 더 나은 인생을 살 자신감만은 분명 어느 누구보다 충만했다. 이런 걸 근자감(근거 없는 자신감)이라고 말하는 사람도 있겠지만, 나에게는 근거 없는 자신감은 아니었다. 그때까지 나는 인생을 살며, 목표한 것들은 된다는 강한 긍정의 믿음과 노력으로 늘 좋은 결과를 얻어왔다. 정확히 표현하자면 성공 경험을 통한 근거가 있는 자신감이 충만했던 것이다.

그곳에서 결혼을 결심해준 아내에게 너무나 고마웠고, 감사한 마음과 함께 내가 더 건강해져서 그녀를 평생 지켜주리라 결심했다. 그리고 이제 누군가를 책임질 수 있다는 행복한 책임감도 함께 들었다. 그날 밤하늘의 별을 보며 기도했다.

"하나님! 저에게 다시 한 번 인생을 살 수 있는 기회를 주신다면 그녀와 우리 모든 가족들, 저를 사랑하는 사람들 그리고 제가 사랑하는 주위 사람들을 위해 늘 감사하며, 기뻐하고, 노력하며 행복하게 살고 싶습니다."

아내와 나는 이성친구로는 드물게 7년을 가장 친한 친구로 지내왔으며, 그 과정을 통해 서로에 대해 누구보다 잘 알고 있었다. 우리는 공통점이 많았다.

첫째, 우리는 직장과 학업을 병행하며, 힘든 과정에서도 장학금까지 받아 학비를 스스로 해결했던 몇 안 되는 학생들이었다.

둘째, 우리는 할 때는 하고, 또 놀 때는 놀 줄 아는 멋진 학생이었다. 학교의 선후배 동기들과 어울려 놀 때는 술도 제대로 마시고, 흥도 제대로 느끼면서 분위기를 만들 줄 아는 우리였다.나는 그런 멋진 아내와 암 수술 후 4개월이 지나 결혼에 골인하게 되었다. 이런 우리 경험을 바탕으로 우리 집의 가훈은 "할 때는 하고, 놀 때는 놀자!"로 정했다.

2000년 스무 살 00학번 대학동기, 아내와의 첫 만남

우리는 2000년 부산 경성대학교에서 00학번 경영학부 신입생 동기로 처음 만나게 되었다. 나의 경험을 토대로 주변에 이야기할 때, 나는 늘 남녀 사이에 친구는 존재할 수 없다고 말하고 있다. 내가 가장 친한 여사친(여자사람친구)과 결혼했기 때문이다. 남녀 사이뿐만 아니라 동성 간의 친구도 상대에게 인간적인 어떤 매력을 느끼기 때문에 친해질 수 있고 친구가 될 수 있다고 생각한다.

아내의 첫 모습은 당당하고 활달했지만, 외적으로 풍기는 이미지와는 다르게 타인에게 싫은 소리를 못 하는 여린 성격의 소유자였고, 베풀기 좋아하는 마음이 따뜻한 사람이었다. 우리 동기 중에서 아내는 특이하게도 일과 학업을 병행하면서도 장학금도 놓치지 않았으며, 놀 때도 빠지지 않고 새벽까지 술자리를 지키는 사람이었다. 그녀는 무엇보다 정말 열심히 살고 노력하는 멋진 사람이었다. 약간은 사기 캐릭터였다. 아내는 사실 고등학교 졸업 후 회사를 다니다가 재수를 하여, 1년 늦게 입학한 케이스로, 대학 동기였지만 사실 나보다는 한 살 많은 누나였던 것이다. 나는 그런 그녀가 인간적으로 또 이성적으로 맘에 들어서 동기들은 그녀를 누나라고 불렀지만 나는 그녀를 한 번도 누나라고 부르지 않았다. 우리는 혈액형도 같은 B형이고 성격이나 가치관도 비슷한 부분이 많았다. 특히 우리 둘은 노력파였고, 사람들과 어울리는 것을 좋아하였으며, 활달한 성격이었고, 무엇보다 지금보다 미래를 위한 준비와 계획을 열심히 하며 살아가는 몇 안 되는 20대 청춘이었다.

그때 우리 집은 IMF의 여파로 집안 상황이 경제적으로 매우 어려운 편이었다. 아내 역시 마찬가지였다. 이러한 공통점들이 같은 어려운 상황에서도 좋은 성과를 냈던 공통점을 만들어주어서 우리를 금방 쉽게 가까운 사이로 만들어주었다. 아내도 아르바이트, 일과 학업을 병행하면서도 장학금을 놓치지 않았고, 나 역시 마찬가지였다. 아마도 우리 둘에게는 간절함이라는 공통점이 있었기에 이 모든 것이 가능했던 것 같다.

그런 아내는 졸업 후 계약직으로 일하던 외국계 대기업에 당당하게 정규직으로 먼저 취직을 했다. 우리 동기들 중에서 가장 좋은 회사에 취직한 것이다. 나 역시 학비에 보탬이 되는 일이라면 레스토랑 서빙을 비롯해 방학 때면 신발 공장, 아이스크림 포장지 공장에서 일을 하며 학비를 모았고, 교내에서는 도서관 근로 장학생으로 근로 장학금을 받고, 학과 대표를 맡아 장학금도 받으면서 학교를 다녔다. 그러나 학업을 소홀히 한 적은 없다.

공장에서 기숙사를 마련해줘서 일했던 아이스크림 포장지 공장은 사실 여름방학 때 아이스크림 공장인 줄 알고 일하러 간 것이었다. 더운 여름 아이스크림 공장에서 일을 하면 시원한 곳에서 일을 할 수 있고, 아이스크림도 실컷 먹을 수 있다는 기대를 가지고 간 곳이었다. 하지만 실상은 한여름에 아이스크림 포장지를 만드는 곳이었다. 아이스크림은 구경도 하지 못했지만 나에게는 내 인생의 일터 중 가장 기억에 남는 장소이기도 하다. 친구와 함께 합숙을 하며 일을 할 수 있었기 때문이다.

군 제대 후 일을 병행하면서도 나는 매 학기 장학금을 놓치지 않았고, 그렇게 내 힘으로 학비를 모두 해결하여, 학업을 마무리할 수 있었다. 어찌 보면 내 학비를 내가 해결하는 것이 당연한 것이겠지만 사실 당시는 부모님의 도움으로 학교도 다니고 용돈을 받아 생활하는 친구들을 보면 부럽기도 했다. 하지만 그럴수록 이를 더 깨물었다.

이렇게 각자의 자리에서 열심히 살며 좋은 친구로 지내던 우리는 내가

2008년 대학 편입을 통해 대구 영남대학교로 옮기면서 멀어지게 되었는데, 이 무렵 아내가 우연히 대구를 놀러오면서 우리는 급격히 가까워지게 되었다. 인생과 사랑은 모두 타이밍이라고 하였던가? 그 당시 둘 다 연애를 하지 않는 솔로였기에 우리는 급속도로 관계가 발전하게 되었다. 돌이켜보면 아내의 대구 방문은 우연을 가장한 방문이었다.

이처럼 친한 이성 간의 친구 사이는 언제든 연인으로 발전할 가능성이 있다는 것을 몸소 경험하며 나는 주위의 지인들에게 "남녀 사이에 친구는 존재할 수 없어."라는 긍정적인(?) 메시지를 던지곤 한다. 그런 우리는 대구와 부산을 오가며 어느덧 연인 사이가 되었으며, 이 시기부터 부산, 대구 그리고 교환 학생 시기의 전북 익산까지 장거리 연애를 시작하게 되었다. 이렇게 우리는 가장 친한 친구에서 연인이 되었고, 좋은 친구에서 사랑하는 사람이 되었다. 그리고 우리는 부부가 되었다.

06.

암환자 김완태!
결혼, 취업, 임신 세 마리 토끼를 잡다

암 수술 후 4학년 2학기가 시작되던 그해 가을 우리는 결혼식을 올리게 되었다. 우리는 사귀기 전부터 서로 많이 닮아 있었고, 살아온 방식과 추구하는 인생의 가치관이 비슷하였기에 좋은 부부가 될 수 있을 거라는 확신이 있었다. 여러 어려움 속에서도 결혼까지 골인할 수 있었던 이유다.

사실 경제적 준비도 부족했고, 취업도 하기 전이며, 건강까지 좋지 못했던 나를 남편으로 받아들이는 것은 아내는 물론이고 아내의 집안에서도 허락이 쉬울 리가 없었기 때문에 나의 고민은 더 클 수밖에 없었다. 아내의 부모님인 장인, 장모님은 얼마나 놀라셨을까? 외모도 앳돼 보이는 데다 나이가 있는데도 불구하고 아직 학생 신분에 직업도 없으니!

나는 정면 돌파를 선택했다. 장인, 장모님을 만나 내가 살아온 인생 이야기와 앞으로의 나의 꿈과 희망에 대해 말씀드렸다. 그리고 단순한 꿈을 설명 드린 것이 아니라 그 꿈을 실현하기 위한 계획과 이 계획에 따라 앞으로 5년, 10년, 20년 뒤에 달라질 우리의 모습을 하나하나 설명 드렸다.

사실 내가 암환자라는 사실은 결혼 전에 차마 말씀드리지 못했다. 하지만 결국 우리는 어려움을 모두 극복하고 결혼하게 되었다. 결혼을 결심한 이 시기에 여러 경사가 겹쳤는데 결혼, 취업, 임신을 한 번에 이루게 된 것이었다. 큰 병을 얻고 난 후 가정이 생기고, 2세까지 생기면서 나는 모든 일에 더 최선을 다할 수밖에 없었다.

처음 암진단을 받았을 때는 결혼도 못 하고, 2세도 보지 못하고 죽는구나라는 생각을 할 수밖에 없었다. 하지만 어느덧 책임져야 할 식구가 하나가 아닌 둘로 늘어나면서 책임감도 커졌지만 꼭 살아야겠다는 마음과 그보다 더 큰 행복한 날들이 하루하루 선물처럼 나에게 주어졌다.

아내와 결혼을 약속하고 날을 잡은 후 2개 회사의 면접을 앞두고 있었는데, 4학년 2학기가 되자마자 결혼 준비와 함께 취업을 급하게 준비하게 된 이유는 바로 가족이었다.

SK텔레콤에서 근무했던 경력이 있던 나는 타 통신사의 영업관리직과

SK텔레콤 협력회사의 영업관리직군에 지원하며 지금껏 나의 노력과 경험 등을 정리하여 이력서로 제출했다. 운이 좋았던 것일까? 아니면 나의 노력이 주요했던 것일까? 간절함이었을까? 채용 담당자는 나의 입사 서류를 검토하고 협력회사가 아닌 SK텔레콤의 자회사에 사내 강사로 추천을 해주었다. 정규직인 데다 연봉이나 근무 조건도 꽤 괜찮은 자리였다. 물론 면접과 시험을 통과하여야, 최종 합격할 수 있는 자리였지만 간절함은 곧 기회로 연결되었다. 노력 끝에 1차 서류 전형을 통과한 후 인적성검사까지 합격하고, 부산에서 치러진 1차 면접을 통과한 후 서울 관악구에 위치한 서울대학교 SK텔레콤 연구동에서 최종 면접만 앞두게 되었다.

그런데 아뿔싸! 그 최종 면접 일자가 우리 신혼여행 일자와 겹치는 것이 아닌가? 이건 무슨 신의 장난이란 말인가? 그렇다고 예정된 결혼식과 신혼여행을 미루기도 어렵고, 좋은 자리의 최종 면접을 포기할 수도 없는 노릇이었다.

나는 늘 그래왔던 것처럼 정공법을 택했다. 당시 나는 이지성 작가의 『꿈꾸는 다락방』이라는 책을 읽은 후 R=VD. "생생하게 꿈꾸고, 그리면 이루어진다." 이 문구에 확신을 가지고 있었다.

내가 꿈꾸고 목표하는 것을 내게 가장 잘 보이는 책상, SNS 프로필, 수첩 등에 적어서 가까운 곳에서 자주 보고, 또 내가 얻고자 하는 것들은 그 사진 및 그림을 다운로드하거나 직접 찍어서, 늘 보며 목표가 이루어진 나를 생생하게 그리던 시기였다.

당시 나의 가장 큰 목표는 건강과 취업이었다.

1) 건강한 몸으로 가족 지키기

2) 취업을 통한 진정한 가장 되기

취업이라는 간절히 바랐던 꿈을 이루고자 나는 용기를 내었다. 안 되면 다음 플랜을 계획해보자는 생각으로 인사 담당자에게 연락하여, 최종 면접 일자와 신혼여행 일자가 겹치는데 면접 일자를 조정해주실 수 있는지 조심스레 여쭈었다. 긴장되어 목소리가 떨렸지만, 자신 있게 말하려고 노력했다. '나를 놓치면 후회할 거야'라는 마음가짐으로 당당하게 이야기를 시작했다.

"저는 이 회사에 꼭 필요한 역량을 갖추기 위해 많은 노력을 해왔고, 그 노력의 결과물도 가지고 있습니다. 이 회사에 꼭 합격하여 제 역량을 펼쳐 회사와 제가 함께 성장하고 싶습니다. 저뿐만 아니라 저의 아내가 될 사람 그리고 가족들에게도 이 회사의 취업은 너무나도 간절히 기다려온 시간인데, 혹시 신혼여행 후 면접을 볼 수 있도록 일자를 조정해주실 수는 없겠습니까? 만약 저에게 면접의 기회가 주어진다면 반드시 합격하겠습니다!"

그 한 통의 전화는 회사 담당자에게 나를 더 각인시키는 계기가 되었고, 결국 회사의 배려 속에 면접 일자를 조정받아, 신혼여행을 다녀온 후 최종 면접에 임할 수 있었다. 면접에서 당시 면접관으로 계셨던 팀장님께서 해주셨던 마지막 질문이 아직도 생생히 기억에 남는다.

면접 마지막에 어머님께서 운영하는 가게에 대해서 질문한 내용이 있었는데, "부산에 내려가면 김완태 씨 어머님의 곱창 가게에서 곱창을 먹어볼 수 있습니까?"라고 물어보셨다. 이 질문에 직감적으로 예감했다. '아, 면접관님이 나를 좋게 보셨고 합격할 가능성이 매우 높겠구나.' 하고 말이다.

비록 젊은 나이에 암 확진 판정과 두 번의 수술로 몸과 마음이 지쳐 있었지만, 사랑하는 아내 그리고 가족들 덕분에 모두 극복하고 이겨낼 수 있었다. 그렇게 나는 동 시기에 결혼과 취업을 함께 이루어낼 수 있었다.

지금도 그렇게 생각하지만 우리 회사는 정말 인간적이고, 따뜻한 회사라 자부하며, 직원의 행복을 최우선으로 생각하는 일하고 싶은 회사라고 자랑하고 싶다. 주요 가치 중 '행복'을 늘 중요시하는 우리 회사의 기업 문화는 구성원들이 더 행복하기 위해 노력함으로써 회사와 주주 그리고 구성원 개개인 모두가 함께 성장할 수 있다는 것을 알게 해주었다. 가정에서도 가족의 덕목 중 가장 중요한 것 역시 행복이라고 생각하며 살아온 나에게 회사의 이러한 문화는 나를 더 열심히 일할 수 있도록 만드는 원동력이었다. 그리고 때마침 첫째 아들을 임신했다는 소식까지 겹경사가 오면서, 나와 우리 가족은 인생에서 가장 행복한 시간을 보내고 있었다. 그렇게 스물아홉 살, 나의 20대 마지막은 다양한 사건들로 정신없이 흘러갔다.

결혼을 하기에는 여러 가지 부족한 점이 많은 나를 남편으로 믿고 함께해준 아내에게 떳떳한 남편 그리고 자랑스러운 가장이 되어, 행복한 가정의 결실을 맺을 수 있었던 일등 공신은 바로 우리 사랑의 결실, 아이였다.

우리 부부는 대학 시절, 당시로는 드물게 대학 학비를 장학금과 일을 통해 직접 해결할 만큼 생활력이 강했고, 그러한 과정 속에서도 누구보다 열심히 또 즐겁게 살아왔다. 오랜 친구로 지내며 가치관, 생활 방식 등 비슷한 부분들이 많다 보니 우리는 연애 중에도 그리고 결혼 후에도 별 다툼 없이 잘 지낼 수 있었다. 결혼 이후에도 늘 그래왔듯 매사에 긍정적으로 좋은 생각, 행복한 꿈을 꾸며, 미래를 준비하고, 현재를 즐기려고 노력했다.

비록 20대 중반에 찾아온 암이라는 시련이 있었지만, 이 시련은 지금껏 살아온 내 자신을 돌아볼 수 있는 좋은 경험을 할 수 있게 해주었고, 그로 인해 앞으로의 인생도 진지하게 고민해보고 준비할 수 있는 뜻 깊은 시간이자 의미 있는 경험이었다. 동료, 가족, 친구 등 나를 사랑해주는 많은 이들의 소중함과 고마움을 느낄 수 있는 시간이었다.

누구나 죽음을 미리 생각해보지는 않을 것이다. 사고나 병을 통해 내가 죽을 수도 있다는 상황이 오기 전까지는…. 나는 암으로 인해 남들보다 절실했고 간절함이 더 클 수밖에 없었다. 암은 초기라 하더라도 쉽게 생각할 수 있는 병이 아니다. 하지만 치료가 불가능한 병도 아니다. 암은 난치병이지, 불치병은 아니기 때문이다.

나에게 암은 지금껏 태어나 한 번도 생각해보지 않았던 죽음에 대해 진지하게 고민할 수 있었고, 그런 경험은 인생을 되돌아보고 앞으로 내가 살아가고자 하는 인생을 다시 한 번 명확하게 그려보는 계기가 되었다.

암에 걸린 후 처음에는 두려웠지만, 정신을 차리고 나니 죽음이 무섭지 않았다. 다만, 지금 죽기에는 너무 아쉽다는 생각과 남겨질 가족에 대한 걱정 그리고 내가 하고자 하는 꿈 중 이루지 못한 많은 것들이 마음에 부담으로 자리잡았다.

07.

건강하지 않은 상태에서 찾아온 첫째 아들 태명은 '건강이'

암 수술 후 나는 3개월 단위의 정기 검진을 열심히 받으면서, 면역력을 높이기 위한 식단과 운동 그리고 무엇보다 스트레스를 잘 관리하기 위해 긍정적인 마인드를 높일 수 있는 것들에 집중하며 생활했다. 긍정과 관련된 서적 및 자기계발서들을 구매하여 이 책들을 읽을 때면 마음이 편안해졌다. 투병 생활 중 나태해질 무렵이면, 내가 더 열심히 살아야겠다는 생각을 다시 고취할 수 있어서 자기계발서는 투병 생활 중 마음을 다시 잡는 데 많은 도움이 되었다.

요즘은 각 통신사에서 혜택도 많이 주고 지역 도서관에서 무료 E-북

등도 제공이 많이 되고 있어 휴대폰이나 태블릿 PC를 통해서도 장소에 제한 받지 않고 책을 읽을 수 있다. 그렇게 암 수술 후 건강 관리를 꾸준히 하며 열심히 살던 중, 결혼 다음 해 2월에 드디어 사랑하는 첫째 아들이 태어났다.

외동아들이었던 나는 식구가 어머니, 아버지 이렇게 세 명밖에 없었다. 이러한 우리 집에 천사 같은 아내가 가족으로 내 곁에 왔을 때도 너무 행복했지만 또 첫째인 아들이 태어났을 때 그 기쁨은 이루 말로 표현할 수 없었다. 늘 식구가 많았으면 하고 생각했던 어린 시절의 꿈이 이루어져서이기도 하고, 또 건강의 큰 어려움을 극복하며 그 안에서 온 가족이 함께 노력하고 의지하며 사랑으로 이루어낸 결과이자 축복이라고 생각되었다.

첫째를 아내가 임신했을 때 우리가 원하는 건 딱 한 가지였다. '제발 건강한 아이로 태어나기를…. 그리고 앞으로도 건강한 사람으로만 잘 자라주기를….' 결혼 당시 나의 건강 상태가 좋지 못했기 때문에 건강에 대한 간절한 바람을 담아 우리는 아들의 태명을 '건강이'로 지어주었고, 애칭으로 "강아~ 강아~ 건강하게 태어나다오." 하고 뱃속에 있는 태명 '건강이'를 강이로 부르곤 했다. 우리는 여느 출산을 앞둔 부모처럼 강이를 위해 매일 산책과 운동도 하고, 좋은 음식도 챙겨먹고 좋은 음악도 들려주곤 했다.

다른 또래의 부부들과 약간의 차이라 하면 환자였던 나의 영향으로 아내 역시 나와 함께 더 많이 운동하고, 더 좋은 음식을 챙겨먹었다는 것! 그리고 매일매일 아내의 배에 나의 목소리로 동화책을 읽어주기도 하고, 또 건강이를 위해 매일 일기도 작성하며, 그 일기를 읽어주곤 했다. 암환자의 라이프 패턴에 맞춰 임신 중인 아내가 함께 맞춰가니 건강에 관련해서는 더 없이 좋은 태교가 될 수밖에 없었다.

다른 평범한 임신한 부부들보다 더 건강하게 아내와 뱃속의 아이를 챙길 수 있었던 것은 내가 암환자였기 때문이다. 치료를 위해 노력하는 암환자처럼 생활한다면 건강한 사람은 더 건강해질 수밖에 없다는 것을 깨달았다. 나를 위해서, 아내를 위해서 그리고 태어날 아이를 위해서 몸에 좋은 음식과 운동, 건강에 좋다는 것들을 하나둘씩 챙겨가며, 병을 관리하고 아내와 아이의 건강을 함께 챙길 수 있었다. 이러한 노력으로 첫째는 몸무게 3.8킬로그램의 건강한 아이로 2010년 2월 3일에 힘차고 우렁찬 울음소리와 함께 세상 밖으로 나왔다.

물론 우리의 바람대로 매우 건강한 아이로 태어났고, 아내 역시 건강히 순산했다. 아이가 태어나고 얼마 후 나 역시 수술 후 받았던 첫 건강검진에서 별다른 이상 없다는 합격통보를 받을 수 있었다.

아들의 출산만큼이나 긴장되고 떨리던 첫 건강검진이었다. 암환자가 주어진 현실을 받아들이는 것은 정말 쉽지 않다. 병기가 높을수록, 현재 상태가 좋지 않을수록 더 그러하다. 하지만 현재의 나의 몸 상태와 나의 상황을 받아들이는 순간 마음이 한결 편안해짐을 느낀다.

암 확진을 이미 받은 상태에서 그때 미리 검사를 했더라면, 조금만 더 일찍 병원에 왔더라면 하고 과거에 집착한다면, 그로 인한 우울증과 스트레스만 커질 뿐이다. 이미 다가온 현실을 바꾸기 어렵다면 현재의 상황을 인정하고, 그 안에서 할 수 있는 것들을 찾아보자. 그리고 계획들을 즉시 실행해보자. 그 안에서 행복할 수 있는 것들을 찾아보자. 가령 생업을 완전히 놓을 순 없겠지만, 일이나 기타 바쁘다는 여러 가지 이유로 그동안 하지 못했던 것들, 하고 싶은 일들을 해보는 것도 좋은 방법이다.

"나는 암환자야! 암환자가 뭐 어때서? 곧 나으면 다시 건강했던 원래의 나로 돌아갈 건데! 지금 잠깐의 어려움은 전혀 상관없어!"

암 수술 이후 정기 추적 검사

나는 서울 원자력병원에서 마지막 수술을 하였기에 정기 추적 검사 역시 서울로 향하게 되었다. 암 판정 그리고 첫 수술 이후 정기 검사는 병원과 의사, 병명에 따라 다를 수 있지만 일반적으로는 3개월 단위로 이루어진다.

보통 5년까지 정기 검사가 이루어지는데, 수술 후 1년간은 3개월 단위로, 2년째부터 3년까지는 6개월 단위로, 이때까지 문제가 없다면, 4년차부터는 1년에 1회 정기 추적 검사를 시행한다. 이러한 추적 검사 과정을 거쳐 5년 뒤에 내 몸에 암세포가 발견되지 않는다면 의학적으로 완치 판정을 내린다.

정기 검사를 받으러 가는 날이면 늘 마음이 초조하고 불안했다. 마치 큰 시험을 치르고 그 결과를 기다리는 기분이었다. 요즘은 검사 결과가 예전에 비하면 굉장히 빨리 나오지만, 검사 후 결과를 기다리는 그 며칠이 굉장히 긴장되고 두려운 시간이기도 했다. 나뿐만 아니라 많은 암환자나 암환자 보호자들이 나와 같은 경험을 했을 것이다.

하지만 젊은 나이에 큰일을 겪으면서 내가 느낀 것은, 고민한다고 바뀔 것이 없다는 것이다. '고민한다고 바뀔 게 없으니 고민하지 마.'라고 누구나 말은 쉽게 할 수 있지만, 이 상황이 되면 이 고민을 떨쳐버리는 것이 참 어렵다.

그래서 나는 이런 고민을 떨쳐버리기 위해 나만의 방법을 찾게 되었다. 그중 첫 번째는 취미생활을 가지는 것이었다. 여러 방법 중 가장 큰 도움이 되었다. 나는 운동을 했다. 원래 운동을 좋아했고 운동이 나의 건강을 더 좋게 해줄 거라는 확신도 들었다. 억지로 하는 운동이 아닌 축구, 등산 등 내가 좋아하며 즐길 수 운동을 하면서 여가 시간 활용은 물론, 많은 고민들로 머리가 복잡해지는 시간이 생길 때면, 땀을 흘리며 운동에 집중했다. 잡념이 생기지 않도록 운동을 통해 내 몸을 바쁘게 움직이고나면 몸도 마음도 한결 가벼워지곤 했다.

두 번째! 잡념, 고민과 걱정으로 힘이 들 때는 정신없이 바쁘게 일정을 잡고, 내가 집중할 수 있는 곳에서 시간을 보내보자! 운동할 여건이 되지 않을 때는 한 가지에 몰두하여 집중할 수 있는 곳을 찾았다. 이왕이면 나처럼 본인이 좋아하는 일, 하고 싶은 일들을 취미로 만들어, 습관처럼 시간을 보내길 추천한다. 운동 외적으로는 일과 관련하여 내가 하고 싶은 것들! 그 당시 나는 교육 부서에 있었기 때문에 회사가 원하는 일이 아닌 내가 진짜로 하고 싶은 교육을 기획하고, 그 자료를 만드는 데 시간을 쓰곤 했다. 걱정과 고민으로 가득한 잡념을 떨쳐내는 데 내가 좋아하는 일, 취미 등에 몰입하여, 시간을 보내는 것만큼 좋은 것은 없었다.

정기 검사를 받기 위해서는 여러 가지 어려움들이 많았는데 그 중 서울과 부산을 오가는 일은 결코 쉽지 않은 일이었다. 시간과 비용의 문제였다. 서울까지 왕복 KTX 비용과 기타 부대비용은 만만치 않았다. 더 큰 문제는 이제 갓 회사에 입사한 상태에서 평일에 서울까지 가서 검사를 받으려면 휴가나 연차를 쓸 수밖에 없었는데, 회사에서 눈치를 주지는 않았지만, 이제 갓 입사한 신입사원인지라 그냥 나 스스로가 괜스레 눈치가 보이는 것은 어쩔 수가 없었다.

12년 전 그 당시는 지금과 다르게 연차를 편하게 쓸 수 있는 사회적 분위기나 조직 분위기가 아니었다. 일단 어렵게 말씀드리고, 연차를 사용해 서울에 오긴 했지만, 사실 암환자라고 떳떳이 밝히고 싶지 않았고, 밝힐 수도 없었다. 나는 암환자지만 충분히 행복하게 즐겁게 잘 생활하고 있는데 동정어린 시선을 받고 싶지 않았기 때문이다.

뿐만 아니라 정기 검사는 이번 한 번이 끝이 아니라는 것이 더 큰 문제였다. 3개월 뒤 그리고 또 3개월 후에도 정기 검사가 계속 있을 터인데 이번 한 번으로 끝나는 것이 아니라 계속적으로 발생할 문제였다.

서울에 올라와 이러한 고민을 주치의 선생님께 솔직하게 털어놓게 되었다. 그런데 뜻밖의 말씀을 해주셨다. 주치의께서는 굳이 서울까지 와서 검사를 받지 않아도 된다는 것이었다. 내 상태가 중하지 않아서이기도 하겠지만 정기 검사는 가까운 병원에서 받고, 혹시나 문제가 있으면 그때 서울로 올라와도 된다고 흔쾌히 알려주셨다. 솔직히 털어놓으면 이렇게 간단히 해결될 문제를 나는 몇 날 며칠을 고민하고 있었던 것이다.

물론 이러한 것들은 주치의의 판단에 따라 달라질 수 있겠지만, 나처럼 젊은 암환자의 경우 특히 직장으로 인해 검진일에 휴가를 써야 하는 어려움이 있다면, 충분히 주치의께 상의 드리고 방법을 찾아볼 수 있을 것이다. 나 혼자 고민해봐야 해결되는 것은 없다. 그 병원을 선택했다면,

그 주치의를 선택했다면, 주치의를 믿고 본인의 건강 상태 및 컨디션 등의 건강과 관련된 모든 궁금한 점들과 일련의 고민들을 주치의와 상의하는 것이 좋다. 가령 치료와 병행해서 먹으려는 음식이나 건강 보조제, 한약 혹은 운동 등 해도 될까, 안 될까 고민되는 것들이 있다면 고민하지 말고 반드시 주치의와 상의하도록 하자.

지금도 아버지와 나와 아내의 병을 돌아보며 생각해봤을 때 확신하는 건 병원의 선택도 중요하지만 가장 중요한 것은 내가 마음 편히 신뢰하며 상담할 수 있는 주치의를 잘 만나는 것이다. 이날 이후 나는 고민이 생기면 당사자에게 혹은 주변인에게 솔직하게 털어놓게 되었다.

그렇게 정기 검진은 첫 검사를 제외하고는 집에서 가까운 병원을 통해 검사를 받게 되어 시간과 비용적인 면에 있어 한숨 덜 수 있었다.

08.

떨리던 완치 판정의 순간

3개월에 한 번 있는 정기 검진은 내가 겪었던 가장 큰 시험이었던 수능 시험을 보는 것처럼 긴장되고 떨렸다. 지금껏 한 번도 법정에 서본 적은 없지만, 재판 결과를 기다리는 사람들의 초조함과 같은 마음이지 않을까? 나는 병소 부위인 복부 쪽으로 CT 촬영을 통해 정기 추적 검사를 진행하고 있었다.

검진은 조영제 이상 반응을 위한 주사를 맞고 난 후 부작용 등 문제가 없을 시, 조영제를 투여한 후 CT 촬영이 진행되었는데 검사까지 대기 시간을 포함하여 대략 1시간 내외로 검사는 끝낼 수 있었지만 검사 결과가 나오는 데까지는 보통 2일의 시간이 걸렸다.

이 기다림의 시간이 가장 힘든 시간이었다. 이 기간 동안 정말 여러 가지 많은 생각을 하게 되고, 아무리 긍정적인 생각을 하며 웃어보려 해도 두려운 마음과 걱정이 되는 것은 어쩔 수 없었다. 어린 시절부터 늘 밝고 긍정적이며 잘 웃는 스타일이라 나의 트레이드마크이자 닉네임이 되어버린 '항상 웃는 김완태'였음에도 이때만큼은 그렇게 하기가 어려웠다. 처음엔 정말 이 시간을 긍정적인 시간으로 보내는 것이 어려웠지만 두 번째 그리고 그 다음 검진이 계속 진행되면서 안도감과 약간의 노하우가 생기기 시작했다.

이 시간을 조금 덜 걱정하며 보내기 위한 가장 좋은 방법은 이틀간 정신없이 시간을 보내는 것이다. 직장이나 일이 있는 사람들은 정신없이 일에 빠져보는 것도 내 경험상 괜찮은 방법이었다. 최대한 혼자 생각하는 시간에 빠지는 일이 없도록 한 가지에 몰입하여 정신없이 시간을 보내는 것이 좋은 방법이었다. 보호자로서는 그 시간을 환자와 함께 보내주는 것도 좋은 방법이다. 속에 있는 이야기를 털어놓는 것, 경청해주는 것만으로도 충분한 마음의 위로와 여유를 얻을 수 있기 때문이다.

내가 좋아하는 사람들을 만나서 시간을 보내거나 하고 싶은 일에 빠져보거나 혹은 내가 좋아하는 취미활동을 해보거나 운동을 하거나 가족과 함께 많은 대화를 해보거나 검진결과를 기다리는 이틀을 정신없이 보내기 위해 여러 가지 시도를 해보고 노력했다. 그렇게 긴장되는 이틀이 지나고 되면, 최종 관문인 검사 결과를 확인하는 시간이 온다. 의사 선생님을 만나기까지 대기실에서 기다리는 그 초조함. 경험해보지 않은 사람은 모를 것이다. 긴장되는 시간이 지나고 의사 선생님과 처음 마주하는 순간 보는 표정에서 대부분 느낌이 온다. 그 표정에 따라 나의 마음 역시 천국과 지옥을 오가게 된다. 다행히 나는 매번 검사마다 의사 선생님께서 밝은 표정으로 맞아주시며 좋은 결과를 이야기해주셨다. 아직도 첫 정기 검사와 두 번째 부산에서 첫 검사를 받았던 병원의 의사 선생님의 표정과 장소, 시간 등이 잊히질 않는다.

결과를 받고 난 후면 늘 초조하게 기다렸던 마음들이 싹 가시면서 날아갈 듯 기뻤다. 정말 내 인생에 이렇게 기뻤던 날이 있었을까 싶기도 했다. 결과가 좋은 날은 그날 이후 3개월의 새 인생을 얻는 기분이었다. 그렇게 계속해서 정기 검진에서 좋은 성적표를 받으며 시간은 흘렀고 어느덧 2년이 흘러 6개월에 한 번, 또 시간이 흘러 1년에 한 번 검진을 받은 후 드디어 5년이라는 시간이 흘러 최종 검사에서도 합격을 받으며 주치의로부터 의학적 판정으로 "완치입니다. 축하드립니다."라는 합격장을 받아들 수 있었다.

* 2장

암환자가 암환자의 보호자가 되다

01.

사랑하는 나의 아버지

아이가 태어난 뒤 첫 정기 검진에서 좋은 결과를 받은 아내와 나도 기뻤지만 부모님은 더 없이 기뻐하셨다. 자식 사랑과 손주 사랑은 또 다르구나 하는 것을 느낄 수 있을 만큼 경상도 사나이이신 아버지가 그렇게 행복해하시는 표정을 본 적이 없었다. 병마와의 싸움으로 지쳐 있던 것도 잠시, 사랑하는 아내의 존재에 더하여 사랑하는 아들이 태어나면서 내가 더 건강해지고 열심히 살아가야 하는 삶의 이유와 목표가 생겨나게 된 것이다.

부모님과 자주 만나고자 결혼 후 신혼집을 부모님 집에서 버스 두 정거장 거리로 구했었는데, 늘 손자를 보기 위해서 집으로 출퇴근을 하실

만큼 첫째 승준이에 대한 사랑과 애정이 컸던 아버지와 어머니셨다.

우리 집안은 또래의 다른 경상도 집안 중에서는 그래도 사랑이 가득한 집이었다고 생각하지만, 그 시절 특히나 경상도에서는 대부분 그러하였듯 사랑한다는 말이나 표현에는 약간 인색한 편이었다. 하지만 아들이 태어난 뒤로는 그 사랑에 대한 표현 방식도 달라지고, 무엇보다 달라진 것은 사랑 표현이 많아졌다는 것이다.

가장 달라졌던 분은 아버지였다. 특히나 속은 따뜻하고 가정적이시지만, 말수도 없고 무뚝뚝하셨던 아버지께서는 손주만 보면 항상 웃으시고, 직접 손주의 밥은 물론 목욕까지 같이 해주시던 그 모습은 내 아버지로서 너무 멋있었고, 자랑스러웠으며 존경스러웠다. 그때 그 모습을 떠올릴 때면 지금도 아릿한 행복이 느껴진다.

아버지께는 하나밖에 없는 아들의 손주이니 얼마나 예쁘셨을까? 전형적인 경상도 사나이셨다. 아버지는 겉으론 말도 없으시고, 늘 무뚝뚝하셨지만, 아들에게만큼은 손수 요리도 해주시고, 술 드시고 오신 날이면 말없이 봉투에 10만 원 용돈을 넣어주시곤 하셨던 요즘으로 치면 '츤데레' 같은 멋진 남자이자 아버지였다. 겉으론 차갑지만 속은 굉장히 따뜻하고 또 가정적인 나의 아버지. 그런 아버지에게 승준이는 정말 특별한 손주였다. 무뚝뚝했던 아버지도 봉인 해제 시킬 만큼 승준이의 재롱은 날로 늘어갔고, 아버지는 근무하다가 점심시간에 짬을 내어 매일매일 손주를 보러 오실 만큼 손주에 대한 사랑이 컸다. 사랑한다고 말하고 안아주고 무엇보다 감사하다는 마음을 서로에게 가지고 표현하면서 우리 가족은 더 없이 행복한 하루하루를 보내고 있었다.

아마 이때가 내 인생에 가장 행복한 시기가 아니었을까? 전셋집이었지만 그래도 나름 번듯한 우리 집이 있었고, 아내와 나는 좋은 직장에 취직하여 열심히 일할 수 있었으며, 아버지께서도 한동안 사업 실패로 힘든 시기를 이겨내고, 숙박업소 직원부터 시작해서 모은 돈과 내가 돈을 조금 보태드려 개인 봉고차를 구매하셔서 유치원 차량을 운행하시면서 작지만 돈을 버는 재미와 또 주말 및 휴일에는 가족과 함께 시간을 보내면서 외식도 하고, 바람도 쐬러 다니는 행복을 누리고 있었으니 말이다. 그렇게 이제는 모든 어려움이 다 끝난 것처럼 소소한 행복의 시간들이 이어지고 있었다.

아버지는 번 돈으로 사고 싶은 것도 사시고 작지만 은행에 적금도 들고 주말이면 가족 외식을 하는 등 누군가에게는 아주 평범한 일이지만 그간 하지 못했던 그러한 일들을 즐기며 살아가고 있었다. 사실 나는 아버지께서 모텔 직원으로 작은 일을 시작하기 전까지만 해도, 아무것도 하지 않으시고 집에서 투자한 것에 대한 결과만 기다리며 무기력하게 하루하루를 보내시던 모습을 원망하기도 했다. 아버지의 능력이 부족함에 대한 원망이 아니었다. 집안 형편이 어려운 것에 대한 원망도 아니었다.

어려워진 집안 상황에도 어떤 노력도 하지 않는 것 같은 아버지가 원망스러웠다.

그 시점에 어머니는 타지에서 지인의 식당일을 도와주시며 번 돈으로 집안 생활비와 자식 뒷바라지를 하셨다. 아는 사람이 없는 타 지역까지 가셔서 식당일을 하신 것이다. 부잣집 딸로 살면서 자존심도 강하셨던 어머니가 허드렛일을 마다하지 않으시며 노력하신 것에 대한 감사보다, 그렇게까지 할 수밖에 없는 상황을 만들었던 아버지에 대한 서운함이 더 커서 생긴 원망이었다.

열심히 사는 나와 어머니의 모습에 아버지도 더 이상 시간을 그냥 보내서는 안 되겠다 생각하셨는지 어느 날 하루는 벼룩시장 신문 내 구인란을 보시곤 부산의 중심가에 위치한 모텔 카운터에서 직원으로서는 처음 일을 시작하게 된 것이다.

겉으론 무뚝뚝하셔도, 속은 참 따뜻하고 가정적인 분이셨던 내 아버지. 학창 시절부터 늘 리더셨고, 항상 사장으로, 회사의 대표로 생활하셨던 아버지에게 늦은 나이에 모텔 직원으로 일을 한다는 것은 쉽지 않은 결정이었을 것이다. 아들이 타지나 외국에 다녀올 때면 새벽 시간이든 늦은 밤이든 늘 기차역으로 아들 마중을 나오셨던 아버지. 어머니가 안 계실 때도 매 끼니를 직접 요리해서 아들을 챙겨주셨던 우리 아버지!

그런 아버지가 가장 자랑스러울 때는 아버지가 사업가로 많은 직원을 거느렸을 때도, 집안이 부유했을 때도 아니고, 부잣집 아들로 태어나 늘 사장으로만 살아오셨던 아버지가 가족을 위해 자존심을 버리시고 모텔 직원으로 취업하셨을 때였다. 나는 그때 내 아버지가 가장 멋있고, 자랑스러웠다. 그 시기 나는 아버지가 계신 모텔 근처에 일이 있을 때면 퇴근길에 늘 아버지를 뵈러 갔었고, 아버지 생신, 어버이날이면 카네이션을 사들고 가서 아버지와 단 둘이 모텔 카운터에서 행복한 시간을 보냈다.

모텔 카운터 일은 작은 창으로 내다보는 것이라 혹시 아버지의 얼굴이 알려질 일도 거의 없었을 것이고, 또한 누군가가 아는 사람을 만난다 하더라도, 아버지의 연세가 있으셔서 사장으로 생각하실 법도 했기 때문에 아버지 입장에서는 덜 부담스러운 자리였을 것이다. 하지만 나이가 들수록 그 자존심을 버리는 일이 쉽지 않은 일이라는 것을 어느덧 40대 중년이 되어보니 더 뼈저리게 느낄 수 있었다.

나와 아내는 대기업에 근무하고, 어머니는 식당을, 아버지는 모텔 종업원을 거쳐 개인 사업자로 학원차를 운행하시며, 가족 네 명이 모두 경제 활동을 하고 있을 그 시기 힘들었던 집안 형편도 빠르게 좋아져갔다. 아버지의 개인 빚은 물론 아파트를 사기 위해 지인에게 빌렸던 부채들도 하나둘씩 갚아나가고 있었다. 그렇게 행복한 시간이 이어지던 그때, 둘째 임신 소식까지 접하며 우리 가족은 어느 때보다 그리고 누구보다 남부럽지 않게 행복한 하루하루를 이어가고 있었다.

내 기억 속 어린 시절 아버지는 사업으로 늘 바쁘셨기 때문에 우리 가족 세 명만 여행을 가본 기억이 거의 없다. 그래서 내가 결혼하고 취업한 후 가장 하고 싶었던 일은 우리 가족끼리만 여행을 가는 것이었다.

학원차를 운영하던 아버지 역시 주말과 공휴일을 쉴 수 있어서 우리 가족은 봄이면 벚꽃놀이, 여름이면 물놀이, 가을에는 단풍놀이 등 평범한 일상의 행복을 느끼며, 가까운 곳에 바람 쐬러 자주 함께 나갔다. 가족 간의 사랑을 느끼면서 정말 화목하고 행복한 하루하루를 보냈다. 지금도 어머니와 회상하고 추억할 때면 "그때가 우리 인생에서 가장 행복한 시기였다."라고 하신다. 나 역시도 마찬가지다.

02.

나 하나로 부족했나요?
아버지의 폐암 4기 선고

하지만 이러한 일상의 행복을 누리는 것도 잠시였다. 시간은 인생을 기다려주지 않는다. 첫째가 태어나고, 아내가 둘째를 임신해 배가 만삭이 다 되어가던 2011년 11월경, 여느 때처럼 퇴근 후 손주를 보러 집으로 오셨던 아버지의 표정이 약간 어두워 보였다.

내가 암환자가 되고 난 이후부터는 새벽 늦은 시간의 연락 그리고 주변 사람들이 갑작스런 자리에서 어두운 표정을 짓고 있을 때면 항상 불길한 예감이 들곤 했다. 어머니께서 손주를 봐주시고는 저녁식사를 준비해주셔서 식사 후 가족이 다 함께 모여 TV 드라마를 보던 그때, 갑작스레 한마디 하시는 것이었다.

"목에 혹 같은 게 잡혀서 병원에 갔는데, 병원에서 이게 암이라고 하네…." 하고 아무렇지 않게 말씀하시는 게 아닌가? 아무렇지 않게 말씀하셔도 아무렇지 않은 게 아니라는 것을 너무도 잘 아는 암환자인 나였다. 당시 아버지는 담담하려고 애쓰셨겠지만, 본인도 얼마나 많이 놀라고 걱정되셨을까? 하지만 가족들을 더 생각해서 걱정시키지 않으려고 태연한 척 노력하셨다.

"아버지, 걱정 마세요! 암, 아무것도 아닙니다. 아들 보세요. 보이는 혹은 제거하면 되는 수술이니까 별 문제 없을 거예요. 염려 마세요. 아들처럼 수술만 잘하면 괜찮아지실 겁니다."

아무래도 암환자인 내가 아버지를 위로해드리고 안심시켜드리면 아버지 마음이 그나마 더 편해지시지 않으실까 하여, 그 자리에 침묵을 깨기 위해 아버지께 선뜻 말씀드리긴 했지만, 그래도 걱정이 될 수밖에 없는 것은 암환자로서 얻은 지식과 정보에 비추어볼 때 목, 특히 임파선 쪽에 있는 혹은 그 혹 자체가 최초 발병 부위가 아닐 수도 있다는 생각이 들어서였다.

며칠 뒤 회사에 반차를 신청한 후 아버지를 직접 모시고 진료 받으셨던 부산 백병원에 검사 결과를 함께 보러 가게 되었다. 나의 정기 검진

때보다 더 떨리고 긴장되어서 입술이 바짝 말라만 갔다. '제발 아니기를… 제발 초기라 간단한 수술로 치료가 가능하기를….' 짧은 순간에도 하나님께 기도드리고, 또 기도드렸다. 하지만 나의 기대와 희망과 달리 예상은 빗나가지 않았다.

주치의는 "소세포 폐암 4기입니다." 하고 확진을 하셨다. "당장에 수술은 어렵고, 일단 항암치료를 시작하셔야 될 것 같습니다." 검사 결과를 듣고 난 후 아버지를 먼저 잠시 나가 계시라고 말씀드린 후 따로 주치의 선생님께 여쭈어보았다.

"선생님, 4기면 이미 진행이 많이 된 상태인데, 이 경우 얼마 정도 사실 수 있습니까?"

요즘 병원들은 대부분 정말 솔직하고 정확히 설명해준다. 암병동에서 만난 환자분들 중 일부는 의사가 족집게 점쟁이라고도 하셨다. 과학의 발달로 인해 그만큼 기대수명을 정확히 예측하기 때문이 아닐까?

"치료 받지 않으면, 보통 아버님의 경우 잔여 수명이 1년 정도로 예상됩니다. 치료를 하시면 치료 경과에 따라 생존 기간이 달라질 수 있습니다."

1년이란 이야기를 듣는 순간 눈앞이 막막했다. 그리고 내가 암진단을 받을 때보다 더 큰 충격과 눈물이 아른거리는 것을 겨우겨우 꾹 참아내고, 내가 그전에 이미 했던 절차대로 병원 내 암환자 등록을 마친 후 아버지를 일단 집으로 모셔다 드리는 길에 담담히 대화를 나눴다.

"아버지, 너무 염려 마세요. 요즘 의술이 잘 발달돼서 암이 불치병이 아니에요. 아버지! 아들도 잘 생활하고 있지 않습니까?"

"그래~ 너도 걱정하지 말고, 치료 잘 받으면 되겠지."

아버지를 집에 모셔다 드리고, 회사로 복귀하는데 눈물이 아른거려 도저히 운전을 할 수가 없어 길가에 차를 세우고는 소리 내어 펑펑 울었다. 이제 겨우 살 만하고 이제야 우리 가족의 행복을 제대로 느끼면서, 사랑하며 살아가고 있는데…. 세상이 원망스러웠다. "나 하나로 부족했나요? 왜 나에게 우리에게 이런 시련을 주시는 겁니까?" 하늘을 원망하고 있었다.

나까지 모자라 이제는 아버지까지…. 근데 하필 암진단 결과가 폐암 4기라니!

나뿐만 아니라 모든 암 확진을 받은 암환자들이 처음에는 다 부정하고 분노하며, 비슷한 생각을 하게 된다. 처음 암환자로 내가 병을 얻었을 때도 그랬고, 암환자의 보호자로서 아버지 때도 마찬가지였다.

한 번의 경험이 있다고 해서, 혹은 몇 번을 듣는다 하더라도, 절대 익숙하고 담담해질 수 없는 것이 암 확진 판정을 듣는 것인 것 같다.

'열심히 최선을 다해 산다고 살아온 나에게 왜 이런 시련이 계속해서 오는 것일까? 내가 이생이 아니라면 전생에 얼마나 많은 죄를 지었길래 나에게 이런 가혹한 시련을 주실까?'

그길로 늘 그랬듯 가족의 일이라면 발 벗고 나서시는 서울의 삼촌과 바로 통화했다. 병원을 어떻게 결정할 것인지, 추후 어떻게 치료를 준비하고 계획할지에 대한 이야기를 나누었다. 그리고 그날 밤도 여느 때와 마찬가지로 아버지는 손자를 보기 위해 집에 오셨고, 나는 임신 중인 아내와 기분 전환도 하고 생각도 정리할 겸, 나와 아내 그리고 뱃속의 아이의 건강을 위해 집 근처 한 바퀴를 산책했다. 그날 아내와 나눈 대화는 지금도 생생히 머릿속에 떠오른다. 만삭이 다 되어 곧 출산을 앞둔 아내가 말했다.

"여보야~ 정말 우리 건강이 제일 중요한 것 같다. 우리 둘뿐 아니라 우리 가족 모두 더 이상 아프지 말고 오래오래 건강하고 행복하게 살자~"

사실 아버지에게는 이미 그해 봄 전조 증상이 있었다. 피로가 많이 오고, 두통 등의 이상 증세가 지속적으로 발생해 병원에 방문하였는데, 당시 진료를 받았던 지역 병원에서는 나트륨이 부족해서 발생하는 증상이라고 했다. 현기증과 구토 증상이 심하셨고, 식욕도 없으셔서 고생하셨는데, 해당 병원에 입원하여 나트륨 주사 등 치료를 받으시면서 의료진이 CT 촬영도 해보자 하여 여러 검사를 진행하게 되었는데 이런 말을 들었다.

"CT 촬영상 아주 미세한 점이 보이긴 하는데 너무 작아서 지금은 확인이 어려우니, 3개월 뒤에 검사를 한 번 받아보는 게 좋겠습니다."

그때의 검사 결과를 아버지와 가족들이 조금 더 주의 깊게 듣고, 심각하게 생각했더라면 어땠을까? 만약에 그때 그 신호를 무시하지 않았다면 지금 우리 가족의 모습과 아버지의 생사는 달라지지 않았을까? 하지만 우리 인생에 '만약에…'는 존재하지 않는다. 그렇게 아버지께서 가볍게 받아들이고 지나쳤던, 또 우리는 아이들과 정신없는 일상을 보낸다고 아버지의 건강을 더 챙기지 못했던 그해 겨울, 결국 몸의 큰 이상 신호를 받고서야 찾아간 부산의 대학병원에서 아버지는 폐암 4기 판정을 받으셨다.

하지만 나는 더 이상 과거에 얽매이거나 연연하지 않으려고 노력했다. 왜냐하면 이미 지나간 과거는 되돌릴 수 없을 뿐더러 지금 얽매여서 고민하거나 노력한다고 하여 바꿀 수 없기 때문이다. 과거에 대한 집착은 후회만 남을 뿐 현재나 미래를 전혀 바꿀 수 없기 때문이다!

부산 백병원에서 최종 진단을 받은 아버지, 이제 다음으로 준비할 것들은 치료 계획이었다.

'어디서 어떻게 언제 치료를 할 것인가?'를 먼저 고민했다. 서울 삼촌은 그래도 수술이나 치료 경험이 많은 서울 쪽의 병원에서 치료를 받는 게 더 좋지 않겠냐고 제안하셨다. 나도 이견이 없는 같은 생각이었다. 하지만 이 역시 문제는 비용과 시간이었다. 사실 우리 집안의 형편상 시간보다 비용이 더 큰 문제였다. 아버지의 경우 이미 수술이 불가하다고 통보를 받은 상태에서 수술보다는 항암치료를 먼저 진행해야 하는데 KTX를 탄다고 해도 집에서 대중교통을 이용해 기차역으로, 또 서울의 병원까지는 대략 4시간 30분에서 5시간 정도를 편도로 계산해야 했으며, 비용 역시 만만치 않았다. 건강한 사람도 긴 시간 차량을 타는 것이 쉽지 않을 일인데 항암치료를 시작하면 면역력이 더 떨어질 텐데 아버지께서 버티실 수 있을지도 걱정이었다.

아버지는 지병으로 당뇨를 앓고 계셔서 그 흔한 종신보험도 없었기 때문에 병원비에 대한 부담이 클 수밖에 없었지만, 당시 나는 전 재산을 털어서라도 아버지를 살릴 수만 있다면 그렇게 하고 싶었다. 나도 형편이 어려워 보험을 들 수 있는 상황이 못 되었지만, 보험설계사로 근무하시던 포항 숙모님께서 보험료를 대신 납부하시면서까지 보험을 유지시켜 주셔서 실비보험은 없어도 암진단금과 수술 급여로 받은 돈으로 나의 치료를 할 수 있었고, 남은 돈은 저축해두었기 때문에 약간의 여유자금이 있었다. 여러모로 서울 삼촌과 포항의 삼촌, 숙모 등 외가의 도움으로 최악의 상황은 항상 면할 수 있었다. 나와 우리 가족에게는 가족 그 이상인 우리 외가 식구들이다.

아버지께도 서울 병원으로 옮기자고 말씀드리면서 삼촌이 수소문하여 삼성서울병원에 폐암 관련 명의가 계시고 진료를 잡을 수 있다 하시니 그쪽으로 치료를 받으시면 어떻겠느냐고 의향을 여쭈었다.

비용 문제는 어떻게든 해볼 수 있다는 생각에 아버지께서 걱정하실까 봐 따로 말씀드리지는 않았고, 다만 대중교통 이용하는 데 걸리는 시간과 번거로움 그리고 이동 중 피로 등에 대해 말씀드리고, 아버지의 의견을 물었다.

최초 진단을 받았던, 부산 백병원 사무국장님이 아버지 가까운 후배시라 최종 전원을 결정하기 전 그분에게 조언도 구할 겸 아버지와 함께 찾아뵙고 의견을 물어보았다.

"서울에 동생이 있어서 삼성서울병원에서 치료를 받을까 하고 고민 중인데 어떻게 하면 좋겠어?"

사무국장이신 후배분은 딱 이 한마디 하셨던 걸로 기억이 난다.

"형님이 원하시면 서울 다녀오십시오."

아무래도 병원에 오래 근무하시며 아버지의 현재 몸 상태를 충분히 아시고 대답해주신 것 같았다. 내 생각처럼 서울에서의 치료가 아버지에게 더 좋을 것이라는 것보다는 아버지가 원하시는 대로 하시는 게 앞으로의 치료나 여생에 도움이 되리라 생각하고 추천해주신 게 아닐까? 그길로 아버지의 서울 전원이 이루어졌고, 서울 병원에서의 암투병이 시작되었다.

03.

암환자가 암환자의 보호자가 되다

병원을 선택하였으니, 이제는 열심히 치료받을 일만 남았다. 시기는 빠를수록 좋다고 판단해서 서울에 계신 삼촌께서 백방 노력하신 덕에 다행히 진료 일자를 빠르게 잡을 수 있었다. 이미 한 차례 경험했던 것처럼 서울 가는 길은 처음부터 쉽지 않았다.

나는 한 번의 수술과 검사를 끝으로 더 이상 서울로 가지 않았지만 아버지는 달랐다. 항암치료를 위해 떠나야 하는 서울 길은 예상했던 대로 집에서 부산역까지 30분 정도, 또 기차를 타고 서울역에서 내려 삼성서울병원까지 가는 데 택시로 대략 1시간이나 소요되었다.

아버지의 첫 진료인지라 나는 회사에 연차를 내고 아버지와 함께 서울역에서 삼촌을 만나 병원으로 향했다. 삼촌은 나뿐만 아니라 아버지 치료가 있을 때면 바쁜 일정 속에서도 빠지지 않고 함께해주셨다. 부산 백병원에서의 검사 자료 등을 모두 챙겨갔지만 서울 병원에서 다시 한 번 모든 검사를 해야만 했다. 하지만 역시나 결과는 다를 바가 없었다. 일단 항암치료부터 시작을 하자고 말씀하셨지만 서울 병원은 워낙 많은 환자가 있는지라 병실을 잡는 것조차 쉽지가 않았다. 당일 입원할 병실이 없어 첫날은 삼촌께서 잡아주신 숙소에서 하루 머물며 병실이 나기만을 기다려야 했다.

삼촌은 늘 우리 가족의 일이라면 지극 정성이셨다. 입맛이 있을 때 많이 먹어야 한다며, 몸에 좋은 음식을 직접 준비해주시는 것은 물론, 아버지와 함께 본격적인 치료가 시작되기 전 건강식 맛집에 데려가주셔서 늘 맛있는 음식을 사주시곤 했다. 맛이 있는 건강식은 음식 비용도 무시하지 못할 만큼 가격이 비쌌지만, 아버지의 항암치료에 들어가기 전이면 한 번도 빠짐없이 늘 그러셨다.

삼촌께서 그렇게 하실 수 있는 것은 숙모의 든든한 후원이 뒷받침되었기에 가능한 일이었다. 정말 가족으로서 할 수 있는 그 이상 최선을 다해주셨다. 특히 숙모님 본인도 당뇨와 신장 기능이 떨어져 몸이 좋지 않으신 데도 불구하고 아버지께서 서울 병원에 가실 때마다 전복, 소고기 등

약식으로 10찬씩 반찬을 만들어서 항암치료 기간 동안 드실 음식을 병실로 가져다주시곤 하셨다.

아마도 이런 많은 가족들의 노력과 정성이 치료에 많은 도움이 되었으며, 아버지께도 심적으로 큰 위안과 용기가 되셨을 것이다. 불교를 종교로 가지고 있던 친가였지만, 아버지는 이러한 삼촌네의 정성으로, 암환자가 된 이후 기독교로 전향하는 계기가 되었다. 단순히 물질적인 도움 때문이 아니라 목회 활동을 하시는 삼촌께서 해주시는 기도로 늘 마음의 평안을 얻을 수 있었고, 힘들 때마다 다시 마음을 가다듬고 힘을 낼 수 있는 큰 원동력이었기 때문이다.

아버지께서 항암치료를 시작하시고 난 후 나는 바로 어머니, 아내와 함께 집 근처 가까운 교회를 나가 기도하기 시작했다. 삼촌께서 목사님이지만 사실 그간 교회를 가지 못했다. 아니, 가지 않았다는 표현이 맞을 것이다. 바쁘고 시간이 없다는 핑계로…. 아버지는 처음에는 교회에 함께 나가시지 않았지만 늘 주일이면 교회 시간 늦겠다며 우리 가족을 챙겨 교회로 보내주셨다. 삼촌의 영향이 컸지만, 병으로 인한 마음의 고통이 커지면서 교회를 찾아갈 용기가 생기게 되었고, 교회를 다니면서 마음의 안정을 얻을 수 있었다. 또한 가족에게도 제대로 털어놓지 못했던 이야기들을 기도를 통해 나의 바람, 꿈, 희망을 누군가에게 이야기하고 간절히 바랄 수 있다는 그 사실이 너무 좋았다.

부산에서 서울로, 본격적으로 시작된 아버지의 항암치료

항암치료가 시작되면서 어머니께서 아버지의 전담 보호자로서 서울–부산을 함께 다니기 시작하셨다. 회사 때문에 내가 함께할 수도 없었고, 만삭인 아내가 함께할 수도 없었다. 또한 누구보다 아버지에게 가장 편한 보호자는 바로 어머니셨을 것이다.

항암치료의 일정은 치료 방식에 따라 약간 다르긴 하나, 보통은 2박 3일의 과정으로 이루어진다. 아버지의 경우 첫 항암치료는 그런대로 무난히 잘 받고 오셨다. 치료 전 주치의께서 말씀하시길 그간 당뇨를 앓으시면서도 식단 조절과 꾸준한 운동을 통해 몸을 관리하셨던 게 도움이 되었다고 하셨다. 아버지도 역시 큰 부작용은 느껴지지 않는다고 하셨다. 암과의 싸움에서 이겨야겠다는 의지가 원체 강하셔서였을 것이다.

아버지는 항암치료에 큰 자신감을 가지고 계셨다. 평소 건강만큼은 자신하셨던 분이셨다. 비가 오나 눈이 오나 거르지 않고 뒷산을 오르셨고, 식단 관리를 해오며 당뇨 관리도 수십 년간 잘해오셨고, 무엇보다 건강을 위해 담배도 끊은 지가 1년이 지난 상태였기 때문이다.

아버지께서는 "항암치료 별 거 아닌데 옆에 환자들 보니 구토하고 하는 거 보니깐 이해가 안 되더라. 걱정 마라!" 하고 자신하셨다.

첫 항암치료는 아버지에게 있어서 굉장히 자신감 있는 승부였을 것이다. 아버지는 비교적 별다른 부작용도 느끼시지 못할 만큼 괜찮았다고 말씀하셨지만, 이는 아마도 워낙 기존에 운동과 식단 등에 대한 건강 관리를 잘 해오셨던 터라 몸 상태가 좋았고, 체력이 받쳐줄 수 있어 그 덕분에 첫 항암을 비교적 잘 이겨내실 수 있었다.

부작용이 없지 않으셨겠지만, "할 만했다" 정도로 해석하는 것이 맞았을 것이다. 아버지는 항암치료 후 평소처럼 기상과 동시에 산행을 하셨고, 식사도 평소처럼 잘 챙겨드셨으며, 첫 항암치료 이후는 머리카락도 빠지지 않으셨다.

"나는 아직 머리카락이 안 빠지네. 밥도 맛있고, 체력도 문제없다!"

경상도 사나이다운 패기를 담아 사투리로 말씀하셨다. 처음 항암부터 마지막 항암치료까지 가족으로서 보호자로서 지켜봤을 때 항암치료를 포함한 모든 치료는 마음먹기에 달려 있다고 해도 과언이 아니다. 힘들다고 생각하면 정말 힘든 것이 항암치료요, 힘들지 않다고 생각하면 힘들지 않을 수도 있는 것 또한 항암치료다.

물론 이는 개인의 생각이나 마음가짐에 따라 달라질 것이다. 긍정적인 마음가짐으로 임해보자! 아프지 않다! 힘들지 않다! 혹은 힘들지만 충분히 이겨낼 수 있다는 마음가짐이 나를 더 힘들지 않게 할 것이고 치료에 더 좋은 영향을 줄 것이라 확신한다! 나 역시 이와 비슷한 많은 경험이 있다. 마음가짐으로 바꾼 것들이 많이 있는데 그와 관련한 한 일화로 나는 간지러움을 타지 않는다.

20대에 어느 날 "간지러운 것이 아니다. 간지럽지 않다." 하고 내 스스로 최면을 걸었는데 그 이후 정말 발을 간질러도, 겨드랑이를 간질러도 간지럽지 않다 생각하니 간지럽지 않게 되었다. 오늘날 아이들 역시 나의 이러한 부분에 대해 정말 신기하게 생각한다.

2011년 겨울, 아버지의 두 번째 항암치료를 마치고, 1박 2일의 짧은 시간이지만 가족 여행을 준비하여 가까운 경주로 향했다. 경주는 아내와의 첫 만남, 큰아들의 탄생 등 우리 가족에게는 늘 좋은 추억을 만들어주던 곳이라 이곳에서 아버지, 어머니와 좋은 시간을 함께하며 다시 한 번 힘을 얻고 싶었다.

이번에는 둘, 셋이 아닌 뱃속에 있는 둘째까지 여섯 명 대가족의 첫 여행이었다. 그 장소가 경주가 된 것이다. 경주는 지리적으로도 부산에서 그리 멀지 않은 데다 나와 아내가 가족으로서 첫 출발을 할 수 있었던 곳이라 여섯 명이 된 우리 가족의 첫 여행지로 함께하고 싶던 마음에서였

다.

우리는 아들이 특히 좋아할 만한 복층으로 된 2층 펜션을 구해, 아버지 항암치료에 도움이 될 수 있는 돼지고기와 건강식으로 준비하여 수육 요리 및 각종 야채, 맛있는 간식거리와 함께 경주에서의 1박 2일을 함께했다. 12월의 대한민국은 어디나 마찬가지겠지만 경주 역시 매우 추웠다. 하지만 사랑하는 가족이 모두 함께 있으니 그보다 따뜻하고 행복한 밤이 또 어디 있으랴?

식사를 마친 후 우리는 경주 동궁 월지 야경을 보기 위해 안압지로 향했다. 달이 아름다운 월지! 한때 기러기와 오리들의 놀이터가 되어 안압지라 불렀다는 그곳에서 아버지와 우리는 추억을 만들었고, 그 추억은 지금도 그리고 앞으로도 평생 아버지와 가족들의 추억의 한 페이지로 장식되어 있을 것이다. 그날 월지의 달은 유독 밝고 아름다워 보였다. 이제는 달이 없어도 많은 사람들이 찾아와 아름다운 풍경을 즐긴다는 그곳에 우리 가족의 소중한 추억도 영원히 담아둔 채 우리의 경주 여행을 마무리했다. 야경을 보고 돌아온 우리는 숙소로 돌아와 씻고, 간단한 간식을 먹은 후 취침 준비를 하고 있었다. 막 샤워를 마치고 나오신 아버지는 말씀하셨다.

"인제 머리카락이 좀 빠지려나 보네. 부산으로 돌아가면 머리를 밀어야 되겠다."

2차 항암치료 후 아버지의 몸에 변화가 찾아오기 시작했다. 그렇게 머리카락을 포함한 몸의 털들이 빠져나가고 있었다.

04.

둘째 출산의 기쁨과 동시에 아내에게 찾아온 청천벽력! 대장암

아버지와 함께하였던 경주 가족 여행 전부터 아내의 몸에 이상신호가 오고 있었다. 둘째 임신 중기에 후반으로 가면서 아내는 설사가 유독 잦았다. 이상하다고 여겼지만 임신 때문에 그러려니 하고 예사롭지 않게 생각했다. 그러나 출산 2개월 전부터 배는 더 크게 불러오고 있는데 아내는 이상하리만큼 점점 말라가고 있었다. 임신 말기로 갈수록 배가 불러오며 산모 역시 살이 찌는 것이 일반적이다.

결국 우리는 다니던 산부인과 선생님에게 진료를 받으며, 몸의 변화에 대해 말씀드렸으나, 아이가 너무 커서, 현재 상태로는 검사를 해보려고 해도 할 수가 없다고 하셨다. 설사가 멎을 수 있도록 약을 처방해주셨지만 아내의 설사는 웬일인지 멈추질 않았다. 임신 말기로 갈수록 설사 증상은 종종 있는 일이라고 하셨다. 결국 출산 후 검사를 해보는 것 외에는 방법이 없어 출산까지 거의 두 달이 넘는 기간 설사를 계속 하는 힘든 몸으로 아내는 둘째 공주를 출산하게 되었다.

둘째는 엄마가 임신 때부터 딸을 낳고 싶어 부단히 노력했던 아이였다. 나는 미신을 믿지 않지만 아내는 믿거나 말거나 한 민간요법도 모두 다 찾아서 해보고, 딸 낳는 법 등을 검색하여, 하나하나 모두 시행해볼 정도로 딸을 가지기를 간절히 원했다. 그런 아내는 둘째가 딸이라는 사실을 알고 너무나 기뻐하고 좋아했던 기억이 아직도 눈에 선하다.

임신한 둘째가 딸이라는 사실을 알고 난 후, 우리는 태명을 '미미'로 지었다. 아름다울 미(美) 자 두 개를 써서, 아름답게 자라라는 의미에서였다. 아내는 싱크대 상부장, 냉장고, 거실 등 태교를 위해 자주 쳐다보는 곳곳에 예쁜 여자 연예인들의 사진을 붙여놓을 정도로 둘째에 대한 애정이 각별했다.

비록 본인은 임신으로 배는 나왔지만 몸은 임산부라 느껴지지 않을 정도로 깡마른 상태였다. 아내는 12월 말에 출산이 예정되어 있었지만 1월에 태어나는 게 아이에게 더 좋겠다 며 참았다가 1월이 되자마자 병원으로 가서 1월 2일 새벽에 둘째를 자연분만으로 순산했다. 아내는 참을성이 참 많은 사람이었다. 당연히 인내심도 많았다. 하지만 이러한 참을성은 아내가 병을 더 키우는 계기가 되고 말았다.

다행히 아내도, 아이도 모두 건강했다. 둘째는 3.9킬로그램으로 매우 건강한 상태로 태어났는데 산모와 아기 모두 다 건강하다 하니 세상에 이보다 더 행복한 일이 있을까? 투병 중이셨던 아버지도 어머니와 새벽에 한걸음에 달려와 분만실 앞에서 맘을 졸이며 둘째 출산의 기쁨을 함께해주셨다. 역시 딸을 키워보신 적이 없으셔서인지 둘째인 딸, 손녀를 보시곤 경상도 사나이 아버지께서 그렇게 싱글벙글하시던 모습이 잊히지 않는다. 또 본인 병중에 얻은 둘째 손녀인지라 더 기뻐하셨을런지도 모른다.

모두의 바람대로 건강하게 순산하여 아내도, 아이도 모두 건강했지만, 문제는 출산 후에도 아내의 설사가 멈추지 않는다는 것이었다. 둘째 출산의 기쁨을 누릴 새도 없이 2주가 지날 무렵 아내는 멈추지 않는 설사 때문에 결국 종합 검진을 받기 위해 병원을 찾게 되었다. 그날은 회사에서 여느 때처럼 동료들과 점심식사를 하던 중이었다. 전화기 너머로 들리는 아내의 목소리가 매우 어두웠다. 직감적으로 불길한 기분이 들었다. 그리고 잠시 후 아내의 흐느끼는 목소리 속에서 불길한 예감은 확신이 되어갔다. 이름조차 생소한 병명이었다.

"여보야~ 대장에 내시경 검사를 했는데, 대장 안에 혹이 수백 개가 넘어…. 그래서 일부 제거한 걸로 조직검사 한다고 하는데, 나 어떻게 해? 대장에 혹이 많이 생기는 이런 병이 가족성 용종증이래."

가족성 용종증, 태어나서 처음 들어보는 병명이었다. 아내의 목소리 속에서 심각하다는 것은 확실했기에 먹던 식사를 중단하고, 팀장님께 바로 달려가 말씀드렸다.

"아내가 건강 상태가 안 좋아 병원에 있는데 심각한 상태인 것 같습니다. 잠시 병원에 좀 다녀와도 되겠습니까?"

회사를 빠져나와 정신없이 차를 몰고 병원으로 향했다. 아내의 표정은 굳어 있었고, 많이 놀라 있는 표정이었다. 내가 급히 가장 빠르게 할 수 있는 방법은 역시 인터넷으로 검색을 해보는 것밖에 없었다. 병원을 오는 틈틈이 신호대기 시간에 '가족성 용종증'에 대해 검색해보았다.

가족성 용종증이란 상염색체 우성유전 질환으로 7,000명 중 한 명이 이 질환을 가지고 있는 것으로 알려져 있는데 우성으로 유전이 되기 때문에 가족 구성원 중 약 50%에 유전이 될 확률이 있다고 한다. 가족력이 없이 산발적으로 발생하는 선종성 용종증 환자도 전체 환자의 20%나 된다고 하는데 바로 아내는 안타깝게도 이 20%에 속하는 환자였다.

가족성 선종성 용종증 환자들은 대장에 아주 많은 용종이 있는데, 시기가 늦으면, 100% 대장암으로 변한다고 한다. 그렇기 때문에 대장암으로 변질되어 발생하기 전에 보통 대장 전체를 절제하는 수술을 시행하게 되는 병이다.

이러한 내용을 미리 확인한 나는 아내를 안심시키기 진정시키기 위해 병에 대한 정보를 전달했다. 수술만 하면 큰일 없을 거라 아내를 안심시키고는 그길로 서울에서 목회 활동을 하시는 삼촌께 바로 전화를 걸어 이 상황을 설명해드렸다.

삼촌께서는 여느 때처럼 걱정 말라 하시며, 대장 및 대장암 관련하여 수술을 많이 시행하였고 유능한 병원을 알아보겠다고 말씀해주셨다. 아내에게는 일단 놀란 마음을 진정시키고 달래기 위해 안심시킬 수 있는 이야기들을 옆에서 계속 해주었다.

"여보, 수술만 하면 아무 문제없대. 과정이 조금 힘들 수는 있지만, 내가 알아보니깐 수술하면 사는 데는 아무 지장 없으니 아무 걱정하지 마. 그리고 서울 삼촌께서 대장 관련 수술을 잘하는 병원을 확인해본다 하셨으니 걱정 마! 맘 편하게 가져두 돼."

설사가 멈추지 않던 아내는 점점 더 야위어갔다. 원래 출산 전에도 늘 날씬했던 아내지만 출산 전 49~50킬로그램을 유지하던 아내의 몸무게는 출산 후 오히려 45킬로그램까지 빠져 있었다.

그날 대장 검사를 위해 아침, 점심을 굶었을 아내를 병원에서 데리고 나와 집에 가기 전에 든든하게 밥이라도 먹이고 싶었다.

"여보, 뭐 먹고 싶은 거 없어? 잘 먹어야 병도 이길 수 있잖아."

몸도 좋지 않은 데다 본인의 상태를 듣고 걱정이 많은 아내에게 먹고 싶은 음식이 있는 것이 이상할 일이었다. 아내의 건강을 생각하여 집 근처에 뜨끈한 국물이 있는 돼지국밥 집으로 향했다. 입맛이 없다는 아내에게 억지로 한 숟갈을 떠먹이고는 집으로 돌아왔다. 집에는 이러한 사실을 아무것도 모르는 어린 두 녀석이 우리를 반겼다.

첫째 승준이가 태어난 후로 집에서 아이들을 돌봐주며 함께 생활하고 계신 어머니 그리고 항암치료로 인해 생업도 중단하시고 손자손녀를 보며 투병 중이신 아버지께 이 사실을 말씀드리는 일은 정말이지 너무나도 끔찍하고 힘든 일이었다.

나부터 시작해서 아버지 본인 역시 발병 사실에 충분한 충격을 받으셨는데, 이제 갓 둘째를 출산한 며느리까지 암이라는 사실을 어떻게 알려야 할까? 고민하다 결국 아직은 결과가 나온 것이 아니니 걱정 마시라는 말씀을 드리고는, 그냥 방으로 들어와버렸다. 그날은 그랬다. 그냥 아무 생각도, 아무것도 하고 싶지 않았던 하루, 지워버리고 싶은 하루, 그냥 평범한 하루였으면 하는 그런 날이었다.

가족성 용종증 환자와 연락하다

가족들 앞에 겉으론 태연한 척했지만, 아내의 조직 검사 결과가 나오기 전까지, 무작정 기다리고 있자니, 맘이 편치가 않았다. 이미 검색 및 주위의 의사인 지인과 친구들에게 물어본 결과 가족성 용종증 역시 암으로 진행될 수 있는 병이라는 것을 알게 되었기 때문이다.

이대로 가만히 있을 수 없었다. 가족성 용종증에 대한 정보를 더 정확히 이해하고, 어떤 병인지, 그리고 앞으로의 치료가 어떻게 진행되는지, 치료 전 어떤 준비를 하면 좋을지에 대한 준비를 차근차근 하기 시작했다.

일단 가장 먼저 이 병을 실질적으로 알고 있는 사람이 누굴까 생각해 봤다. 아마 가족성 용종증 환자일 것이다. 그들에게 직접적인 정보를 듣는 것만큼 좋은 정보가 없다고 판단하였지만, 요즘은 개인정보가 워낙 이슈인지라 병원을 통해 "이 병을 앓았던 환자 분의 연락처를 알고 싶습니다."라고 할 수도 없는 노릇이고, 한다 한들 알 수도 없는 노릇이었다. 그래서 나는 일단 인터넷 검색창에 '가족성 용종증'과 관련한 방대한 양의 정보를 검색하기 시작했다. 그중 가장 큰 포털인 네이버를 통해 블로그와 지식IN의 주요 내용만 추려보았다. 흔한 질병이 아니다 보니 내용이 많지는 않았지만, 그 덕분에 해당 내용과 내가 필요한 정보를 찾는 것은 훨씬 수월했다. 그중 한 개인이 작성한 게시글을 유심히 보다 보니,

아내와 같은 가족성 용종증을 앓았던 분이 직접 남긴 게시글을 확인할 수 있었다. 그분도 나처럼 본인이 겪은 경험과 치료에 도움이 될 만한 정보 등을 같은 병을 앓고 있는 환자와 그 가족들에게 조금이나마 도움을 주고자 이 글을 작성했다고 했다. 해당 글을 통해서 그분이 현재 완치되어 잘 생활하고 있다는 글을 확인하고나자 그분과 연락을 할 수 있을까 하는 혹시나 하는 생각으로, 나의 연락처를 메일로 남겨 조심스레 연락을 부탁드렸다.

조마조마하게 초조한 기다림 속에 몇 시간이 지나서였을까? 쪽지를 남겼던 짧은 시간에 빠르게 그분으로부터 직접 전화가 왔다! 너무 감사한 마음에 정신없이 간단한 인사를 드리고 이것저것 내가 궁금한 정보들을 여쭈어보기 시작했다. 거의 10년 전 일이라 이제는 그분의 이름도, 전화번호도 기억이 나지 않지만, 그분이 이 책을 보실 수 있다면 진심으로 감사했다고 다시 한 번 인사드리고 싶다. 그리고 본인처럼 나 역시 같은 고통을 겪는 사람에게 도움을 주는 일이라면 발 벗고 나서려고 최선을 다하고 있다고 전해드리고 싶다.

그분은 병에 대한 상세한 정보는 물론 본인뿐만 아니라 본인의 가족에 대한 가족력에 대한 정보 및 치료 방법, 치료했던 병원 등 1시간이 넘는 긴 통화임에도 귀찮은 내색 없이 상세히 설명해주었고, 나 역시 아내의 상황과 앞으로 치료에 있어 고민되는 모든 내용들을 묻고 조언을 구했더니 하나하나 경청해주시고는 본인의 견해와 조언을 아낌없이 해주셨다.

가족성 용종증은 유전적 질환이라 아버지와 본인도 이 병을 통해 수술을 했다고 했는데 지금은 다행히 수술 후 두 분 다 건강히 잘 생활하고 있다고 전해주었다.

처음에는 대장 절제 수술 후 일상생활에 어려움이 있었지만 지금은 회복하여 없는 대로 잘 적응하여 생활하고 있다는 말에 나는 큰 희망을 갖게 되었다. 지금껏 그래왔던 것처럼 절망 속에서도 한 줄기 빛은 있구나 하고, 다시금 아내를 위해 또 우리 가족을 위해 마음을 가다듬었다.

05.

한 지붕
세 환자가 되다

우리는 모든 진료기록을 가지고 이번에는 아내의 서울행이 시작되었다. 서울에 위치한 연세대 세브란스병원에 대장 관련 명의가 계신다고 해서, 이번 역시 삼촌께서 직접 빠르게 예약을 잡아주셨다.

마찬가지로 암을 정확하게 분석하기 위한 각종 검사들이 진행되었다. 1분 1초가 초조함의 순간인 결과를 기다리는 시간이 지난 후 정말 거짓말 같은 순간이 또 찾아왔다. 아니 거짓말인 줄 알았다. 거짓말이기를 바랐다. 설마설마하며 아니기를 바라고, 또 바랐지만 병원에서 전해들은 이야기는 절망 속에서 겨우 한 가닥의 희망을 찾아 긍정의 힘을 포기하지 않고 살아가고 있는 나에게 그리고 우리 가족에게는 너무 가혹하고 견디기 힘든 소식이었다.

아내가 대장암이라고 했다. 그것도 이미 간까지 전이가 되어 수술이 불가한 대장암 4기. 정말 드라마에서나 나올 법한, 드라마에 나와도 욕을 먹을 만한 그런 이야기가 지금 나의 이야기라는 사실을 받아들이는 것은 너무 힘들었다. 이제 둘째가 태어난 지 2주밖에 지나지 않았는데…. 게다가 나 역시 아직 암환자이고, 아버지는 폐암 4기로 투병 중인데 말이다. 아내가 둘째를 뱃속에서 키우고 있는 동안 암세포도 같이 자라고 있었던 것이다.

둘째는 엄마의 대장암으로 인한 잦은 설사로 영양분이 부족했을 터인데도 잘 버텨주었다. 생명력이 참 강한 아이였다. 출산일이 다가올수록 엄마는 계속 말라갔지만, 다행히도 예린이는 보통 아이들보다 더 성장 상태가 좋아 큰 편이었고, 결국은 평균보다 더 크고 건강한 체중으로 태어났다. 걱정과는 다르게 태어난 이후에도 마찬가지로 젖도 잘 먹고 잘 자라주었다.

아마도 엄마 뱃속에 있으면서, 생존하기 위해 필사적으로 많은 노력을 해서였을 것이다. 암세포에게 영양분을 뺏기지 않고 먹기 위해 얼마나 노력을 했을까? 병중에 최선을 다해준 아내도 그리고 그 힘든 환경 속에도 건강히 잘 자라서 태어나준 둘째에게도 너무나 감사한 마음이었다.

둘째는 크면서도 보통의 또래 아이보다 굉장히 잘 먹었다. 또한 신기하게도 어린아이답지 않게 다른 아이들이 좋아하지 않는 몸에 좋다는 음식들을 좋아하고 잘 먹었다. 정말 신기했던 건 예린이는 사탕보다는 흑마늘을 더 좋아해서, 주위 어르신들은 〈세상에 이런 일이〉 프로그램에 제보하자고 이야기를 하시곤 하셨다. 또한 미숫가루나 선식 같은 것을 좋아해서 노래를 부르고 찾을 정도니 말이다. 덕분에 아이는 지금도 성장 상태 및 발육이 좋아 또래보다 큰 키로 아직까지 잔병치레 한 번 없이 잘 자라주고 있다.

둘째의 출산은 더 없이 기쁜 일이었지만, 갓 태어난 갓난쟁이를 두고, 또 첫째 역시 이제 겨우 걸음마를 막 시작한 상태인데 나 그리고 아버지에 이어 아내까지 대장암 4기에 걸렸다고 하니, 정말 눈앞이 캄캄해졌다. 하지만 정신을 차려보니 더 이상 지체하거나 가만 있을 수 있는 상황이 아니었다.

검사 결과가 나온 만큼 병원에서는 수술이 불가하여 항암치료부터 하자고 이야기를 하셨다. 나는 나, 아버지뿐 아니라 아내를 위한 항암치료에 대해서 더 연구하고 공부하기로 마음먹고, 도서관에서 관련 서적과 각종 정보를 찾기 시작했다. 한 지붕 세 환자, 그렇게 우리는 암에 대한 정보를 공유하고 함께 극복하기 위한 일을 시작했다.

부산 북구 덕천동의 악연

지금도 어머니와 가끔 부산 북구 덕천동과의 악연을 이야기하곤 한다. 덕천동은 내가 어릴 적부터 나고 자란 곳이다. 그곳에서 20여 년을 살며, 나름 부잣집이었던 우리집은 그야말로 쫄딱 망하게 되었다. 아버지의 부동산을 포함한 모든 재산을 날리고, 빚까지 지게 되었으며, 그곳을 나와 인근 달동네로 이사할 때 빚을 제외하고 보증금 5백만 원을 겨우 건져 나와 조그마한 달셋방을 부모님께서 얻을 수 있었다.

그 후로 나름 노력해서 조금씩 나아지던 우리 가정에 결혼 전 어머니의 가게를 차려드리며, 가게 근처로 이사한다고 세 가족이 다시 덕천동 소형 아파트를 사서 이사 온 것이 화근이었다. 다시 덕천동으로 이사 와서 몇 해가 지나지 않아 이 집에서 나는 암 판정을 받았다. 그리고 얼마 뒤 아버지 역시 담배를 끊은 지 1년이 지난 후 폐암 판정, 그리고 우리 부부 역시 첫 신혼집인 부산 만덕동에서 2년 전세 계약이 끝난 후 아이를 봐주시는 부모님 근처로 옮긴다고 이사 온 덕천동의 새 아파트에서 아내는 대장암 판정을 받고야 말았다. 우연의 일치라고 하기에는 정말 신기하게도 우리 가족에게는 너무 가혹한 일들이 그 지역으로 다시 이사 올 때마다 벌어지고 있었다. 덕천동에서 사는 동안 우리는 재산은 재산대로, 건강은 건강대로 모두 다 잃고 말았다.

진주로 이사 온 지금, 어머님은 요즘도 다시는 너뿐 아니라 후손들도 그 지역 근처에서는 절대 살지 말라고 하라고 말씀하시곤 한다.

대장암 4기, 세브란스병원 그리고 인연

삼촌 덕분에 대장 쪽으로 유명한 강남세브란스병원으로 먼저 향한 우리는 목회 활동을 하시는 삼촌과 가까이서 늘 함께 동고동락하셨던 이만희 집사님을 소개받았다. 이분은 교회 집사님이면서 대장암 4기를 극복한 환자셨는데, 이분 덕분에 우리는 빠르게 좋은 병원과 좋은 의료진을 소개받을 수 있었다.

이만희 집사님은 아내와 같은 대장암 4기를 앓으셨음에도 기적적으로 병을 완치해서 건강한 몸으로 돌아와 정상적인 생활을 하고 계셨다. 이 집사님을 뵙고 이야기를 듣는 것만으로도 벌써 우리의 미래도 완치까지 한 걸음에 달려갈 수 있을 거라는 희망과 믿음이 생기기 시작했다. 서울에 도착하자마자 집사님은 우리를 친조카처럼 반겨주시며 맞아주셨고, 본인의 투병 이야기를 아낌없이 해주시고 또 조언과 격려, 응원 그리고 기도를 더해주셨다.

집사님은 어려운 상황에서 암을 극복한 장본인으로 본인의 치료를 직접 집도해주셨던 주치의 이강영 교수님과 깊은 인연이 있으셨다. 덕분에 아내 역시 빠르게 진료를 잡아 교수님을 만나뵙는 것이 가능했다.

집사님의 완치 사례가 이강영 교수님께도 뿌듯한 일이었고 연구에도 많은 도움이 되셨으리라 생각한다. 대장암 4기를 극복하고 완치하는 일은 결코 쉬운 일이 아니다. 그 어려운 일을 해낼 수 있도록 교수님께서 도와주셨고, 또 그 도움 덕에 병을 치료하신 집사님은, 이강영 교수님을 통한 본인의 완치 사례를 아낌없이 타 환자들을 위해 공유해주시면서 두 분은 치료 이후에도 좋은 관계를 지속적으로 이어가고 계셨다. 우리는 교수님을 통해 검사 결과와 앞으로의 방향에 대해 듣고 논의하게 되었다.

"대장뿐만 아니라 간에도 전이가 되어, 지금 당장의 수술은 어렵습니다. 일단은 항암치료를 먼저 시작해야 할 것 같습니다."

불과 얼마 전에 아버지의 주치의께 들었던 이야기를, 3개월 지나서 똑같이 아내의 병명으로 듣고 있었다. 마치 예전에 겪었던 일을 동일하게 다시 겪고 있는 데자뷰 같았다. 지독한 악몽을 연속해서 꾸고 있는 기분이었지만, 이것은 환상이 아니었다. 현실이었다. 그 상황에 내가 할 수 있는 것이라곤 교수님께 간절히 요청하는 방법 외에는 아무런 방법이 없었다.

"교수님, 이제 둘째 태어난 지 한 달 정도밖에 되지 않았습니다. 제발 우리 아내 좀 살려주십시오. 제발 부탁드립니다."

교수님이 말씀하셨다.

"최선을 다해보겠습니다. 하지만 이 암이란 병이 무서운 이유는, 컴퓨터처럼 부품이 고장 나면 해당 부품만 잘못되는 게 아니고 다른 부품까지 다 같이 고장을 내서 결국 못 쓰게 되는… 사망에까지 이를 수 있어서 그렇습니다. 신촌 세브란스병원에 종양내과 후배인 안중배 교수를 통해 항암치료를 먼저 시작하고, 암의 크기나 개수를 줄여서 그 다음 치료 계획을 잡아보는 것이 좋겠습니다."

서울에서의 병원 생활은 강남세브란스병원을 거쳐 신촌 세브란스병원으로 이동하며 아내의 대장암과의 본격적인 투쟁이 시작되었다.

06.

사랑하는
아내의 암투병

아내의 진료 후 집으로 돌아와 서울에 항암 스케줄이 잡히기 전까지 내가 가장 먼저 해야겠다고 생각한 일은 바로 아버지, 어머니와 우리가 사는 이 두 개의 집을 하나로 합치는 것이었다. 긍정적인 마음으로 좋은 생각만 하려고 늘 노력하였기에 힘든 상황에서도 나름 잘 해왔지만, 암 4기라는 병은 말처럼 그리 쉬운 병이 아니었다. 이는 본인에게나 가족에게나 마찬가지였다. 이걸 다 함께 극복하기 위해 집을 합치기로 결심했다. 첫 번째는 가족이 함께 모여 더 힘을 내고 싶다는 마음이었고, 두 번째는 앞으로 어찌될지 모르는 상황에 가족과 조금이라도 더 많은 시간을 함께하고 싶었던 마음에서였다.

환자였던 아버지와 아내에 대한 보살핌은 물론, 어린 두 아이의 육아까지 도맡아 하셨던 어머니는 사실상 거의 우리 집에서 이미 생활하고 계셨고, 아버지 역시 투병 이후 하시던 일을 정리하시고 우리 집에 와서 아이들과 주로 생활하다가 잠만 집에서 주무시는 상황이었다. 양쪽 집만 빨리 정리가 된다면, 두 집의 살림을 합치는 것은 그리 어려운 문제는 아니었다.

다행히도 전세였던 우리 집은 계약 만료가 다 되어가는 시점이었고 전세가 귀하기도 했던 데다, 자가였던 부모님 집도 인기가 있던 소형 평수인지라 금방 집을 정리할 수 있었다. 나는 그 돈을 합쳐, 우리 3대가 머무를 수 있는 넓은 평수의 아파트를 찾아 계약하고 이사하게 되었다.

환자 두 명과 어린아이들 둘, 3대가 거주할 집이라 조금 무리를 해서 큰 평수의 대형 아파트로 이사를 가게 되었는데 이는 서로 다른 공간에서 다른 생활을 했던 아버지 댁과 우리가 한 집에 사는 만큼 넓은 공간이 있어야 약간은 분리된 공간에서 서로 더 이해하고, 사랑할 수 있을 것이라는 생각에서였다.

지금도 나는 그때의 이 선택이 굉장히 좋은 선택이었고, 잘한 선택이었다고 생각한다. 물론 그 돈을 다 합쳐도 60평대의 아파트를 살 돈은 되지 않았다. 아내는 지금 우리 형편에 이런 좋은 집에 살아도 될까 하고 걱정했지만, 나는 그런 아내의 걱정을 덜어줄 수 있도록 열심히 모아온 우리의 통장을 다시금 보여주었다.

가족이 함께 모여 살기로 한 것은 우리 가족이 아프기 전에 진작에 조금 더 일찍 함께했었더라면 더 좋았을 텐데 하는 아쉬움이 들 만큼 우리 가족 모두에게 굉장히 좋은 선택이었다. 가족 모두가 만족하고 행복해하니 말이다. 또한 새로 구한 집은 집이 넓기도 하고 처가와도 가까워서 처가 식구들도 자주 올 수 있었다. 어려운 시기를 극복하는 데에는 처가 가족들의 도움도 컸다. 아버지와 아내가 번갈아 주차별로 서울에 항암치료를 하러 갈 때면 힘들 때마다 와서 아이들의 케어와 아내의 병간호를 함께 해주었기 때문이다. 부산 거제동의 대형 아파트에서의 생활은 어려운 시기를 가족 모두 함께했던 행복한 시간이었다.

아내의 첫 항암치료 그리고 '케모포트'

아내의 병이 생각보다 심각한 상태임을 인지한 이후로 강남세브란스병원의 이강영 교수님은 먼저 항암치료부터 시작하여 암의 크기를 줄인 후에 수술을 시도해보자고 방향을 잡으셨다. 교수님은 대장암 항암치료의 권위자인 신촌 세브란스병원의 안중배 교수님을 연결해주셨고, 드디어 첫 항암치료를 진행하게 되었다.

아버지를 통해 항암치료의 과정을 지켜보며 이 치료에 대해 알고 있었던 아내는 겁을 먹을 만도 했지만, 그 아픈 몸으로 건강한 아이를 출산한 경험이 있는, 세상에서 그 어떤 누구보다 가장 강한 엄마였다.

아버지를 통해 봤던 것처럼 항암치료는 많은 어려움이 있었는데 그중 가장 큰 고민은 항암치료 일정이 늘 2박 3일이었기 때문에 이제 갓 태어난 갓난쟁이와 떨어져야 한다는 것이었다. 아직 한참 어린 아이들과 떨어지는 것도 힘들지만, 또 회사를 다니는 내가 한 달에 두 번이나 2박 3일을 비울 수가 없는데 내가 아니면 보호자로 아내와 함께 항암치료 일정을 함께할 사람이 없다는 것도 문제였다. 그러던 중 뜻밖에 소식이 들려왔다. 안중배 교수님께서 우리가 처음 들어보는 항암치료 방법을 제안해주신 것이다. '케모포트.'

케모포트는 몸에 삽입하는 중심 정맥관으로, 케모포트를 하면 큰 불편함 없이 항암제를 맞을 수 있었고, 무엇보다 2박 3일이라는 긴 시간을 병실에 매여 있지 않아도 된다는 것이었다. 거의 대부분의 암환자들이 항암치료를 대학병원에서 받고 있다. 항암치료를 받아보신 분들은 아시겠지만 치료할 때마다 혈관을 찾아 주사를 꽂는 일도, 또 그 주사를 맞는 동안 입원하는 일도, 그리고 또 부작용은 말도 못 할 정도로 치료의 모든 일정이 참 괴로운 치료 방법이다. 그냥 건강하다가 몸이 조금 불편할 때 병원 가서 소위 정맥 주사 한 대 맞는 것은 그렇게 힘든 일이 아니다. 하지만 항암치료는 다르다.

우리가 아프고 나면 건강한 것이 얼마나 행복한 것인지 느끼듯 3기 이상의 암치료의 가장 기본인 항암 주사를 시작해보면 건강함의 행복을 단번에 느낄 수 있기 마련이다. 또한 꽂아놓은 독한 약이 새기라도 한다면 큰 부작용이 뒤따르므로 맞는 동안 제대로 움직일 수도 없는 것이 바로 항암 주사다. 그런데 이 항암 주사는 맞게 되면 가장 불편한 것이 바로 반복적으로 채혈하고, 또 주사를 맞아야 한다는 것이다. 항암 주사를 맞으면 팔을 몇 시간 동안 꼼짝달싹 못 하게 된다. 행여나 약이라도 새면 피부 괴사가 일어나는 불상사가 일어나기 때문에 팔을 움직이지도 못하는 아주 고통스러운 과정이 반복된다. 그러다 보면 결국 주사 노이로제에 걸린다. 아버지도 삶이 얼마 남지 않은 시점부터는 주사바늘 노이로제에 걸려 주사를 맞으시다가도 걷어내어버리기 일쑤셨다. 아버지는 케모포트를 시술하지 않으셨기 때문이다.

입원실에서 생활하면서 정말 주사가 겁이 나서 병원 가기 싫어하시는 분들을 상당히 많이 보았다. 그리고 항암치료는 한두 번 진행하는 것이 아니기에 오랫동안 항암제를 맞으면 혈관이 숨어버린다. 정맥 주사를 계속 맞고 독한 항암제를 맞다 보면 이 혈관이 아예 숨어버리는 일도 발생된다. 처음에는 고속도로 같았던 혈관들이 반복할수록 숨어서, 나중에는 혈관을 찾기가 참 어려운 상황까지 가게 되는 것이다.

그런데 이런 항암치료를 조금이나마 편하게 할 수 있는 희소식이 들려온 것이다. 바로 중심 정맥에 관을 심어놓는 '케모포트'를 제안받은 것이다. 이제껏 항암치료의 공포로부터 조금이나마 벗어날 수 있는, 암환자에게는 특히 우리에게는 매우 편리하고 반가운 소식이었다. 일단 매번 혈관을 찾아 꽂는 고통과 어려움도 덜지만, 2박 3일이나 입원실에 틀어박혀 있어야 하는 공포와 아이들에 대한 걱정 역시 벗어날 수 있는 획기적인 치료 방법이었다.

아버지의 경우도 그랬고, 여러 병원을 다니며 다양한 환자분들을 만나본 결과 케모포트는 전국 모든 병원에서 모든 암환자에게 활용하는 치료법도 아니고, 또 모든 암환자에게 권하는 시술도 아니었다. 케모포트는 보통 학술적으로 중심 정맥관이라고 얘기한다. 중심에 있는 큰 정맥에다가 관을 넣어놓는다는 뜻이다. 쇄골, 빗장뼈 밑에 100원짜리 동전, 조금 큰 것은 500원짜리 동전 크기의 아주 납작한 기구가 피부 밑에 들어가 있고 그 끝이 큰 정맥에 들어가 있다. 이렇게 하고 나면 피부가 약간 도톰하게 보이는 정도고 피부 밑에 숨어 있기 때문에 일상 활동하는 데 아무런 지장이 없다. 샤워도 가능하다.

케모포트를 하면 항암제를 맞을 때 몸이 자유롭다. 또한 항암치료가 끝나면 이 포트를 제거할 수도 있다. 그리고 주사 맞을 때 특수한 바늘을 바로 찌르면 항상 큰 혈관에 연결돼 있기 때문에 주사가 샐 염려도 없고 움직임을 제약받을 이유도 없다. 이렇게 편리하고 간단한 시술인 데다 항암제를 아주 쉽게 맞을 수가 있고, 필요하면 영양제도 맞고 굉장히 편리한 도구이다. 항암치료를 계획하고 있는 환자분들이라면 우리의 경우처럼 의료진이 먼저 제안하지 않을 경우 역으로 먼저 케모포트를 제안해보는 것도 추천하고 싶다.

또한 케모포트는 항암치료를 처음 시작할 때 시술해야지만 가능하고, 이미 항암치료를 시작한 환자들이라면 쉽지가 않다. 왜냐하면, 항암제 스케줄이 있기 때문에, 1차수가 끝나고 나면 다음 차수 항암제를 맞기 바쁘기 때문에, 케모포트 시술을 위해 스케줄을 조정하는 것이 쉽지 않기 때문이다. 대부분의 항암치료가 최소 6회차로 진행되므로, 3개월 이상 항암치료를 해야 한다면, 가능하다면 케모포트를 하는 것을 추천한다.

아내가 말하기를 케모포트를 하고 항암제를 시작하면 항암 주사를 맞는 것이, 주사를 맞는 그자체가 겁이 나지 않는다고 했다. 시술 과정도 그렇게 어렵지 않았고, 그저 한 1~2센티미터 정도의 절개를 통해 짧은 시간에 간단히 시술을 마칠 수 있었다. 어쨌든 우리는 이 케모포트 덕분에 가장 큰 걱정이었던 아이들과 2박 3일을 떨어져 지내야 하는 것, 그리고 회사를 비울 수 없어 아내의 치료에 함께 대동하지 못할 뻔한 큰 고민 두 가지를 단번에 씻어낼 수 있었다.

07.

잊지 못할 암환자들의 제주 여행

예상치 못한 한 지붕 세 명의 암환자 가족이 되어버린 우리는 시간의 소중함을 깨닫고, 더 많은 추억을 남기고자 그간 아이들과 환자 뒷바라지로 고생하셨던 어머님, 장모님을 모시고, 아버지와 모든 가족들이 다 함께 떠나는 여행을 계획하게 되었다.

여행의 계획 단계부터 고생은 예상했던 일이었다. 현재 항암치료 진행 중인 환자 두 명, 그리고 아직 암환자인 나, 어린아이 두 명을 데리고, 가까운 곳에 바람을 쐬러가는 것도 아니고, 비행기를 타고 3박 4일 제주 여행을 한다는 것은 고생길이 뻔히 보이는 일이라 쉬운 결정은 아니었다. 하지만 아이들과 환자를 돌보는 데 전심전력을 다해주신 어머님과 장모님을 위해 그리고 모든 가족들에게 좋은 추억을 남기고자 제주행 비행기에 몸을 싣게 되었다.

생각해보니 그때가 어머니, 아버지와 함께 타보는 인생 첫 비행이었다. 아버지가 바쁘시기도 했지만 어려운 가정형편이 이어졌던 우리에게 가족이 모두 비행기를 타고 여행하는 일은 상상조차 힘든 일이었기 때문이다. 어쩌면 이러한 어린 시절에 나의 기억들이 지금 현재 나에게 가족들과 함께 많은 비행기를 타고 여행을 떠나게 만드는 계기가 되었는지도 모르겠다.

부산에서 출발하여, 김해공항을 거쳐 제주공항에 도착한 우리는 첫날 일정에 따라 '선녀와 나무꾼 테마공원'으로 향했다. 사실 이곳은 부모님을 위한 선택이었다. 모든 일정은 그간 암환자와 아이들을 돌보느라 고생하셨던 어머니와 장모님 위주로 계획하게 되었다. 마치 부모님의 어린 시절인 50~60년대로 돌아간 듯한 착각을 불러일으킬 정도로 그때 그 시절을 완벽히 재현한 테마공원에서 부모님과 장모님은 추억여행을 한껏 즐기셨다. 테마공원 내에 설치된 노래방 기계에서 노래도 한 곡 하시고 춤도 추시며, 잠시나마 암환자 보호자와 육아로 지친 심신을 달랠 수 있었다. 부모님들이 즐거워하시니 나와 우리 부부 역시 덩달아 행복했다.

나 역시 TV로만 보고, 한 번도 겪어보지 못했던 부모님들의 어린 시절을 느낄 수 있었고, 달동네 마을, 가요 콩쿨 무대장, 추억의 거리 등 여러 장소에서 사진을 찍으며, 부모님의 시간을 공유할 수 있다는 것, 부모님과 함께 공감할 수 있다는 것만으로도 의미 있는 시간들이었다. 내가 겪어보지 못했던 그 시절을 보고 즐길 수 있는 거리들을 아이들과 함께 걸으며, 그렇게 우리는 즐겁게 행복한 첫날을 마무리하면서 숙소로 이동했다.

제주도의 여러 곳을 골고루 돌아보고자 하는 마음에 3박 4일을 모두 다른 곳으로 예약하게 되었는데, 이것이 우리 여행의 고생길의 시작임을 아무도 모른 채 첫날밤이 지나가고 있었다. 매일매일 숙소를 옮기며 짐을 풀었다 쌌다 하는 일은 쉬운 일이 아니었다. 그것도 환자와 아이들 두 명의 짐을 다 챙겨 떠난 우리에게는…. 여행을 많이 다녀보지 못했으니, 시행착오가 없는 것이 이상할 일이다.

다음 날인 2일차에 부모님들이 좋아하실 만한 배낚시를 일정에 넣어 준비했는데 이것이 우리의 두 번째 고생길을 여는 포문이었다. 항암치료 중이셨던 아버지는 혹시나 뱃멀미를 하실까 봐 걱정하셔서, 전날 미리 약국에서 멀미약을 구매했다. 그런데 이 멀미약을 당일도 아닌 전날 밤에 미리 귀에 붙이고 주무시면 멀미에 더 괜찮으실 거라는 생각에 약을 붙이고 그대로 잠이 드셨다. 하지만 2시간 정도 지났을까? 새벽에 아버지께서 땀을 뻘뻘 흘리시며, 착란 증상을 일으키셨고 신음소리에 깜짝 놀라 잠에서 깰 수밖에 없었다. 마치 치매에 걸린 사람처럼 아버지께서는 이상 행동은 물론 이상한 말들을 하시는 게 아닌가? 처음에는 이것이 항암 부작용이라고 생각하고, 너무 놀라서 긴급히 119를 불러 제주도의 대형 병원 응급실로 향하게 되었다.

다행히도 병원에서는 항암치료 부작용 및 암으로 인한 문제는 아니며, 면역력이 약한 노약자에게 자주 발생하는 멀미약의 부작용이라 설명해 주었다. 멀미약에 이런 부작용이 있다는 것을 처음 알게 되었다. 아버지는 이날 새벽에 응급실에 가셔서 다음날 오후까지 한참을 수액을 맞고 안정을 취하신 후에야 다시 정상으로 돌아오셨지만 결국 우리는 2일차의 모든 일정을 통으로 날려버릴 수밖에 없었다.

아내와 장모님, 아이들은 숙소에서 하루 종일 일정을 보냈고, 우리는 제주도 119 구급차 투어와 병원 투어로 2일차를 마무리한 것이다.

그렇게 제주 여행 3일차. 둘째 날을 숙소에서만 보내게 된 우리는 3~4일차 마지막 일정을 더 알차게 보내기 위해 약간의 피로함을 감수하더라도, 열심히 투어를 더 하기로 했다. 다행히도 아버지의 부작용도 빠르게 회복되었다. 제주 모슬포의 맛집 투어와 산방산 투어를 마친 이날 일정 마지막은 여행의 피로를 풀고자 산방산 탄산온천으로 향하게 되었다.

온천을 선택한 이유는 아버지의 응급실행으로 어머니와 또 내가 잠을 못 자서 피로가 쌓이기도 했고, 매일 숙소를 옮겨다니느라 피로가 많이 쌓이기도 한 데다, 이날은 비까지 오는 바람에 할 수 있는 것들이 많지 않았기 때문이기도 했다. 하지만 이날 역시 예상하지 못한 일이 벌어지고 말았다. 비가 와서 날씨도 춥거니와 3일차의 숙소는 중앙제어식이라 난방이 제대로 되지 않는 것이었다. 이때 5월이었으니 사실 난방이 필요할 거라곤 생각지도 못했다. 첫날은 약간의 난방으로도 너무 더워서 잠을 못 이룰 지경이었으니 말이다.

온천욕을 했던 곳 역시 실내온도가 낮은 상태에 피로까지 쌓여서인지 첫째 아들 승준이가 잠들기 전 약간 감기 기운이 돌기 시작하더니, 잠이 들고 아버지처럼 약 2시간 뒤에 열이 불덩이처럼 오르고, 몸을 부르르 떨고 있는 것이 아닌가? 하는 수 없이 우리는 또 119를 부르게 되었다. 그런데 전날 아버지 일로 출동하셨던 그 구급대원 분들이 그대로 오신 게 아닌가? 처음 숙소에서 꽤 거리가 떨어진 곳으로 이동했는데도 말이다.

"아니 오늘은 또 어떤 일로 연락을 주셨어요?"

구급대원분들도 놀라서 우리에게 물으셨다.

"오늘은 아기가 갑자기 열이 심하게 나서요…."

결국 우리는 또 다시 같은 구급차를 타고 같은 응급실로 향하게 되었다. 모성애가 누구보다 컸던 아내는 항암치료 중에 몸이 힘들 텐데도 승준이를 위해 나와 함께 응급실에서 날을 지새게 되었다.

나는 3박 4일 제주 여행 동안 2박을 병원 응급실에서 보내게 되었고, 그렇게 마지막 제주여행의 일정 역시 병원에서 마무리하게 되었다. 다행히 승준이도 응급실에서 응급 처치 후 열이 떨어지고 컨디션을 되찾아서 무사히 퇴원할 수 있었다.

나와 아내는 여행 전 계획되어 있던 아내의 항암치료 일정을 위해 승준이와 함께 김포공항행 비행기를, 부모님과 장모님 그리고 예린이는 김해공항으로 가는 비행기를 타면서, 제주의 모든 일정을 종료했다.

원래 고생한 여행이 가장 기억에 남는다고 하지 않는가? 응급실에서 2박을 보낸 이때의 제주 여행은 평생 잊지 못할 추억이 된 지금, 비록 힘들었던 추억이지만 어머니와도 한 번씩 제주 여행 이야기를 꺼내며 그때를 떠올리곤 한다.

08.

대장암 4기 간절히 바랐던 기적 같은 수술, 표적항암치료 후에 이루어지다

다학제 진료

암에 걸린 환자는 모두 목숨이 걸린 상황이 되지만, 특히나 재발이 빠르거나 아버지나 아내처럼 4기 암환자들은 여러 군데 전이가 된 상태로 발견된 경우 치료 방법의 선택 자체가 참 어려워진다. 시간과의 싸움이라 여러 번의 기회가 있는 것이 아니기 때문이다.

아내와 함께 진료를 다니면서, 또 주변 환자분들의 이야기를 많이 듣게 되는데, 암환자들은 진짜 어처구니없는 경우도 많이 접하게 된다. 의사가 그날따라 기분이 좋아 보인다 싶더니 아주 유쾌하게 "항암… 하지 말까 봐요. 하지 맙시다."라고 성의 없는 결정을 내리는 때도 있고, 일부 의료진은 정형화된 치료법으로 같은 형태, 같은 진료만 보다 보니 환자의 특성을 파악하지 못하는 때가 비일비재하다.

다학제는 말 그대로 여러 진료과의 의사들이 다 함께 모여서 한 환자에 대한 치료 방침을 함께 결정하는 진료 방법이다. 현 상태에서 항암을 먼저 하는 것이 나은지, 신약을 써보는 것이 좋은지, 혹은 방사선치료를 혹은 수술을 먼저 하는 것이 좋을지를 여러 분야의 의료진이 모여서 회의 끝에 결정하는 것이다.

아무래도 의사 한 명이 환자의 개별적인 전체 상태를 적절하게 고려하여 맞춤형 치료를 하는 것에는 좀 어려운 면이 있는데 다학제는 각 분야의 여러 명의 인사들의 인간적인 직감과 경험이 함께 나오는 것이기 때문에 흔히 말하는 요즘의 트렌드로, 환자마다 다 다른 상태에 따라 맞춤형 치료가 가능하다는 것이다.

아내의 첫 수술 역시 세브란스병원의 다학제 진료를 통해 이루어졌다. 환자와 가족 대표로 참가한 나와 아내의 주치의인 종양내과 안중배 교수님, 대장 치료의 권위자이신 김남규 교수님, 그리고 간 수술을 집도할 교수님 및 임상 간호사 외 여러 의료진과 환자와 가족이 모두 함께하여 앞으로의 치료 방향을 결정하는 회의가 열렸다.

먼저 화면을 통해, 아내의 항암치료 후 현재 상태를 확인한 후 주치의 선생님께서 수술이 가능하겠느냐고 각 파트의 교수님께 제안을 하셨고, 아내의 상황을 점검한 각 파트의 교수님들의 수락으로, 드디어 아내의 첫 수술이 결정되는 순간이었다.

처음 서울에 올라왔을 때만 해도 수술이 어렵다는 말을 듣고, 희망보다는 절망에 대한 체념이 컸었지만 그날 이후 긍정적인 마음을 하루하루 보태, 아내의 건강에 도움이 되는 것들을 하나하나씩 실행해나가면서 결국 오늘날 수술이라는 큰 행운을 얻을 수 있었다.

그리고 어느덧 우리는 불치병이라 생각했던 4기암을 난치병으로 인식하는 계기가 되었고, 곧 이 난치병도 정복할 수 있는 병으로 인식을 바꿀 수 있게 되었다. 그렇게 아내는 다학제 진료 이후 수술을 통해 대장 전체를 절제하고, 간에 위치한 암 조직을 제거하는 감격적인 첫 수술을 시행했다.

아내의 간호를 위해 육아휴직을 하다

아내는 출산휴가 중에 병을 발견하였고, 다행히도 이후에는 육아휴직을 통해 직장을 단절하지 않은 채로 치료에 집중할 수 있었다.

우리 가족이 다른 암환자 가족들보다 더 힘든 상황이었던 이유는, 이제 두 돌이 갓 지난 첫째와 갓 태어난 둘째가 있는 상황에, 집안에 4기 암환자가 두 명이나 있다 보니 돌봄이 필요한 식구가 네 명이나 되었던 탓이다. 거기에 나까지 보태면 사실상 집안에 아이와 환자를 돌볼 수 있는 건강과 여력이 있던 사람은 어머니밖에 없었다.

어머니는 환자들을 위한 자연식 식사와 집안일, 그리고 아이들의 양육까지 책임을 지셔야 했고, 또한 아버지가 항암치료를 위해 서울을 향할 때면 2박 3일간 병실에서 보호자 역할까지 하셨다. 돌이켜 생각해보면, 나보다 연로하신 어머니가 우리 가정을 지키는 진짜 '슈퍼 원더우먼'이셨다.

어머니는 위대하다 하지만 우리 어머니는 집안의 위기 때마다 우리 가정을 구하신 정말 위대하신 분이셨다. 집안이 어려울 때도 어머님의 자존심을 버린 희생으로 우리 가정을 지켜내셨다.

상황이 이렇다 보니, 아내의 수술을 앞두고, 아내를 간호할 사람이 없었다. 기존 항암치료를 다니느라 연차를 다 써버렸기 때문이다. 나의 상황이 이렇다고 해서 회사의 배려를 바라고 동료들에게 피해를 줄 수도 없는 일이기 때문이다. 그렇다고 큰 수술을 앞둔 아내에게 간병인을 붙여 혼자 보낼 수도 없는 노릇이었다.

병을 다스리는 것은 마음으로부터 시작된다는 것을 잘 알고 있기에, 아내가 편안하게 수술을 받을 수 있도록 하는 것에 집중하고, 또 수술 이후에도 마음의 안정으로 몸의 안정을 찾을 수 있게 나의 모든 것을 다 쏟아부어야겠다고 생각했다.

2012년 당시는 통상적으로 남성이 육아휴직을 쉽게 쓸 수 있는 사회 분위기나 조직 분위기가 형성되었던 시기는 아니었다. 아내가 육아휴직을 통해 육아휴직 급여를 받기는 했지만 외벌이로 환자 두 명과 아이들을 돌보는 것은 쉽지 않은 상황이었고, 나마저 회사를 쉬게 된다면 금전적인 어려움이 닥칠 것으로 예상이 되었다. 하지만 지금 나에게 그리고 우리 가족에게 가장 중요한 1순위의 가치 있는 일은 바로 아버지와 아내, 사랑하는 우리 가족 환자들의 회복이었다.

그간 열심히 아끼고 모아둔 시드머니가 있었고, 틈틈이 아내와 온라인으로 등산용품 및 생활용품 등 물건을 팔기도 했다. 적은 금액이긴 하지만 육아휴직급여까지 최소한의 예산으로 생활하고 아껴쓴다면, 약간의 저축과 생활은 가능한 수준이었으니 말이다. 사실 아껴쓰는 것이라면 누구보다 자신 있는 나였다.

여러 가지 방안을 모색해봤지만 아내를 위해서 아버지를 위해서 내가 할 수 있는 다른 선택권이 없었다. 나는 용기를 내어 회사에 이야기를 했다. 다행히도 당시 회사는 흔쾌히 육아휴직을 허락해주었고, 나는 우리 회사 최초로 남자 육아휴직 제도를 활용하는 사람이 되어, 아내의 간호에 전념할 수 있었다.

돈은 나중에 언제든 다시 벌고 모을 수 있다는 확신이 있었다. 설령 육아휴직으로 진급에 불리하거나 늦어진다 하더라도 나에게 전혀 중요하지 않았다. 건강만 우리에게 주어진다면, 그깟 월급 몇 달은 열심히 모아둔 돈으로 생활하고, 다시 시작할 수 있다고 생각하였기 때문이다. 나는 회사와 동료들의 응원과 지원 속에 육아휴직을 사용하여, 본격적인 암환자 보호자의 길에 들어섰다.

내가 암에 걸렸다는 사실을 알았을 때도, 아버지와 아내가 암 4기라는 판정을 받았을 때에도 과거에 집착하며 원망이나 불평보다는 이러한 긍정적인 생각과 마음가짐으로 계획을 세우고, 실천을 해나간 것이 투병 생활을 잘 해나갈 수 있는 데 큰 힘이 되었다고 믿고 있다.

긍정적인 생각만으로는, 사실 어려운 부분들이 많은데 투병 생활을 유쾌하게 이어나갈 수 있었던 것은 회사와 직장 동료들의 도움도 컸다.

SK그룹의 자회사인 피에스앤마케팅은 기업 문화인 '행복 추구', '행복 창출'이 궁극적 목적인 기업인지라 특히 구성원에게 행복 추구를 위한 배려와 이해가 넓은 회사였고, 특히 나와 우리 가족에게 보내준 격려와 응원 그리고 배려를 아끼지 않았던 회사와 동료들 덕분에 많은 어려움을 극복할 수 있었다. 당시 함께 근무했던 동료들에게는 매우 감사한 마음을 평생 전해도 모자를 것이다. 회사와 동료들은 아내의 투병에 필요한 금전적 지원은 물론 치료를 위해 필요한 시간도 아낌없이 지원해주었다.

그 덕분인지 다행히도 아내의 수술 역시 성공적이었다. 아내는 두 아이를 자연분만하고, 또 얼마 지나지 않아 이 큰 수술을 아무 말 없이 잘 이겨냈다. 잘 견뎌냈다.

어린 시절부터 인내력이 강한 나의 아내 박현주. 3년 안에 두 아이의 출산과 힘든 항암치료, 그리고 대수술까지 견뎌준 아내가 정말 자랑스럽고 고마웠다. 모든 것이 너무나 감사한 날이었다.

09.

200장의 헌혈증과 600만 원의 성금

아내의 수술을 마친 후, 육아휴직을 통해 집에서 아이들과 많은 시간을 보내며, 아내의 병간호를 하던 어느 날이었다. 회사의 김원배 본부장님으로부터 고생 많다 하시며 서울에서 부산 가는 김에 얼굴 한 번 보고 식사나 한 끼 하자는 연락을 받은 후, 오랜만에 근무하던 사무실로 향하게 되었다.

나는 본부장님과 가벼운 식사자리를 생각하고 왔는데 웬일인지 모든 구성원들이 회의장에 다함께 모여 있었다. 나는 의아했지만 오랜만에 사무실에 왔으니 인사 자리를 마련해주셨거니 하고 생각했는데, 그 자리에 계신 본부장님께서

"김완태 강사를 위해 모두 기도하고 있고, 우리의 응원의 힘을 모아서 200장의 헌혈증과 600만 원의 성금을 모은 것을 김완태 강사에게 전달하기 위해 이 자리를 마련했습니다."

이야기를 듣는 순간 나도 모르게 눈물이 왈칵 쏟아졌다. 헌혈증과 금전적인 도움 역시 말할 수 없이 감사한 것이었지만 예상치 못한 동료들의 마음이 감사한 것이 더 컸고, 그간의 고생했던 순간들이 떠올라서였기도 했으며, 또 나를 그리고 우리를 이토록 걱정해주고 사랑하는 사람들이 있는 것에 대한 감사의 눈물이었다.

내가 그리고 아버지가 또 아내가 암진단을 받을 때도 이토록 많은 눈물을 쏟지는 않았는데, 나도 모르게 눈물이 너무 많이 하염없이 쏟아져 말을 이어갈 수 없을 정도였다.

그 자리에 함께 있었던 동료들 역시 내 눈물과 함께 눈물을 흘리고 있는 모습을 보고 있으니 마음이 더 진정되지 않았다. 흐르는 눈물을 조금씩 참아가며, 동료들에게 감사의 인사를 전했다.

"드라마에서나 나올 법한 일들이 저에게 벌어지고 있다는 것을 알고 나서는 처음엔 세상을 원망했습니다. 절망 속에 분노가 치밀어 오르기도 했고, 지나간 인생에 여러 가지 후회들이 머리와 마음속을 가득 채웠습니다. 하지만 저에겐 사랑하는 가족들이 있고, 사랑하는 사람들이 있으며, 사랑해야 할 사람들이 많이 있습니다.

다음번엔 웃는 모습으로 밝게 꼭 다시 인사하겠습니다. 너무 감사합니다. 너무 고맙습니다."

한참을 눈물을 흘리고 나니 속이 후련했다. 시간이 지나고 나니 사내대장부가 너무 많은 눈물을 흘린 것 같아 부끄러운 마음도 조금 들었지만, 본부장님과 동료들에게 감사의 인사를 드린 후 집으로 돌아왔다.

집으로 돌아와 아내와 가족들에게 이 이야기를 전달하며, 또 한 번 나의 눈물샘이 터지고 말았다. 생각해보면 나는 눈물이 참 많은 사람인데 그동안 그것을 너무 참아왔던 것 같다.

하지만 눈물이 많다는 건 정이 많고 감정이 풍부한 사람이 아닌가 하고 말하고 싶다. 그리고 겪어보니 때론 속이 시원할 정도로 엉엉 울어버리는 것이 가슴에 남은 응어리를 떨쳐내는데 도움이 되기도 했다.

정말 드라마에서도 나오기 힘들 법한 어려운 소재의 일들이 나에게 닥치고 있었지만, 이를 통해 내가 행복한 사람이라는 것을 일깨워준 시간이었다. 주변의 좋은 사람들 덕분에 나는 한층 더 성숙할 수 있었고, 나를 위해 가족을 위해 또 사랑하는 사람들을 위해 더욱더 노력하는 사람이 되어가고 있었다.

회사의 응원과 도움으로 보험이 없어서, 금전적으로 부담이 되고 힘들었던 아버지의 수술비 및 치료비에 보탤 수 있었다. 때마침 아버지의 수술 뒤에 큰돈이 필요한 시기였는데 유용하게 사용할 수 있었고, 암환자는 수혈 역시 정부 지원으로 5%만 부담하면 되었기에, 수혈비가 비싸지 않아 헌혈증은 쓰지 않고 더 필요한 곳에 쓰려고, 그대로 안 쓰고 모아두고 있었는데, 얼마 시간이 지나지 않아 회사 내 직원의 가족 중 큰 수술로 인해 헌혈증이 필요하다는 소식을 듣고, 헌혈증을 필요한 곳에 그리고 더 의미 있게 사용하도록 전달할 수 있었다.

이날 이후 나는 다시 한 번 다짐하게 되었다. 내가 가진 능력과 자원을 더 필요한 곳에 더 소중한 것에 쓰자. 아내는 그전부터 소액이지만 어려운 이웃을 위해 후원하고 있었는데 나 역시 후원과 함께 주변에 나보다 어려운 사람에게 도움을 줄 수 있는 일을 찾는 계기가 되었다.

4기 암환자의 회사 복직

아내는 4기 암환자였지만, 여느 암환자들처럼 사회생활과의 단절이나 일상생활의 단절 없이 건강한 평범한 사람처럼 생활하려고, 또 그렇게 보이려고 노력해왔다. 주위의 동정어린 시선이 싫어서이기도 하였고, 반드시 이 암과 싸워서 이기리라는 생각이 커서였다.

어차피 암에서 이기고 나면 내가 암환자였다는 사실은 그저 지나간 과거일 뿐이기 때문이다. 대부분의 암환자들은 암 확진과 동시에 사회와의 단절은 물론 직장부터 그만두는 경우가 많다. 하지만 아내는 두 아이들 덕분에 육아휴직 제도를 활용해서 집중 치료 기간 동안 직장과의 단절을 피하고 치료에 임할 수 있었다.

여러모로 어려운 상황에서도 실낱같은 희망이 펼쳐지고 있었다. 아내의 병을 처음 발견했을 때 이미 대장암 4기였기 때문에 처음부터 쉽게 치료할 수 있는 상황도 아니었고, 직장으로 복귀는 사실 생각지도 못할 일이었다.

아내는 두 아이들을 통해 당시 한 아이 당 1년의 육아휴직을 쓸 수 있었는데 최대 2년의 기간을 총 네 번에 나눠서 쓸 수 있었다. 항암치료의 1사이클이 끝나고, 잠시 휴직 기간에 아내는 컨디션이 좋아 잠깐이지만 다시 직장으로 복귀하기도 했다. 하지만 아내는 결국 대장암을 극복하지 못했다. 당시 아내가 직장으로 복귀를 희망하고, 휴직을 반복하고 있을 때 아내의 선택을 만류했다면 결과가 달라졌을까?

내 경험으로 암투병을 하며, 가장 하지 말아야 하는 일이 바로 결과가 좋지 않을 때마다 만약에라는 가정법을 떠올리는 것이다. 하지만 늘 좋지 않은 결과가 있을 때는 아쉬움으로 여러 생각이 교차하곤 한다.

이러한 시기를 거치며 내가 얻은 결론은 다음과 같다.

대부분 암환자나 그 보호자가 나와 비슷한 상황을 겪겠지만, 중요한 선택은 내가 직접 하는 것이다. 암환자의 보호자는 환자가 좋은 선택을 할 수 있도록 여러 가지 방법을 찾아 선택권을 쥐어주는 것이다. 만약 내가 또 나의 가족이 그 선택을 했다면, 그 순간부터 그 선택에 최선을 다하는 데에만 집중하자!

지난 결과이긴 하지만 한 가지 확실한 것은 아내가 직장에 다시 복귀할 수 있었던 것에 또한 다시 일을 할 수 있었던 것에 즐거워하고 행복했다는 것이다. 그것만으로도 충분히 직장으로의 복귀가 치료에 긍정적인 역할을 했다고 믿고 있다.

아내 역시 치료 후 암의 잔존 여부와 이후 치료 일정, 컨디션, 본인의 의지 등을 종합적으로 고려해 주치의와 충분한 상담 후 결정한 것이기 때문에 암치료 중인 환자가 직장 혹은 사업장으로의 복귀를 고려할 때는 반드시 위 사항들을 주치의와 면담 후 결정하길 추천한다.

10.

세브란스병원의 암환자 여행 지원 프로그램

아무것도 하지 않으면 아무 일도 일어나지 않는다

시도하지 않으면, 도전하지 않으면, 어떤 기회도 생기지 않는다. 이는 암과의 싸움에서도 마찬가지이다. 암과 이기기 위해 어떠한 도전이나 시도도 없다면, 암이 주는 고통을 그저 담담하게 받아들여야만 한다. 하지만, 암을 이기기 위해, 행하는 시도가 있다면, 반드시 그에 따른 변화와 결과가 생기기 마련이다. 서울 세브란스병원에서 아내의 수술을 앞두고, 진료를 받기 위해 대기하던 중 복도의 게시판에 한 포스터가 유독 눈에 띄었다.

그것은 병원 내 사회복지팀에서 준비한 '암환자 가족 여행 지원 프로그램'이었다. 암투병으로 힘든 환자와 가족들을 위로하기 위해 신청자를 모집하여 면담 후 최종 선발을 하겠다는 내용이었다. 나는 물론이거니와 아버지, 아내까지 차례로 투병 생활을 이어오며, 우리 가족 모두 정말 정신없이 바쁘게 살아왔다. 그리고 그 흔한 가족 여행도 이러한 특수한 상황 덕에 쉽지 않았던 것이 사실이다.

그러한 상황 속에서 작은 행복을 찾기 위한 노력들은 꾸준히 해왔지만, 여행이라는 개념을 가지고 온 가족이 긴 시간 집을 떠났던 적은 없었다. 제주에서의 여행이 유일했지만 숙소를 매일 옮기는 여행 기획 단계의 실패와 응급실 투어로 인해 제대로 된 휴가와 힐링을 겪어본 적이 없기 때문이다. 아내에게 그리고 우리 가족 투병으로 가장 큰 고생을 하시는 사랑하는 나의 어머니, 아빠와 엄마의 빈자리에도 밝고 건강하게, 그리고 씩씩하게 자라준 아이들에게 좋은 선물이 될 수 있을 거라 생각했다.

투병 후 가장 달라진 것은 바로 실행력이다. 생각한 게 있다면, 그리고 해야 할 일이 있다면 바로 실행에 옮기는 것이 몸에 배어버렸다. 직장, 육아, 그리고 아내의 병간호로 바빠진 나의 일상 속에 해야 할 일들과 생각한 것들을 바로 실행하지 않으면, 여러 기회를 놓쳐버리기 십상이었기 때문이었다.

나는 병실의 아내에게 사진으로 찍어온 포스터를 보여준 후 아내와 짧게 이야기를 나눈 다음 바로 세브란스병원 사회복지팀으로 달려갔다. 복지팀의 직원들은 굉장히 반갑고 친절하게 맞아주었다. 국가고객만족도 평가 1위 병원답게 세브란스병원에서 좋았던 점들은 의사, 간호사, 직원들 모두가 친절했다는 것이다. 환자뿐만 아니라 환자의 보호자들 역시 그들의 미소 덕분에 병상 생활에서 작은 위안을 얻었다.

직원분께서는 복지팀에서 하고 있는 사업을 차근차근 설명해주시며, 전 차수로 다녀온 가족들의 사진을 보여주셨다.

"이 사진에서 누가 환자 같으세요?"

사진에는 누가 환자인지 구분이 안 갈 정도로 모두가 건강해보였다. 여행이 주는 즐거움도 있겠지만 가족과 함께여서인지라 사진 속 환자 가족들은 모두 밝고 건강해보였다. 복지팀 담당 직원분께 우리 가족의 사정과 지원하게 된 동기를 차근차근 설명해드렸다.

그리고 무엇보다 여행에 대한 간절함, 그리고 아내와 아이들, 어머니께 작은 선물을 해드리고 싶다는 나의 바람을 진솔하게 전달하기 위해 떨리는 입술로 그간 나와 우리 가족에게 있었던 일들을 하나하나씩 털어놓기 시작했다.

때론 누군가가 나의 이야기를 들어주는 것만으로도, 큰 위안과 힐링이 될 때가 있다. 특히나 암환자가 되고 난 후에는 힘내라는 이야기보다 나의 이야기에 경청해주고 공감해주는 것이 더 감사하다고 느껴졌다.

나는 정신과 진료와 치료를 받아보진 않았지만, 주변에 스트레스로 진료를 받은 친구들은 정신과 전문의들이 대부분 나의 이야기를 잘 경청해 주고, 호응해주는 것이 다인 듯한데 그것이 정말 치료가 되었다는 말을 들은 적이 있다.

이날 나 역시 그러했다. 내 이야기를 다른 누군가에게 이렇게 길게 이야기해 본 것이 사실 처음이었던 것이다. 담당 직원분은 잘 검토하여, 연락을 드릴 수 있도록 하겠다며, 친절히 응대해주셨다.

우리 가족이 이번 여행 프로그램에 참가하지 못한다 하여도, 나는 우리 가족을 위한 또 하나의 새로운 것에 도전하였고, 그 과정에 나 역시 편안함과 위안을 받았다. 진심은 통하고, 간절함은 늘 이루어진다고 하던가? 그로부터 며칠 후 세브란스 복지팀에서 우리 가족이 이번 여행의 대상자가 되었다며 연락을 받게 되었다.

아내의 건강 컨디션을 고려해 일정을 조율하게 되었고, 우리는 복지팀에서 연계해준 병원 내 여행사를 통해 해외여행보다는 국내 여행이 낫다는 판단 하에 국내여행으로 최종 결정하게 되었다. 여행사 플래너께서 우리 가족에 적합한 일정으로 여수와 남해를 추천해주셔서, 우리는 온 가족이 3박 4일이라는 긴 시간 여행 전문가를 통해 아내는 물론 온 가족이 편안한 힐링을 할 수 있는 가족 여행을 떠나게 되었다.

다음 글은, 여행을 다녀온 후 복지팀에 전달하였던 아내가 직접 작성한 우리 가족 여행 수기이다.

세브란스병원 사회복지팀의 지원으로 다녀온 여수-남해 가족 여행

– 아내 박현주 님의 가족 여행 수기

5년 전 신혼여행 이후로 제대로 된 여행을 못했던 우리. 애기들이 커가면서 정신이 없었던 것도 있지만 무엇에 이리도 바쁘게 앞만 보고 살았을까요?

세브란스병원 사회복지팀에서 지원해주신 이번 여행은 여러 차례의 입원과 수술 그리고 독한 항암치료로 인해 몸도 마음도 지친 제게 새로운 희망을 꿈꿀 수 있게 해주었습니다. 그리고 사랑하는 가족과 함께 떠난 여행이라 더 의미가 깊었습니다. 조금 일찍 떠난 여름휴가, 그리고 사랑하는 우리 가족 이야기를 하려고 합니다.

2011년 둘째 임신으로 행복한 나날을 보내던 중, 8개월부터 부쩍 심해진 설사 증상에 산부인과 담당 선생님도 고개를 갸우뚱하셨습니다. 그러나 임신하면 설사, 변비, 빈혈 등 많은 증상들이 보여지기 때문에 크게 생각하지 않았고, 뱃속 태아를 생각해 지사제 처방을 받은 것이 다였습니다.

시간이 지나면서 증세는 더욱 심해지고 아무리 먹어도 제 몸은 살이 빠지고 기운도 함께 없어졌지만 '둘째라 이렇게 힘드나…' 이런 생각이 다였습니다. 다행인 건 뱃속의 아기는 엄마의 컨디션과는 전혀 무관하게 3주 정도 발육이 빠르고 체격도 좋았습니다.

예정일이 12년 1월 11일이었지만 제 몸이 견디지 못하고 1월 1일 새해가 밝음을 확인하고 바로 입원해서 이튿날 3시간여 진통 끝에 예쁜 공주님을 만날 수 있었습니다. 탄생의 기쁨도 잠시, 증상이 호전되지 않아 한 달 뒤 병원에서 한 대장내시경 결과는 가족성 용종증으로 대장암이었습니다. 이미 대장 전체로 용종이 퍼져 있어 절제가 불가피했으나, 간에도 전이가 있어 항암으로 크기를 줄인 뒤 수술이 진행되었습니다. 항암을 하면 머리카락도 빠지고 힘이 많이 들 줄 알았는데 다행히 머리카락도 그대로이고, 체력이 조금 떨어졌을 때를 제외하고는 항암도 잘 견뎠습니다.

12차에 걸친 항암치료와 간과 대장 수술 2회, 시술 1회…. 1년 반이 지난 지금, 제가 그 힘든 시기를 어떻게 견뎠나 싶을 정도로 생각하기도 싫습니다. 33년을 평범하게 살았는데 아프고 보니, 그런 평범함이 얼마나 행복인지 다시금 느끼는 시간이었습니다.

여느 때와 마찬가지로 부산에서 서울로 부랴부랴 올라와 진료시간만 기다리고 있던 제게 여행 포스터가 보였습니다. '아…. 난 언제 저렇게 여행을 할 수 있을까?'라고 생각하며 읽어 내려가는데, 다름 아닌 암 환우에게 주는 특별한 여행선물이었습니다. '혹시나…' 하는 마음으로 신청했는데 당첨이라는 큰 행운이!

그간 애기들 본다고 고생 많으셨던 양가 어머님 두 분을 모시고 가려니 너무 먼 곳은 가기 힘들 듯해서 저희는 평소 가고 싶어서 찜해두었던 여수를 선택했습니다. 지난해 엑스포도 했고, 먹거리, 놀거리, 볼거리가 다양하다는 것은 여행을 다녀온 지인으로부터 들어 익히 알고 있었습니다.

우리 네 식구와 어머님 그리고 친정엄마까지 여섯 명이 여수-남해 여행을 계획했습니다. 다른 분들은 사돈간은 어색하고 불편하다고 하시지만, 저희 어머님과 엄마는 성격도 잘 맞으시고 두 분이서 식사하시며 반주로 소주잔도 기울이시며 세상 사는 이야기를 새벽까지 도란도란 나누시는 그런 오랜 친구처럼, 자매처럼 지내시는 보기 드문 사돈지간이십니다. 저의 병치레로 인해 두 어머님께서 아이들을 돌봐주신다고 함께한 시간이 많아서인지도 모르겠네요. 덕분에 이번 여행에도 두 분이 함께하시게 되었구요.

부산에서 2시간가량 달려서 여수 시내에 있는 디오션리조트에서 3박 4일의 여정을 시작했습니다. 배정받은 호텔방에 들어선 순간 창밖 경치를 보니 탄성이 절로 나왔습니다. 모든 방이 오션뷰로 여수 밤바다가 멋지게 펼쳐져 있었습니다. 인기 가수가 부른 〈여수 밤바다〉를 흥얼거리며 한동안 눈을 떼지 못했습니다. 부산 토박이라 해운대, 광안리, 송정 등 많은 바다를 보고 자랐지만, 정적이며 시원한 여수 바다가 부산 바다와는 또 다른 기분을 느끼게 해주었습니다.

볼거리가 너무 많은 여수라 여행지 선택도 힘들었습니다. 그동안 고생하신 두 어머님을 위해 옛날 거리(달동네까지)를 그대로 재현해 향수를 불러일으키는 드라마 촬영장과 남해 바다를 그대로 품은 향일암이 여행을 다녀온 지금도 생각이 납니다. 드라마 촬영장도 60년대를 배경으로 한 드라마 촬영을 위해 인위적으로 만든 곳이었지만 정말 실감나게 재현되어 있어서 부모님들도 어린 시절, 학창시절로 돌아간 듯 즐거운 시간을 보냈습니다.

그리고 빽빽한 많은 나무와 탁 트인 바다 절경으로 걸음걸음 건강해지는 기운이 솟아나던 향일암…. 가족 모두 기독교임에도 너무 마음이 편안하였고, 더운 여름날 오르막길과 긴 계단을 올라 땀은 좀 나고 힘들었지만 가파른 계단을 올라 처음 만나는 바위굴, 겨우 한 사람이 지나갈 수 있을 정도로 좁은 이 길이 자연이 만들어낸 것이라니 믿기지 않았습니다. 거친 숨을 내쉬며 바위틈에 들어서자 흘렀던 땀이 식을 정도로 시원한 바람이 불어 새로운 세상에 와 있는 기분이 들었습니다.

金鰲山向日庵

여수 하면 빼놓을 수 없는 또 하나의 명물은 그룹 '버스커버스커'가 노래한 여수 밤바다. 유람선 거북선호를 타고 여수 밤바다의 아름다움을 제대로 만끽할 수 있었습니다. 오동도와 박람회장, 이순신광장, 돌산대교 등을 돌며 본 낮보다 밤이 화려한 형형색색의 이색적인 도시의 야경은 국내가 아닌 홍콩의 야경처럼, 아니 그것보다 더 화려하고 아름다웠습니다.

그리고 우리가 묵었던 숙소 안에 큰 워터파크가 있어 아이들과 즐겁고 시원한 여름을 만끽하였습니다. 그렇게 아쉬운 여수의 3일을 보내고 저녁에 남해 힐튼호텔에 도착해서 멋진 레스토랑에서 늦은 저녁 식사를 하고 다음날 호텔 내에 있는 수영장에서 땀을 식히며 독일마을, 아메리칸 빌리지 등을 구경하며 3박 4일의 행복한 여행을 마쳤습니다.

길 것 같던 4일은 즐거움과 아쉬움 속에 너무 빨리 끝난 것 같습니다. 이번 여행을 통해 다시 가족의 소중함과 또 일상의 작은 것의 소중함을 알게 해주신 세브란스병원 사회복지사업팀 관계자분께도 다시 한 번 감사드리며, 여행 일정을 짜는 데 많은 도움을 주신 여행사 사장님께도 깊은 감사를 드립니다.

책에서 이런 내용을 본 적이 있습니다. 사람은 본래 살다 보면 적응해 살아갈 수 있다고 합니다.

"삶에서 견딜 수 없는 고통이란 없다. 다만 견딜 수 없는 순간만이 있을 뿐이다."

힘든 치료 과정 중 견딜 수 없는 순간들이 많이 있지만 이제는 이겨낼 자신이 있습니다. 사랑하는 가족들이 제 곁에 있고 또 응원해주기 때문입니다. 좋은 기회를 제공해주신 많은 분들과 또 늘 함께해준 가족들에게 감사하고, 다음번에는 꼭 완치 수기를 여러분과 공유하고 싶습니다.

앞으로 더 행복할 많은 날들을 위해 더욱 열심히 치료받고 병마와 싸워 이길 겁니다. 함께 치료받으시는 많은 환우분들도 힘내시고 또 응원합니다.

주님의 은총이 저와 모든 환우분들께 함께하길 기도합니다. 힘내세요!!

* 3장

다가 오는 마지막 순간

01.

아버지의
암 수술

항암치료를 열심히 받아오시던 아버지였지만, 결과가 항상 좋은 것만은 아니었다. 아버지는 치료받던 삼성서울병원에서 세브란스병원으로 전원하게 되었다. 이유는 두 가지였는데 서울역에서 삼성서울병원까지의 거리와 또 하나는 대기 환자가 너무 많은 탓에 상급 병실을 늘 거쳐서 가야 하는 탓에 치료 외적인 비용이 너무 많이 들었기 때문이다. 그때마다 서울 삼촌께서 도움을 주시곤 했지만 도움을 받는 나로서도 죄송하고 부담스럽기는 매한가지였다. 세브란스병원은 임상 간호사인 박현정 선생님과의 친분도 있었지만 아내의 치료 효과가 좋았던 탓에 아버지 역시 세브란스병원으로 전원하여, 거기서 다시 항암치료를 시작하게 되었고,

첫 항암치료의 결과를 확인하는 시점이 되어서, 여러 검사가 병행되며 아버지 몸 안의 암세포를 면밀히 관찰한 후 진료가 이어졌다.

암투병을 하며 가장 긴장되는 이 시간…. 삼성서울병원에서 항암치료를 꾸준히 받았지만 결과가 좋지 못했다. 아버지 몸속에 암세포가 퍼지기도 하고, 또한 커지기도 하였는데 가장 큰 문제는 척추 쪽에 암세포가 신경을 누르면서 수술을 하지 않으면 다리를 포함한 하반신을 쓸 수 없을 수도 있다는 청천벽력 같은 소리를 들었다.

암세포가 어느 정도 퍼져 있다는 사실은 알고 있었다. 목 부위의 암세포로 인해 목소리도 잘 나오지 않아 답답해하시던 아버지였는데, 이제는 걸을 수도 없을 수 있다는 이야기를 들으면서 암이란 병을 쉽게 생각하고 꼭 이겨낼 거라 마음먹었지만 참 무서운 질병이라는 것을 다시 한 번 깨닫는 순간이었다.

아내의 경우처럼 병원에서 권하는 이 수술이 아버지 몸 안에 보이는 모든 암세포를 제거하기 위한 수술을 진행하는 것이었다면 더 없이 기뻤겠지만, 이번 수술 결정은 완전히 그 성격이 다른 것이었다. 암을 치료하기 위한 수술이 아니라 암의 통증으로부터 벗어나기 위한, 즉 다리를 못 쓰는 최악의 상황을 면하기 위한 삶의 질을 높이기 위한 수술이었던 것이다.

아버지께서 다리를 못 쓸 수도 있다 하니 아버지는 물론 나를 포함한 가족들 모두 선택의 여지가 없었다. 그날로 아버지의 수술 일정을 잡게 되었고, 얼마 지나지 않아 아버지는 척추 쪽에 자리 잡은 암세포를 제거하는 수술을 받게 되셨다.

긴 항암치료로 인해 몸 컨디션이 좋지 않은 상황이었지만, 시간적 여유를 가지고 고민할 상황이 아니었다. 다행히도 아버지의 수술은 잘 끝났지만, 수술 이후 회복하시는 데에 많이 힘들어하셨다. 특히나 긴 항암치료로 인해 면역력이 떨어질 대로 많이 떨어져 있는 상태에서 큰 수술까지 하고 나니, 수술 이후 입원 기간 동안 계속된 섬망 증세가 오면서 기억력도 그리고 정신이 오락가락하는 상황이 반복되고 있었다.

의지를 약하게 만들었던 아버지의 통증

2011년 11월 아버지는 둘째인 예린이의 돌잔치를 2개월 앞두고 건강 상태가 급격히 나빠지셨다. 암 수술 이후 면역력이 급격히 저하되면서, 섬망 증세와 함께 암의 크기 역시 급격히 커지면서 이제는 전이된 암세포로 인해 대변을 보는 것조차 힘들게 되었다.

암은 몸 전체에 걸쳐 퍼져나갔고 목 주위 임파선 쪽으로 번진 암의 크기가 커지면서, 아버지의 목소리까지 나오지 못하게 만드는 악영향을 끼치고 있었다.

아버지가 치료 이후 가장 힘들어하셨던 것은 암세포로 인해 대변을 보기 힘든 것과 목소리가 잘 나오지 않는 것이었다. 수술을 통해 아버지께서 하반신이 마비가 되는 것만은 해결을 하였지만, 위 두 가지는 아버지의 삶의 질을 많이 저하시키는 요인이었다.

늘 강인하셨던 아버지는 자식들 앞에선 끝까지 힘든 내색을 하지 않으셨지만, 후에 어머니께서 말씀하시길, 아버지께서는 "죽는 약 좀 구해줄 수 있으면 구해줘."라는 말까지 하셨다고 하셨다. 늘 강인하셨던 아버지께서 그런 말씀을 하실 정도면 정작 본인은 얼마나 힘드셨던 것일까?

아버지와 아내까지 함께 4기 암을 투병하면서, 자연스레 아버지의 간호는 어머니가 맡으셨고, 아내의 간호는 내가 맡으면서 아버지께 상대적으로 많은 신경을 쓰지 못했던 것 같아 죄송스런 마음이 들었다.

아버지께서는 "이제 나한테 시간과 돈 투자하지 말고, 며느리한테 투자해라."라고 말씀하셨다. 암으로 인한 통증과 몸의 변화로 인해 본인의 몸 상태에 대해, 어느 정도 인지하셨던 것 때문일까? 의지가 약해진 아버지는 극도로 쇠약해지시기 시작했다.

식사도 잘 못 하시고 섬망 증세가 반복되면서 정신도 혼미하고 열도 나고 감기 몸살 증세가 한동안 지속되면서, 결국 아버지를 모시고 다시 집에서 가까운 지역 대학병원에 급히 입원을 하게 되었다.

입원 후 신체적인 다른 것들은 어느 정도 안정을 찾아갔지만, 섬망 증세는 나아질 기미가 보이지 않았다. 정신과와 협진하여 진료도 하고 약을 처방 받았는데도, 아버지는 섬망으로 인한 망상 증세와 함께, 화를 억누르지 못하는 단계가 되셨다.

여느 때와 마찬가지로 아버지의 간호는 어머니가 주로 맡으셨는데, 어머니마저 힘들어서 지쳐 버리실 정도로 아버지는 어머니께도 화를 억누르지 못한 채 계속된 짜증과 화를 내셨다. 다행히도 폭언과 폭력을 행사하진 않으셨지만 물건을 집어 던지는 등 행동이 많이 거칠어지셨다. 아버지의 화는 예전 사업을 하시면서 당했던 사기와 배신으로 인한 분노가 섬망 증세로 오면서 그 당시의 현실로 착각을 하고 계신 듯했다.

원무과에 찾아가 투자한 돈을 돌려달라고 소리를 치기도 하셨고, 병실에 계신 다른 환자들에게 소리를 치기도 하셨다.

너무 힘들어하시는 어머니를 하루 쉬게 해드리고자 하루는 내가 회사를 마치자마자 병실을 지키기로 했다. 아버지는 그날 저녁 늦은 시간까지도 잠을 못 주무시며 배회하셨고 다음날 내가 병원에서 회사로 출근하기 위해 준비하는 아침 시간에도 아버지는 침대에 누워 있지 못하시고 안절부절못하며 화를 참지 못하고 계셨다

그간 어머니와 계실 때는 식사도 잘 안 하시고, 밥상도 던져버리신 적이 있으셨던 아버지는 아들에게만큼은 웬일인지 한 번도 화를 내시지 않으셨다.

"아버지, 아들 왔습니다. 식사하셔야죠." 하고 말씀드리니, 아들에게만

큼은 화를 내지 않으시고 말을 잘 들어주시는 아버지를 보고 주변 환자와 보호자들은 "아들이 그래도 아버지한테는 제일이네." 하고 이야기하셨다.

아버지께서 "태아! 라면이 먹고 싶다." 라고 이야기하셨는데, 안절부절 못하시며 가만 계시지 못하고 물건을 집어던지는 등 섬망으로 인해 행동이 과격해진 아버지께 라면을 끓여드렸다가 갑작스럽게 라면을 집어 던지거나 하는 상황이 생기면 다른 환자들에게 피해가 갈까 걱정되어 "아버지, 오늘은 식사가 나왔으니 밥 드시고, 내일 라면 꼭 끓여드릴게요." 하고 아버지를 달래 식판의 밥을 챙겨드렸다. 아버지는 몇 숟갈 뜨시고는 식사를 하지 못하셨다. 통증으로 인해 변을 못 보셔서 입맛도 없으시기도 하셨을 것이고, 병원밥이 맛이 없어서이기도 했을 것이다. 아버지가 돌아가시고 난 후 '그때 아버지께 라면을 끓여드렸어야 했는데.' 하는 아쉬움과 후회가 밀려들었다.

결과적으로는 이때 아버지께서 부탁하셨던 '라면'은 아들에게 했던 마지막 부탁이었던 것이다.

02.

우리 아들 참 잘 생겼네,
아버지가 든든하다!

아버지는 끝내 유언을 남기지 못하셨다. 병실에서 식사를 마친 아버지를 병원 침대에 눕혀 드렸더니, 나를 쳐다보시면서 갑작스레 "우리 아들 참 잘 생겼네, 아버지가 든든하다!" 하고 말씀하시는 게 아닌가?

이 순간 아버지의 정신이 너무 정상적인 것처럼 또렷하게 쳐다보시며 또박또박 말씀하셔서 아버지의 섬망 증상이 이제 완전히 없어진 게 아닌가 하는 생각을 했다. 전형적인 경상도 사나이셨던 아버지는 겉으론 무뚝뚝하지만, 굉장히 가정적인 분이셨는데도 지금껏 이런 말씀을 하신 적이 없으셨던 분이셨다.

"아버지 아들이니까 잘 생겼지요~ 아버지가 잘 생겼잖아요."

이날은 어머니와 주변 사람들에게 들었던 과격한 섬망 증세와 화가 넘치는 모습을 보이지 않으셨다. 유일한 자식인 아들인 나를 정말 좋아하고 사랑해주신다는 걸 몸소 느낄 수 있는 날이었다. 그런 아들이 곁에 있어서인지 이날은 병실에서 편히 일찍 잠자리에 드셨는데, 새벽에 잠깐 눈을 떠 아버지 병상 쪽으로 눈을 돌려보니 아버지가 사라지신 것이었다.

아뿔싸! 큰일 났다. 병실은 물론 해당 층을 샅샅이 뒤져보았는데도 아버지의 모습은 보이지 않았다. 병원 당직 간호사에게 물어봐도 아버지를 못 봤다고 하고, 해당 층뿐만 아니라 다른 층의 병실과 화장실을 다 둘러보았는데 아버지의 모습이 보이지 않았다.

결국 층층을 다 돌며, 아버지를 찾기 시작하였는데, 혹시나 하는 마음에 진료실까지 내려가게 되었다. 새벽 시간대라 텅 빈 병원 2층의 진료실까지 아버지를 찾기 위해 노력하던 그 순간! 진료실 앞 어두운 곳 대기의자에 아버지께서 바지가 반쯤 벗겨진 채 앉아 계신 것이 아닌가? 자세히 보니 아버지께서 그곳에 대변을 보신 후 용변을 처리하지 못하고 그대로 앉아 계셨던 것이다.

그간 용변을 제대로 못 보셔서 힘드셨을 아버지의 몸 상태를 잘 알고 있어서 나는 얼른 아버지를 일으켜 세워 드린 후 “아버지, 용변 보셨네요 ~ 잘 하셨어요. 아버지, 너무 잘 하셨어요.” 하고 말씀드린 후 큰 용변은 직접 처리하고, 간호사실에 도움을 요청한 후 아버지를 닦아 드리고 다시 옷을 입혀 새벽 병실로 돌아오게 되었다. 당직 간호사 선생님도 짜증 한 번 내지 않고 용변을 치운 뒤 아버지를 씻기는 일을 손수 도와주었다.

그때는 몰랐지만 아버지가 돌아가신 후 알게 되었다. 이러한 증상들이 임종 전에 나타나는 증상이라는 것을…. 미리 알았더라면 아버지와의 남은 시간이 얼마 남지 않았다는 사실을 깨닫고 더 많은 시간을 아버지와 함께 보내려고 노력하였을 것이다. 하지만 나도 아버지도 그러한 사실을 전혀 모른 채 또 병실에서의 하루가 흘러가고 있었다.

03.

내가 아니면 이 집에 이런 거 정리할 사람이 누가 있노?

아버지를 간호하며 병실을 지킨 후 3일쯤 지났을까? 다행히도 아버지는 정신도 돌아오고, 몸 상태도 퇴원을 해도 될 만큼 회복되었다. 병원에서도 퇴원을 해도 큰 무리가 없겠다하여, 아버지를 모시고 퇴원한 후 집으로 돌아오게 되었다. 집으로 돌아온 아버지는 병원에서의 일을 잘 기억하지 못하셨다.

밥도 잘 챙겨 먹고, 운동도 열심히 해야겠다 하시며, 아버지는 다시 암과 싸울 의지를 보이셨다. 다행히 첫날과 둘째 날은 식사도 잘 하시고, 조금씩 운동도 하시면서, 그렇게 다시 암과 싸우면서 오랫동안 우리 곁에 계실 줄로만 알았다.

퇴원 후 아버지는 직접 운전도 하시면서, 집에서 운동할 때 쓰신다고 재료를 사셔서 훌라후프를 직접 만드셨다. 시중에 파는 훌라후프는 크기가 작아 운동이 잘 안 된다며, 철물점에 들러 재료를 구매하셔서 직접 훌라후프를 만드셨다.

하지만 면역력이 떨어지며 기억력과 정신이 다 돌아오시진 않으셨는지 간혹 기억을 못 하시는 것들이 많았는데 이날 역시 아버지는 재료를 구매한 후 지갑을 분실하고 말았다. 그리고 이날은 아버지의 마지막 외출이 되었고, 그 훌라후프는 아버지께서 가족에게 남겨주신 마지막 선물이 되었다.

이날 아버지는 또 갑자기 집안에 많은 우산을 묶어서 정리하셨다. "아버지~ 우산을 뭐 하러 그렇게 정리하세요? 많아도 그냥 그렇게 두고 쓰면 되는데요." 하니 아버지께서는 "내가 아니면 이 집에 이런 거 정리할 사람이 누가 있노?" 하시면서 우산을 크기에 맞게 모아 끈으로 묶음 정리를 해두셨다. 지나고 보니 알게 되었다. 이러한 것들이 다 임종 전에 나타나는 증상들이었다. 아버지는 우리 곁을 떠날 준비를 하셨던 것이다.

그리고 다음 날부터 아버지는 다시 시름시름 앓기 시작하여, 얼마 전 입원하기 전 증상처럼 식사만 조금 하시곤 무기력하게 계속 누워계셨다. 그러면서 집에 누워 있음에도 집에 빨리 가고 싶다고 반복적으로 이야기를 하시곤 하셨다. 집에 있는데도 자꾸 집에 가고 싶다 하셔서 "아버지 집이 어디인데요?" 하고 여쭈어보니 "모라동이지." 하고 답하셨다.

부산 모라동. 이곳은 어릴 적 아버지가 태어나신 곳이고, 친지들이 200년 전부터 자리 잡아 아직도 많은 가족이 그대로 모여 살고 있는 곳이었다. 나는 아버지의 상태가 좋지 않음을 깨닫고 곧장 친가 집안의 어르신이신 큰어머니께 말씀드렸다. "아버지 몸이 편찮으신데 집인데도 계속 집이 모라동이라고 하시며 집에 가고 싶다고 하셔서, 아무래도 큰아버지랑 형제분들께서 다들 오셔서 아버지 한 번 뵈었으면 좋겠습니다." 하고 전화를 드렸다.

다음 날 큰어머니와 아버지 형제, 그리고 아버지의 조카인 나의 사촌형제들이 모두 집을 방문했다. 아버지는 힘든 몸을 일으켜 세우시고는 인사도 제대로 못 하셨다. 겨우 식사만 조금 하시면서 가벼운 대화 정도 나누셨다. 하지만 많은 대화를 하진 못하셨고, 막내조카인 사촌동생에게 "연수 장가 가야 할 텐데 장가는 언제 갈 거냐?" 하시면서 애정을 더 보이셨다.

이 광경을 모두 지켜보신 큰어머니께서는 어린 시절부터 집안의 어르신들 상을 많이 겪어 보신 분이라 아버지를 만나고 나신 후 나를 살짝 부르시더니 "아무래도 아버지 오래 못 버틸 것 같다. 상태 잘 보고 무슨 일

있으면 바로 전화해다오." 하며 말씀하시는 것이었다.

그래도 나는 아버지께서 워낙 정신력이 강하신 분이라 그 말을 믿지 못했고, 믿고 싶지도 않았다. 정신도 오락가락하시고, 기운이 없으심에도 아들이 볼일 보러 다녀오겠다고 아버지께 인사를 드리면, 아버지께서는 "내가 태워줄까?" 하고 아들 생각이 넘치셨던 분이다.

"아버지, 지금 건강 상태가 안 좋으세요. 괜찮습니다. 아버지."

나는 아버지가 아프시고 난 후 그리고 정신이 흐려지신 후 아버지께서 나를 얼마나 사랑하는지 알 수 있었다. 아버지가 건강할 때 아들하고 단둘이서만 맛있는 안주에 소주 한잔 못 한 것이 후회로 남았다. 늘 영원할 것 같던 아버지였는데…. 늘 함께할 것만 같은 아버지였는데…. 이때까지만 해도 나는 다시 아버지께서 지난번처럼 또 훌훌 털고 일어나 같이 식사도 하고 운동도 할 것이라 생각했다.

04.

아버지와의 이별

아버지의 형제들이 다녀간 다음 날 아버지의 상태가 좋지 못하여, 나는 회사의 연차를 써서 휴가를 냈다. 아버지가 조금이나마 편하시려면 요양병원에서 통증 관리 및 케어를 받으시는 게 더 나을 거라는 판단에, 어머니와 집 근처 병원을 알아보기로 했다.

이날 오전 역시 아버지의 상태는 좋지 않으셨다. 식사도 못 하시는 데다 당뇨가 있으신데 당뇨 주사를 맞는 것도 거부하시니, 아버지가 쇠약해져가는 것이 한눈에 보일 정도였다. 그래도 거동이 가능한 순간까지 본인이 직접 인슐린 주사를 놓으시곤 했는데, 그나마 병원에 있을 때는 아버지가 섬망 증세로 주사 맞는 것을 거부하셔도 간호사가 인슐린 주사를 억지로라도 놓아주곤 하였는데, 집으로 돌아온 후 아버지께서 인슐린 주사를 거부하시니, 경험이 없는 나와 어머니는 인슐린 주사를 놓아드리는 것도 힘들고, 또 이로 인해 응급상황이 생길수도 있다고 판단하여, 아버지께서 다시 회복하실 수 있도록 집 근처 병원을 알아보고 있었던 것이다. 대학병원에서는 더 이상 할 수 있는 치료가 없다며, 장기 입원이 어렵다는 입장을 듣고 난 이후였다.

아내에게 아버지를 잠깐 봐달라고 부탁을 하고는 인근에 가까운 요양병원을 둘러본 후 다시 집으로 돌아왔다. 경험이 없던 내가 알아본 곳은 집 근처 가장 가까운 요양병원이었는데, 이 병원은 삶의 마지막을 누워서 보내시는 노인들이 대부분이었다. 이곳에 아버지를 입원시키는 것은 영 내키지 않아 그냥 발길을 돌려 다시 집으로 돌아왔다.

그런데 집으로 돌아오자마자 본 아버지의 상태가 많이 안 좋아보였다. 이마에 땀이 송글송글 맺혀 있었고 숨을 거칠게 쉬시며 그르렁 소리를 내시면서 초점이 흐려지는 것이 아닌가? 급박한 상황이라는 것을 직감적으로 깨달았고, 순간 아버지가 돌아가실 수 있다는 생각이 들었다. 그 모습을 보는 순간 나도 모르게 아버지를 크게 부르고 소리쳤고, 눈물이 나기 시작했다.

어린아이들은 나의 큰 목소리에 놀라 할아버지 주변으로 달려왔는데 어머니께서는 아이들과 며느리가 놀랄까 봐 모두 방으로 가 있으라고 하고는 급하게 119 구급차를 불렀다. 한시가 급할 정도로 아버지의 상황이 엄청나게 심각해지고 있다는 것을 본능적으로 느낄 수 있었다. 하지만 여느 때처럼 다시 아버지께서 일어나실 거라 믿었다. 나는 아내에게 아버지 입원 관련 물품을 챙겨 달라 하고 구급차에 올라탔다.

그때까지도 나는 아버지가 돌아가신다는 생각보다는 다시 회복하셔서 병원에 입원해야 할 것이라는 생각을 했기 때문이다.

나는 구급대원분께 기존에 입원하셨던 부산 백병원으로 최대한 빨리 가달라고 부탁드렸다. 그분들도 나와 가족들의 눈물과 표정, 목소리 그리고 아버지의 상태를 보시곤 다급함을 느끼셨는지 최선을 다해 서둘러 주셨다. 구급차에 타고 난 후 아버지의 상태는 더욱 심각해졌다. 급기야 구급대원분이 "아무래도 원래 다니시던 병원까지는 못 갈 것 같습니다. 이렇게 구급차 안에서 돌아가시면 아버지께서 객사하시는 것인데 가까운 병원으로 가서 임종을 맞는 게 좋을 것 같습니다." 하고 말씀하셨다.

결국 우리는 근처의 가장 가까운 응급실로 아버지를 모셨다. 다시 일어나실 거라는 나의 바람과는 달리, 응급실의 의사 선생님은 말씀하셨다.

"심장 충격기를 써볼 순 있지만 권장해드리고 싶진 않습니다. 어르신이 더 힘드실 수 있습니다."

한없이 눈물이 흘렀다. 언제가 이날이 올 거라 예상은 했지만 그게 오늘일 줄은 몰랐다. 나와 어머니의 절규는 더 커져갔지만 아버지의 맥박은 점점 흐려지고 있었고, 모든 응급실의 사람들이 우리를 주시하고 있었다.

나는 처음엔 아버지의 유언이라도 혹은 한마디 작별인사라도 간절히 하고 싶은 마음에 심장충격기를 써달라고 부탁하였지만, 의사는 쓴다 한들 다시 소생하시기는 어려울 것이라 하였고, 어머니도 아버지 마지막까지 힘들게 하지 말고 그만 편하게 보내드리자고 말씀하셨다.

심박기에서는 이미 심정지에 따른 삐 소리가 울려퍼지고 있었다. 그 순간 아무 말씀도 못 하시던 아버지의 눈에서 눈물 한 방울이 흐르고 있었다. 아버지의 눈물을 태어나서 처음 본 순간이었다. 심장이 정지되고 사망 판단을 하더라도 일정 시간 뇌는 살아 있다고 한다. 아버지는 나와 어머니의 울음소리와 외침을 들으셨을 것이다. 아버지에게 정말 사랑한다고 감사하다고 울며 인사드렸다.

그렇게 2012년 11월 19일, 아버지는 손녀딸이라고 그렇게 이뻐하셨던 둘째의 돌잔치를 약 한 달 남겨두고 세상을 떠나셨다. 아버지의 목소리로 유언도 듣지 못한 채 우리는 이별하고 말았다.

아버지가 돌아가시기 3일 전 아이들을 안고 찍었던 즉석 사진이 마지막 사진이 되었고, 영정사진을 준비 못 한 탓에 생전 가장 행복했던 승준이가 태어난 후 찍었던 가족사진 중 아버지의 사진만 잘라내어서 영정사진으로 쓰게 되었다.

05.

대장암에 더 이상 쓸 약이 없습니다

아버지가 돌아가신 이후 우리의 생활은 많이 달라지지 않았다. 다만 어머니의 생활은 많이 달라지셨을 것이다. 아버지의 빈자리로 힘드셨을 어머니지만 손을 놓고 있거나 맘 편히 계실 수 없었던 것은 아직 아내와 어린 두 아이들이 있기 때문이었다.

아내 역시 치료가 길어지면서, 예상치 못한 결과를 받게 되었다. 그간 아내는 3년간의 치료로 이미 대장암에 사용할 수 있는 모든 약제를 다 사용해보았다. 대장암에 가장 효과적인 항암제인 5-에프유, 유에프티, 카페시타빈(상품명: 젤로다)과 같은 플루오로피리미딘계 약물, 이리노테칸

(상품명: 갬푸토) 및 옥살리플라틴과 같은 주로 많이 사용되는 약물은 물론 또한 새로 개발된 주사 약제인 옥살리플라틴이나 이리노테칸을 위 약제들과 함께 사용하면서 한때 효과를 보기도 했다.

그러나 암이 재발하여, 여러 곳으로 퍼져서 전이된 곳을 완전히 절제하는 수술이 불가능한 경우가 되어버렸고, 아내 치료의 목표는 이제는 완치를 위한 치료가 아닌 환자의 생존 기간 연장과 삶의 질 향상을 목표로 치료 방향이 바뀌어감을 느끼게 되었다.

약제의 부작용과 환자와 가족 그리고 담당 주치의와 충분히 상의 후 어떤 치료를 할 것인지 결정해야 하는데,3 우리는 선택권이 없었다. 이미 사용할 수 있는 약을 다 썼기 때문이다. 아내는 위에서 언급한 모든 대장암 약제는 물론이거니와 이에 사용할 수 있는 신약 표적치료제까지 다 사용해보았다.

추가적으로 새롭게 사용할 수 있는 약은 신약 표적치료제 일부였는데, 매우 고가이며(한 달에 대략 400~500만 원) 이 신약을 사용한다고 해서 병이 완치되는 것이 아닌 것을 이미 알고 있었기에, 주치의 선생님 역시 권장하지는 않으셨다. 아내의 상태를 오랫동안 지켜봐오셨고, 현재의 상태를 알고 계시기 때문에 이 엄청난 고가의 치료를 권하지 않으셨으리라.

결국 주치의이신 안중백 교수님은 이미 내성이 생겨 효과가 크진 않겠지만, 잠시 쉬었다가 기존 사용했던 약들로 다시 항암치료를 시작하자고 하셨다. 이미 아내는 여러 번의 수술과 수십 번의 항암치료로 많이 지쳐 있었던 터이다. 나는 교수님께 약 2주간만이라도 휴식할 수 있도록 부탁드렸고, 현 상황에 병원 치료 외에 내가 아내를 위해 할 수 있는 다른 최선의 방법을 찾아야만 했다.

병원 치료가 아닌 다른 방법은 대부분이 생각하는 자연 치료이다. 자연 치료를 한다고 병원치료를 포기하려는 생각이 아니었다. 공기 좋고 물 좋은 곳에 터를 잡아 직접 텃밭에 농작물을 심어서 아내에게 먹여야겠다는 생각이 절실하게 들었다. 흔히 말하는 산에 들어가고 싶었지만 거기에는 많은 제약이 따랐다. 아이들의 교육도 그렇고 너무 외진 산에 우리만 떨어져 지낸다면 우울증으로 오래 버티지 못할 거라는 주변 지인들의 조언도 있었다.

06.

아내에 의한 아내를 위한 우리만의 전원주택

- 어머님의 사랑과 헌신으로 가능했던 전원주택 입성

이제는 시간이 많지 않음을 알게 되었고, 이미 좋다는 여러 병원과 좋다는 음식, 약들 그리고 TV에 나와 자연 치료로 병을 치료했다는 사람들까지 다 만나보았다. 치료를 위해 백방 노력했지만 아내는 아직까지 암을 극복하지 못했다. 그렇다고 여기서 포기할 수 없었다.

마지막이라는 생각으로 한 나의 선택과 노력은 아내에게 좋은 공기와 좋은 환경을 선물해주는 것이었다. 그리고 아내를 더 즐겁고 행복하게 해주는 것이었다. 그것이 아내의 몸과 마음을 더 치유할 수 있다고 믿었고, 아내를 더 건강하게 만들 수 있다고 믿었기 때문이다. 아내를 위해 나는 결국 이사를 결정하게 되었다. 흙을 밟을 수 있고 좋은 공기를 마실 수 있는 산중에 위치한 곳으로 이사를 가기로 마음먹었다.

경제적인 부분을 무시할 수 없어 내가 회사를 그만둘 상황이 되지 않아, 그 당시 회사 발령을 요청해 직장 생활을 하며 아내가 요양할 수 있는 유일한 곳이 경남에 위치한 진주시였다.

혹시나 회사에서 발령이 나지 않는다면 아내의 건강이 회복될 때까지 휴직을 하거나, 그것마저 안 되면 퇴사하여 아르바이트라도 해서 아내를 돌본다는 심정으로 집을 구하기 위해 무작정 진주로 향했다.

그래도 당시 진주에 거주하시는 선배님이 계셔서, 요양할 수 있는 공기 좋은 장소를 여쭤보았는데, 그 당시 너무 동떨어져 생활권이 불편하지 않으면서 또한 혼자서 외롭지 않도록 전원주택 단지가 조성된 마을이 3개 정도 있다는 것을 알게 되었다.

그 중 하나는 진주 금산에 위치한 해오름 빌리지가 단지 조성을 시작하여 이제 막 4채 정도 들어서 있었고, 다른 두 곳은 이미 20세대, 그리고 50세대의 전원마을이 구성되어 있는 곳이었다.

전원생활을 언제까지 할 수 있을 거란 확신도 없었고, 아내의 상태가 호전되면 다시 돌아온다는 생각으로, 일단은 전세가 가능한 전원주택을 우선적으로 후보군에 올리게 되었는데, 그러다 보니 선택 가능한 곳은 당시 한 곳밖에 없었다. 아내를 위해선 한시라도 서둘러 오는 것이 맞다고 생각하였고, 아내 역시 그러고 싶어 했다. 나는 시간을 내어 홀로 진주로 가서 여러 가지 준비를 하게 되었는데, 완성되기 전이어서 집터만

본 후 바로 계약을 하고 회사에 요청을 했다. 발령 요청 후 집을 구하는 게 순서였지만, 나에게는 직장보다 아내가 우선이었다. 안 되면 휴직을 한다는 마음으로, 그것도 안 되면 퇴사하여 아내를 돌보겠다는 마음으로 회사에 요청을 하였는데, 너무나 감사하게도 이번 역시 회사에서는 나의 딱한 사정을 배려하여 발령을 내어주었다.

그렇게 30여 년 넘게 부산에서만 생활해온 우리 부부는 연고도 없고, 아는 사람도 없는 경남 진주의 전원주택으로 터전을 옮기면서, 투병 생활에 새로운 전환점을 맞이하게 되었다.

무엇보다 더 크게 감사할 부분은 연세가 있으신 어머니가 연고도 없고 아는 이도 없는 경남 진주로 무작정 아들과 아내 그리고 아이들을 위해 헌신하는 것은 쉽지 않은 일임에도 아무 말 없이 나의 결정을 존중하고 따라주셨다. 내 어머니가 계시지 않았다면 나는 인생에 몇 번의 고비 속에 무너지고 말았을 것이다.

어머니의 헌신과 사랑으로 오늘날 내가, 우리 가족이 여기까지 포기하지 않고 최선을 다하며 살아올 수 있었다는 사실에 다시 한 번 어머님께 감사를 드리고 이 책을 통해 많은 분들께 우리어머니를 칭찬하고 자랑하고 싶다.

어머니의 아버지, 즉 나의 외할아버지 역시 노블리스오블리제를 실천하셨던 분이셨다. 6.25를 거치고 보릿고개로 모두가 살기 힘든 시절에도 지주였던 할아버지 댁은 다른 가정보다 부유했다. 그런 할아버지는 당시 할머니와 자식들에게 집으로 거지가 찾아와도 냉수 한사발이라도 꼭 먹여서 보내야 한다고 실천하며 가르쳤다고 하셨다. 우리 어머니의 따뜻한 마음과 부지런함은 바로 할어버지의 유산이었으리라.

어머니는 아버지의 사업 실패로 집안에 아무런 수입이 없는 상황에서도, 타지로 나가 식당 일을 하시면서 돈을 모아 생활비를 보내곤 하셨다. 한평생 부자집의 딸, 며느리로 사셨던 어머니가 식당에서 일을 한다는 것은 쉬운 선택이 아니셨을 것이다. 다만 주변의 시선이 부담스러울 수밖에 없다 보니 어머니는 타지에서 일을 하며 나의 뒷바라지를 하셨고 가족을 위해 헌신하셨다.

그런 어머니의 헌신과 사랑을 알기에 나역시 군대를 제대한 후 작은 일에도 최선을 다하고, 어머니를 위해 내 가족을 위해 꼭 성공하리라는 굳은 결의와 뚜렷한 목표를 가질 수 있었다.

어머니가 우리 가족의 암선고를 하나하나씩 들을 때마다 받으셨던 충격은 암환자였던 나보다 훨씬 크셨을 것이다. 특히나 아버지부터 며느리까지 4기 암진단을 받았을 때 첫째인 승준이는 겨우 2살이었고, 둘째 예린이는 갓 태어난 시기였으니, 한집안에 암환자 3명과 보살핌이 많이 필요한 갓난쟁이 둘을 돌봐야 하는 유일한 환자가 아닌 어머님의 책임감은 엄청나셨을 것이다.

어머니는 이런 상황에서도 좌절하거나 포기하지 않고, 암환자가 많은 가족을 위해 더 건강한 식사를 준비하려고 노력하셨고, 온갖 집안일은 물론 아이들 돌보기, 아버지의 병간호까지 책임지셨으니 사실상 이 책의 주인공은 나와 내 가족이 아닌 우리 어머니라 이야기하고 싶다. 어머니는 아들의 아내를 위한 이사 결정에도 단 한 번 싫은 내색 없이 흔쾌히 아들의 결정에 동의해주셨고 그렇게 남겨진 우리 다섯 식구는 진주로 향하게 되었다.

집터만 보고 급하게 계약한 집이었지만 이번 역시 집주인이자 전원주택 단지를 조성하고 있던 이윤희 사장님께서는 우리의 딱한 사연을 듣고 전세이긴 하지만 아내를 위한 공간으로 집을 지어주겠노라 약속하셨다.

그 결과 우리가 잠자는 방은 방 전체 내부를 편백나무로 디자인하여 지어주셨고, 또한 집 옆의 공간에 편백으로 작은 찜질방도 만들어주셨다. 사장님의 배려 덕에 우리는 아내를 위한 전원주택에서 아내에게 더없이 좋은 환경을 만들어 생활할 수 있었다. 거실에는 화목난로도 설치해주셨는데, 겨울이면 난로에 고구마나 감자를 넣어서 구워 먹을 수 있는 통도 있어, 겨울 간식으로 자주 먹었다. 물론 건강에도 좋으니, 우리에겐 최고의 간식이었다.

나무를 사서 자르고 땔감을 넣는 일이 귀찮긴 하였지만, 겨울철에는 찜질방에 누워서 아내와 아이들과 영화를 즐겨 보며 잠을 자곤 했다.

낮에는 캠핑의자를 펼쳐서 홈캠핑을 즐기기도 하고 저녁에는 마당에서 캠프파이어를 하는 등 아내를 위한 일로 시작하였지만, 아내 덕분에 함께 더 건강하고 더 행복한 많은 시간을 온 가족이 함께할 수 있었다.

전원주택으로 이사 온 이후에는 퇴근 후면 항상 아내와 아이들과 함께 하였는데, 아파트에서는 경험하지 못했던 많은 새로운 일들을 통해 다채로운 추억을 남길 수 있었다. 원래 사람의 기억은 새로운 공간, 새로운 행동들이 오래 남기 마련이다. 그래서 낯선 곳에서의 여행의 기억은 항상 오랫동안 남아 있다.

암 덕분에 시작된 전원생활 그리고 텃밭 가꾸기

무엇보다 어머님의 큰 결단이 우리를 진주로 이끌 수 있었다. 어머니와 가족 모두 며느리를 살리겠다는 마음 하나로, 우리 가족은 연고는 물론이거니와 지금껏 한 번 와본 적도 없던 진주로 터를 옮기게 되었다.

어머니와 아내는 이사한 집을 꾸미고 함께 텃밭을 가꾸며 많은 시간을 행복하게 보냈다. 어머니는 지금껏 가족들과 특히 아픈 환자인 아버지와 아내를 위해 늘 최선을 다해오셨는데, 나부터 온 가족이 병을 얻고 난 후 가족을 위해 가장 신경을 많이 쓰셨던 것이 바로 먹거리였다. 전원생활 중 늘 신선한 채소를 식탁에 올리기 위해 텃밭을 가꾸는 것에 정성을 들이곤 하셨는데, 우리는 집 앞 마당 텃밭에 많게는 20여 가지의 다양한 채소들을 아내와 함께 직접 농사를 통해 수확하기도 했다.

오이, 토마토, 가지, 상추, 부추, 쑥갓, 케일, 파, 감자, 고구마, 옥수수, 호박, 고추, 마늘, 양파 등등 어느덧 우리 집 텃밭은 환자를 위한 최고의 식자재들로 즐비했다. 건강에 좋다는 여러 채소를 고루 재배하여 직접 수확해서 먹으면서 나와 아내는 물론 가족 모두가 더 건강해지는 기분이었다.

많고 다양한 채소가 즐비한 우리 텃밭은 어느덧 큰 농사가 되어 있었지만 어머니와 아내는 힘들다는 표현 한 번 없었다. 채소를 키워가는 시간과 과정은 뚜렷한 목표와 희망을 위해 달려가는 방법이었기 때문이다.

좋은 텃밭을 만드는 데 특별한 방법은 없었다. 무농약으로, 채소를 재배하기 위해 이웃에 농사를 지으시는 분들께 여쭈어보았더니, 좋은 거름을 만드는 것이 무엇보다 중요하다 했다. 이를 만들기 위해서 과일 찌꺼기 등을 모아서 썩힌 후 거름으로 썼다. 특별한 정성과 노력보다는 꾸준한 실천으로 아침, 저녁 시간 맞춰서 물을 잘 주었더니 농사가 잘되었다.

텃밭을 가꾸는 것은 특별히 어려운 것은 없다. 때문에 꼭 전원생활을 하지 않더라도, 텃밭을 가꿀 수 있는 공간이 있다면 환자를 위해 텃밭은 가꿔보는 것을 추천한다. 이는 환자의 정서적인 측면에서도 긍정적인 효과가 있었고, 또 나처럼 아이들이 있다면 아이들에게도 좋은 교육장이 될 수 있었으며, 가족과 함께 텃밭을 일구면서 가족의 소중함, 또 야채 등 음식의 소중함도 느껴 볼 수 있어서 텃밭은 어느덧 우리 가족의 전원생활 중 가장 큰 보물이 되었다.

또 하나의 치료제! 전원주택 취미생활 재봉틀

평소 인테리어에 관심이 많았던 아내는 전원주택으로 이사 온 후 집을 꾸미는 데 취미를 가지며 시간을 많이 할애하게 되었다. 아마도 병을 얻은 후 내가 그러했듯 일상의 소중함을 더 많이 느끼게 되었을 것이다. 집을 하나둘씩 꾸며가던 그때 아내가 문득 나에게 재봉을 하고 싶다고 했다. 평소 손재주가 좋았던 아내였다. 그런 아내를 위해 나는 곧장 진주에 있는 재봉틀 가게를 찾아가게 되었다. 나는 아내를 위해 그녀가 맘에 들어 하는 재봉틀을 선물했다. 나는 아내를 위해 가장 좋은 재봉틀을 선물하고 싶었지만, 아내는 가격과 성능을 꼼꼼하게 비교하고 중고 재봉틀까지 고민하고 있었다. 한 지붕에 환자가 3명이나 되는데도 저축을 이어갈 수 있었던 가장 큰 이유는 아내와 나의 소비 습관 덕분이었다. 꼭 필요한 것만 구매하고, 구매하면 같은 제품을 가장 싸게 살 수 있는 방법을 찾아 구매하곤 했다. 그리고 최저가 구매로 예산보다 아낄 수 있게 된 돈은 어김없이 저축 통장으로 넣었다. 아픈 와중에도 우리는 현재와 미래를 위한 준비에 철저했다. 아이들을 위한 개별 통장을 만들어 용돈으로 들어오는 돈과 매월 고정 금액을 그 통장으로 넣어줬는데 어느덧 아이들의 각 통장에 5백만 원이 넘는 금액이 모이게 되었다.

그런 아내는 재봉틀 역시 가성비가 좋은 걸로 선택하여 구매하게 되었고, 그길로 곧장 인터넷에 다양한 원단을 구매한 후, 온라인으로 강의도 듣고 지역에서 운영하는 재봉틀 수업에도 참여하면서. 다양한 솜씨를 뽐내게 되었다. 처음에는 아이들 마스크, 수건, 스카프 같은 간단한 것들을 시작으로, 집안에 커튼 및 식탁보 등 손재주와 실력이 좋은 아내는 얼마 지나지 않아 전문가의 솜씨로 하나하나 만들어 나가기 시작했다.

처음에는 아이들 것을 만들고, 또 여러 개 만들어서 주변 아이들의 친구 엄마에게 선물도 하던 아내는 취미로 만들었던 스카프와 수건 등을 판매할 수 있도록 내가 온라인을 통해 판매 채널을 만들어주면서 소소하게 판매하는 재미와 돈 버는 재미까지 느낄 수 있게 도와주었다. 재봉틀을 할 때 행복해하던 아내의 취미는 병을 이겨낼 수 있도록 도와주는 또 하나의 치료제가 되었다.

전원주택 새 가족 '홍시'

전원주택에 이사 오기 전부터 아내와 상의하여 버킷리스트처럼 하고 싶은 일들을 하나하나 적어나가기 시작했다. 그중 가장 먼저 하고 싶었던 일은 텃밭 가꾸기와 집을 지킬 수 있는 큰 개를 키우는 것이었다.

아이들에게도 애완동물과 유대관계를 맺어주는 것이 정서적으로 너무 좋다는 것을 잘 알고 있었기에 우리는 이사 와서 텃밭 자리를 만든 후 바로 다음 강아지집의 자리를 만들었다. 그리고 가족으로 함께 할 반려동물을 찾게 되었다.

금전적인 부분도 있었지만 개를 데려오면서 생명을 돈을 주고 사고파는 곳에서 데려오고 싶지 않았다. 입양을 통해 버려질 위기에 있는 개를 찾아보던 그 순간 인터넷 지역 카페를 통해 경남 김해에 위치한 한 공장에서 진돗개 새끼를 많이 낳아서 분양한다는 소식을 확인했다. 그길로 아내와 아이들과 바람도 쐴 겸 저녁 시간에 경남 김해로 향하게 되었다.

밤이라 그런지 골목도 어둡고 여러 공장이 위치한 공장 지대 구석진 곳이라 장소를 찾기가 쉽지 않았지만, 어렵게 도착한 그곳에는 어미 개와 함께 이제 태어난 지 얼마 되지 않은 새끼 강아지들이 너무 이쁜 모습으로 함께 살고 있었다.

어미와 떨어져 지낼 새끼를 보니 맘이 좋지 않았지만, 앞으로 우리의 새로운 가족으로 함께 더 행복하게 해주고자 하는 약속을 하며, 강아지

중에 우리를 가장 잘 따르던 한 녀석을 집으로 데리고 왔다.

어머니께서는 개는 절대 그냥 가지고 오면 안 된다고, 선물세트라도 꼭 하나 사서 드리고 오라고 하셨는데, 막상 도착한 곳이 너무 외진 곳이라 인근에 상점이 하나도 없었다. 우리는 감사의 인사와 잘 키우겠다는 약속을 전한 채 강아지를 데려올 수밖에 없었다.

도착해서도 다시 한 번 전화를 드리고 사진을 찍어보내며 감사를 표했는데 이 책의 지면을 빌어 강아지의 전 견주분께도 다시 한 번 감사하다는 말씀을 전하고 싶고, 지금도 우리와 함께 행복하게 잘 지내고 있다고 소식을 전하고 싶다.

태어난 지 두 달 정도 된 강아지는 우리 집에 오자마자 안아주었더니 나에게 오줌을 싸며 멋진 신고식을 해주었다. "강아지 이름을 뭘로 하면 좋을까?" 하고 고민하던 찰나에 첫째 아들에게 물으니 이제 네 살밖에 안 된 아들의 입에서 "홍시!" 하고 튀어나왔다.

당시는 네 살밖에 안 된 어린 아들에게서 그 순간 왜 홍시가 떠올랐는지 모르겠지만, 불러보고 들어보니 갈수록 정감이 가는 이름이었다. 우리는 곧바로 강아지의 이름을 '홍시'로 정해주었다.

훗날 시간이 많이 지나 얼마 전 아들에게 그때 왜 홍시가 떠올랐냐고 물어보니, 홍시를 데려오기 전 얼마 전에 아내가 아들에게 홍시를 주었는데, 그 홍시가 너무 맛있어서 홍시가 떠올랐다고 한다. 아이가 그러하듯 나 역시 홍시의 이름에서조차도 아내의 기억을 영원히 떠올리기에 충분한 사연이었다. 그리고 우리 집을 지어주셨던 건축소장님께 부탁드려, 집도 멋지게 지어주었다. 건축가가 지어주는 개집은 튼튼하고 멋질 수밖에 없지 않은가? 바닥은 대리석을 깔아주었는데 지나가시던 동네분들은 "개집이 사람집보다 좋네. 주인 닮아서 그런가 개가 인물도 참 좋다야." 하시며 자주 우리 집을, 또 홍시를 구경하고 가시곤 하셨다.

아들이 멋진 이름을 지어주고, 아내와 내가 집을 이쁘게 꾸며주면서 우리는 기도했다. 홍시 역시 건강하게 우리와 오래 함께하기를… 그리고 아내 역시 오랫동안 건강하게 우리 가족과 함께하기를…. 건강을 잃고 난 후 우리의 기도의 소망은 늘 한 가지였다. '건강!' 아들은 추후 초등학교 4학년이 되어 영어 발표대회 때 홍시를 주제로 해서 영어 발표를 하기도 하였는데 그때 발표한 내용을 적어본다.

"My pet, My brother Hongsi"

진주교육대학교 부설 초등학교

3학년 1반 성명 : 김승준

The name of my pet is Hongsi.
우리 집 애완동물의 이름은 홍시이다.

when I was 3years old. I met Hongsi.
내가 세 살 때 홍시를 만났다.

I made a name for my pet myself.
나는 내 스스로 우리 집 강아지의 이름을 지어주었다.

when I was 4years old.
I ate the hongi that my mom gave me. and it was so delicios.
네 살 때 엄마가 줬던 홍시를 먹었는데 너무 맛있었다.

The name hongsi popped up in my mind.
그래서 그 순간 홍시가 떠올랐다.

hongsi is very cute and gentle.
홍시는 매우 귀엽고 또 얌전하다.

hongsi follows me well.
홍시는 나를 잘 따른다.

when I give hongsi a cookie, he lick my hands.
내가 홍시에게 과자를 줄 때면 늘 나의 손을 핥고는 한다.

I love hongsi.
나는 홍시를 사랑한다.

hongsi also love me.
홍시 또한 나를 사랑한다.

열심히 준비하고 발표한 아들이지만 대회에서 입상은 하지 못했다.

하지만 나에게 그리고 우리 가족에게 승준이의 이 영어 발표는 항상 1등이다.

07.

10년 만에 대학 친구들을 초대하다

암이 아니더라도 누구보다 바쁘고 치열한 삶을 사는 연령대는 바로 대한민국의 30대 중반일 것이다. 육아와 일을 병행하는 시기이기 때문이다. 우리는 그 어떤 30대보다 바쁜 나날들을 보내고 있었다. 30대라면 다들 그렇겠지만 대부분 이 시기에 결혼을 통해 가정을 꾸리고, 또 아이가 태어나면서 육아에 전념하고 있어, 자연스럽게 친구 및 지인과의 소통과 교류가 가장 어려운 시기이기도 하다.

결혼 초에는 그래도 간혹 친구들을 초대해서 만나곤 했지만, 이후 아이들을 키운다고, 또 암을 얻으면서, 그 이후는 경남 진주에 이사를 오게 되며, 더더욱 친구들을 보기가 어려워지고 있었다.

그러던 중 치료에 지쳐 있던 아내를 위한 깜짝 이벤트를 해주고 싶었다. 우리가 가장 즐겁고 행복했던 그 시절, 우리가 처음 만났던 그 시절에 함께 했던 그 시절 대학교 동기 친구들을 초대해서 시간을 보낸다면, 잠시나마 치료로 병으로 지쳐 있던 몸에 휴식과 활기를 불어 넣을 수 있지 않을까 하는 생각에서였다.

벌써 10년이 훌쩍 넘어버린 시간 동안 졸업 후 못 본 친구들도 있었는데 10년이면 강산이 변하는 기간이라 하지 않았던가? 변해버린 친구들의 모습이 궁금하기도 하였고, 그 시절 친구들을 만나면 나도 아내도 잠시나마 그 시절 건강하고, 즐거웠던 그때로 돌아갈 수 있지 않을까 하는 기대도 있었다.

대학 생활을 부산에서 한 우리는 진주로 터전을 옮겨 부산을 떠나 있었고, 대부분 다른 친구들 역시 부산을 떠나 서울 등 타지에 거주하고 있어, 친구들을 모으는 일이 생각보다 쉽지 않았다. 더군다나 대부분 결혼을 해서 가정을 꾸리고 있었기 때문에 더 큰 장벽이 있었지만 1박 2일 친구들과 집에서 함께 할 재미난 프로그램을 기획하고, 또 약 한 달이라는 준비 기간을 통해 친구들에게 연락을 주고받고 노력한 끝에 약 여덟 명 정도의 친구들이 우리 집으로 올 수 있게 되었다. 변해버린 친구들의 모습에 낯섦보다는 다시 만난 설렘이 더 컸다. 오랜만에 안부를 물으며, 소주 한잔 기울이니 그 시절 함께 MT를 다녔었던 예전 추억이 떠오르며 마치 그 시절로 돌아간 기분이 들었다.

대학 시절만 하더라도 아내와 나는 그냥 친한 남사친, 여사친이었다. 그런 우리가 지금은 부부가 되어 가정을 이루고 자식을 낳은 후 대학 때 친구들과 함께 모여 있으니 감회가 새롭고, 놀랍기도 했다. 학창 시절 아내는 공부도 잘했지만 정말 활달하고 술도 좋아하고, 춤도 잘 추고, 나이가 한 살 많기도 했지만 동기들 사이에서는 늘 사람을 편안하게 해주는 매력이 있어 인기 만점이었다.

그런 아내가 이 좋은 자리에서 술을 마시지 않자 친구들은 아내가 많이 달라졌다며 놀라했다. 암투병 중이라는 사실을 친구들은 꿈에도 생각 못 했을 것이다. 암투병 중이라 야위기도 하였고, 부작용으로 얼굴 및 피부가 검게 변해 있던 아내의 모습을 보고 친구들은 그저 아이 키운다고 힘들어서 그런가 보다 하고 생각했겠지만 실은 오랜 시간 많은 항암치료로 인해 피부뿐 아니라 몸과 마음이 말이 아닐 정도로 힘든데도 잘 버텨주고 있는 참 고맙고 사랑스러운 아내였다.

아내는 이날 술은 마시지 않았지만, 술을 마시지 않고도 술을 마신 것처럼 즐겁게 예전같이 밝은 모습으로 친구들과 한참을 시간을 보내며 즐거워했다.

아내의 병간호를 위해 모든 것을 포기하고 온 진주에서 대출을 받아 구입한 전원주택이었지만, 이 사실을 모르는 친구들은 우리가 잘되어서 마냥 부자가 되고, 또 좋은 전원주택에 살게 되었는 줄 알고 오히려 우리를 축하해주었다.

짧은 시간이었지만, 아내에게 좋은 시간과 기억을 선물할 수 있음에 너무 감사했고, 먼 곳에서 초대에 응해주고 한걸음에 달려와준 경성대 횃불 경영학과 00학번 동기 친구들에게 다시 한 번 고마움을 표하고 싶다.

아내를 기쁘게, 행복하게 해주는 것, 이것이 오랜 투병 기간 동안 그 어떤 치료제보다 내가 아내에게 해줄 수 있는 최고의 치료제라고 생각하는 데에는 생각보다 많은 시간이 걸렸다.

그저 병원에서 해주는 치료만으로는 모든 것을 이룰 수 없다는 것을 조금 늦게 알아버린 것이다. 아내가 더 이상 병원에 의존해서만 치료하기 어렵다는 사실을 안 이후부터는 하루하루를 아내의 행복을 위해 최선을 다하는 날로 만들기 위한 노력들을 이어갔다.

환자가 원하는 것! 즐거울 수 있는 것! 행복할 수 있는 것!

암환자의 가족 및 보호자들이 가장 행복한 순간은 바로 환자가 건강할 때, 그리고 환자의 컨디션이 좋을 때, 환자가 행복해할 때일 것이다. 아무래도 가족 중 환자가 있다 보면 모든 생활의 중심이 환자를 중심으로 바뀌기 마련이다. 이는 어린아이가 있는 집안 역시 마찬가지로 아이 위주로 삶이 바뀌는 것과 같다.

병원을 다니면서 가장 안타까웠던 것은 아이가 암으로 아픈 집안을 볼 때였다. 아내 역시 이런 생각이 진작부터 들었는지 나 모르게 재단을 통해 소액이었지만 기부를 이어가고 있었다.

이러한 여러 가지 측면을 고려하여 아내와 가족을 모두 데리고 전원주택으로 이사한 것은 정말 좋은 선택이었다. 결과적으로 쓸 약이 없는 최악의 상황에서도, 전원주택으로 이사 온 후 아내는 근 3년을 더 살았으니 말이다.

전원주택으로 이사 온 후 가장 많은 고민과 노력은 아내가 좋아하고, 행복해할 일들을 찾아보는 것이었다. 그리고 그와 더불어 아이들이 좋아할 만한 것들, 내 어머니가 좋아하고 행복할 것들도 함께 찾아보았다.

아내는 이사 온 새 주택을 이쁘게 꾸미고 싶어 했다. 시골 외곽이라 집 앞에 버스정류장이 있긴 했지만 2시간에 1대밖에 차가 오지 않았다. 집을 이쁘게 꾸미기 위해서는 인터넷으로 구매하기도 했지만 아내가 이리저리 돌아보고 사야 하는 것들이 많았나 보다. 대중교통이 좋지 않은 지역인지라 아내는 운전면허증을 취득하고 싶어 했다.

나는 면허를 따기 전 아내를 위해 그녀가 원하는 셀프 인테리어에 필요한 물품들을 온라인 쇼핑몰을 뒤져가며 발품을 팔고, 부산이나 대구를 갈 때면 큰 시장에 들러 아내를 위해 필요한 선물을 했다.

그리고 머지않아 아내를 위해 운전학원을 등록해주고, 도로연수로 아내에게 직접 운전을 가르쳐주기도 했다. 가족끼리 운전을 가르치는 것은 절대 하지 말아야 할 금기사항이라는 말도 있어서 나는 최대한 화를 내지 않고 친절하게 아내에게 운전을 가르쳐준다고 가르쳐주었는데 아내 입장에서는 만족할 만한 수업이 되었는지는 모르겠다.

아내가 기뻐하고, 좋아하니 나도 기쁘고, 아이들도 기뻐했다. 그녀가 기쁜 것은 어느새 우리 가족 모두의 기쁨이고 행복이 되었다.

무엇이든 일을 시작하면 잘해버리던 아내는 운전면허도 필기부터 한 방에 모두 합격을 해버렸다. 비록 병원에서 아내에게 더 이상 쓸 약이 없는 상태에서, 늦었긴 하지만 전원주택으로 이사를 온 후, 우리 가족은 아내를 위한 우리 가족만의 새로운 치료법을 찾아 나가고 있었다. 그 치료법은 아내를 기쁘게 해줌으로 인해 아내를 행복하게 하고, 몸에 좋은 기운을 만들어 암을 치료하는 것! 그것이 바로 우리 가족만의 치료법이었다.

어느 샌가 어린아이들도 엄마가 좋아하는 것을 알아서 고사리 같은 손으로 쪽지나 편지를 써주거나, 엄마를 위해 그림을 자주 그려주곤 했다.

나는 아내를 위해 다양한 시도를 해보았는데 근거리라도 자주 여행을 떠날 수 있도록 날짜를 정하고 여행을 기획하면서 나름 여행 기획가가 될 수 있었고, 손재주가 좋은 아내를 위해 미싱을 선물했더니 아내는 이를 통해 실력이 좋아져서 미싱 전문가가 되어버렸다. 이제는 아이들을 위해 옷을 직접 만들어주기도 하고, 집안에 커텐 및 식탁보 등 모든 것을 직접 만들고 또 주변에 주문을 받아 만들어서 판매하는 상황까지 오게 된 것이다.

우리는 매일 저녁 다 같이 운동도 함께하며, 아내가 건강해지기 위한 것이라면 엄마가 원하는 것이라면 그것이 곧 우리 가족의 1순위로 삼고 함께하는 시간들이 이어졌다.

나는 첫 운전을 하는 아내에게 가스를 연료로 하는 연식이 조금 지난 중고 그랜저를 사주었다. 여자가 작은 차를 운전하면 무시할까 봐 큰 차를 사준 것도 있었고, 중대형차지만 가스를 연료로 사용하고 세금이 적어 적은 유지비로 차량을 유지할 수도 있기 때문이었다.

하지만 역시나 초보인 아내에게 그랜져는 운전하기 쉬운 차량은 아니었나 보다. 아내는 차량 구매 후 얼마 지나지 않아 시원하게 우리 집 담벼락을 들이받고 말았다. 그날 이후 결국 나는 아내의 바람대로 작은 경차로 차를 바꿔주었다.

08.

아내를 위한 선물,
진주 예술촌

전세로 시작했던 전원주택 생활은 아내는 물론 어머니, 그리고 아이들도 매우 만족해했다. 다만 이전에 두 집의 살림을 합치면서 큰집에서 살다가, 집터만 보고 계약해 진주의 전세로 시작했던 첫 전원주택이 생각보다 너무 작다는 것이었다.

이미 진주로 이사를 오며 짐을 줄이고 줄여서 오긴 하였지만, 그래도 3대가 생활하기에는 생활공간이 너무 좁다는 게 단점이었다. 나중에 아이들에게 방도 하나씩 내어줘야 하는데 말이다. 물론 탁 트인 마당과 옆에 찜질방이 있어 답답함이 좀 덜하긴 했지만, 전원주택에 대한 확신이 섰던 우리는 전세 계약 만료가 도래할 시점에 집을 구매하기로 마음먹었다. 앞으로 터를 잡고 완전히 살 집, 전원주택을 찾아보기로 한 것이다.

이미 전원생활로 인해 전원주택에 대해서 충분히 공부한 우리는 편의 및 접근성도 훨씬 좋고, 회사에서도 가까운 진주시 판문동에 위치한 50세대가 거주하는 진주 예술촌 전원주택 단지를 대상군에 올려두고, 이사하기로 마음먹었다.

이곳은 원래는 진주시에 거주하는 예술인들만 거주하는 전원주택 단지였으나, 세월이 흐르면서 예술인들이 이사를 나갈 때 예술인에게만 매매하는 것이 쉽지 않아 일반인에게도 매매가 되고 있었다.나는 아내와 어머니와 함께 온 가족이 다함께 진주 예술촌을 찾아 현재 이사가 가능한 집을 둘러보고 꼼꼼히 살펴보았다. 예술촌은 스패니쉬 기와를 지붕에 올린 외관은 비슷했지만 집집마다 내부가 특색 있게 각각 달랐는데, 그래도 가장 어르신이자 경험이 많은 어머니의 의견을 제일 우선적으로 하기로 했다,

이 동네는 50가구나 되는 단지가 집집마다 조경이 너무 이쁘게 잘되어 있어 아내와 동네를 매일 산책하기도 좋았고, 마을 뒤편으로 이어진 등산로 코스까지 있어 우리에게는 최적의 장소였다.

어머니는 그중 가장 높은 곳에 있는 한 집을 선택하셨다. 뒤쪽에 산이 맞닿아 있고 집 앞 쪽으로는 천이 흐르고 있어 지리적으로도 좋은데다

집의 내부 구조는 물론 외부 마당이 구석구석 모두 쓸모 있도록 땅 모양이 좋았기 때문이다.

내부는 2층에 복층, 총 3층으로 되어 있어 우리 가족 3대가 분리된 생활을 하면서 또 함께하기에 더 없이 좋았다. 아내 역시 어머니의 의견에 전적으로 동의해주었기에 우리는 큰 이견 없이 어머니께서 선택하신 계단이 많은 현재의 집으로 이사를 오게 되었다.

현재 살고 있는 이 집은 계단이 많아 마치 동화 속에 나오는 성 같은 느낌도 들고, 배산임수는 물론 터가 너무 좋다며 역술인들도 감탄하는 집이었다.

다만 계단이 많다 보니 어머니께서 힘드시지 않을까 걱정하였는데 어머니는 전혀 상관없다고 하셨다. 오히려 계단이 많고 집이 높아 전망도 좋고 운동도 돼서 좋다 하셔서, 우리는 일사천리로 집 계약과 이사를 감행하게 되었다.

이번 역시 인테리어는 관심이 많고 센스가 있던 아내와 내가 상의하여 맡게 되었다. 3층 집으로 구성된 이 집에 1층은 아이들을 위한 공간, 2층은 우리 부부를 위한 공간, 3층은 어머님을 위한 공간으로 테마를 잡아 하나둘씩 꾸며가기 시작했다. 또한 젊고 처음 사업을 시작하는 인테리어 업자를 만나 비교적 저렴한 금액에 우리가 원하는 인테리어 느낌을 그대로 살려 공사를 진행할 수 있었다.

뭐든 처음 시작하는 것만큼 열심히 할 수 있는 일이 없지 않은가? 투병 생활 역시 첫 항암치료, 첫 수술에 임할 때 가장 치열하고 열심히 준비했던 것처럼.

텃밭 자리를 만들고 홍시의 집터를 잡은 후 우리는 하나하나 집을 다시 이쁘게 꾸며가기 시작했다. 우리는 새로운 보금자리에서 새로운 꿈을 꾸고, 새로운 목표를 가지고 다시 암과의 싸움을 시작하기로 마음먹었다.

09.

마지막 가족 여행 '필리핀 보라카이'

아내의 투병 3년차에 우리는 어머님과 장모님 그리고 두 아이들을 데리고, 보라카이 여행을 다녀온 적이 있었다. 현재도 최고의 휴양지로 꼽히는 보라카이는 정말 모든 것이 완벽했다.

새하얀 백사장에 에메랄드 빛의 바다, 그리고 아름다운 해변에서 휴양과 레저를 즐기기에 더 없이 좋은 곳이었다. 아내는 물론이고 어머니와 장모님 그리고 아이들까지 너무 즐겁고 행복해했던 보라카이 여행이었다.

특히나 바닷가에서 돛단배를 타고, 노을을 보러 나간 적이 있었는데 어머니는 배 위에서 너무 행복하다며 노래를 부르시기도 했다. 술도 드시지 않았는데 너무 좋아 어머니가 노래를 흥얼거리시는 모습은 처음 보는 모습이었음에도 나 역시 행복한 순간이었다.

우리는 언젠가 이곳에 꼭 다시 오리라 다짐하였었는데, 이번에는 아내의 투병에 많은 도움을 줬던 처형네 부부와 또 한 번 보라카이 여행을 오게 되었다. 지금껏 처형네 부부 역시 동생의 건강을 위해 열심히 노력해주었다. 갑작스럽게 병원에 가거나 일이 있을 때면 곁에서 아이들을 돌봐주었고, 주말이면 같이 시간을 보내면서, 아내와 우리에게 건강하고 맛있는 음식을 만들어주기도 했다.

하지만 이번 여행은 이전과 다른 아내의 건강 상태가 변수였다. 이전까지는 큰 통증이 없었지만 여행 2개월 전부터 아내는 등 쪽에 작은 통증을 호소하곤 하였는데, 시간이 갈수록 그 통증은 커져만 갔다.

통증 관리에 대한 인식이 낮았고, 통증약을 처방받아 먹는 것이 또한 몸에 좋을 것이 없다고 생각했다. 이 역시 내성이 생기면, 항암제 약처럼 더 쓸 약이 없을까 봐 아내는 지레 겁을 먹곤 통증을 참아내곤 했다. 인내심이 좋았던 아내, 성격 탓이었을까? 참으려고만 했던 아내의 방식은 잘못된 방식이었다. 통증을 굳이 참을 필요가 없었기 때문이다.

시간이 흐를수록 아내의 통증은 심해져만 갔고, 결국 병원에서 처방받은 약들도 통증이 심해지며, 조금 더 강한 마약성 진통제를 처방받아 먹기 시작했다.

결국 아내는 전이된 암으로 인한 심해진 통증 탓에 방사선치료를 받기로 결정했다. 하지만 이 방사선치료의 일정이 계획하였던 여행 날짜와 겹치는 것이 아닌가? 가족과 상의 끝에 컨디션이 좋지 않다면, 여행을 미루고 치료에 전념하자 하였는데, 아내는 여행을 가도 상관없다며, 여행을 갔으면 좋겠다고 이야기했다.

우리는 늘 그랬던 것처럼 이번 여행의 최종 결정을 내리기 위해 주치의 선생님께 여행을 다녀와도 되겠냐고 여쭈어보았다. 그러자 "지금 상태라면 환자만 괜찮다 하면 가도 상관없습니다."라고 말씀해주셨다. 늘 현재의 결과를 두고 과거의 결정이 좋은 선택이었는지 생각하곤 하는데, 결과적으로는 좋은 결정이었다.

사진도 많이 찍고, 여행지에서 아내와 많은 추억을 많이 만들었다. 결과적으로 이 여행은 아내와 우리 가족의 마지막 가족 여행이 되었기에 평생 남는 추억이 되어버렸다.

이제는 훌쩍 커버려 초등학교 3학년이 된 딸에게 엄마하고 추억 중에 뭐가 제일 기억에 남냐고 물어볼 때면 늘 보라카이 여행을 이야기하곤 한다.

당시 아내의 건강이 좋지 못했던 탓에 아내와 다양한 프로그램을 많이 즐기지는 못하였지만 그때에 아내와 함께 찍은 우리의 사진을 보면, 그 시절로 돌아가는 듯 행복한 미소가 지어지곤 한다. 이제는 아내의 기억이 슬픔이기보다는 행복으로 나와 우리 가족 모두에게 남아 있다. 한 번씩 눈물이 나는 것은 슬픔보다는 그리움일 것이다.

인건비가 상대적으로 저렴한 필리핀은 마사지 비용이 저렴하기도 해서, 우리는 동남아 여행을 갈 때면 늘 아침저녁으로 마사지를 받곤 했다. 이번 역시 아내의 피로를 풀어주기 위해 우리는 여행 동안 매일 마사지샵을 방문했다.

하지만 아내는 통증으로 인해 제대로 마사지를 받아볼 수 없었다. 마사지사들도 오랜 경력 탓에 아내의 몸을 만져보고 통증을 호소하자 몸이 많이 안 좋은 것 같다고, 큰 병원으로 가보는 것이 좋겠다며 이야기해주었지만, 그들에게 아내의 건강 상태를 말하고 싶진 않았다. 아내가 암환자라서 통증 때문에 그렇다고 하면 되지만, 아내에게 본인이 암환자라는 사실을 또 각인시키게 될까 봐, 여행지에서의 즐거운 기분을 타인의 동정어린 시선과 안타깝게 바라보는 눈빛으로 망치고 싶지 않았기 때문이다.

이미 아내까지 아프고 난 후 가족과 함께 많은 여행으로 여행 기획가가 되어버린 나는 이번 여행 역시 최저가 투어로 기획하여 운영했다. 4박 5일 동안 알찬 프로그램을 만들고도 인당 30만 원이 채 들지 않았으

니 말이다. 아내에게 더 좋은 숙소와 더 좋은 음식을 제공해주지 못한 아쉬움이 컸지만, 아내는 이번 여행이 끝나고도 늘 그랬던 것처럼 나를 최고라며 치켜세워주었다.

* 4장

내가 없을 수도 있잖아

01.

통증만 없다면

통증이 심한 아내를 위해 내가 할 수 있는 것은 통증을 관리해주는 것이었다. 내 손으로 내 몸 하나의 노력으로 아내의 통증을 관리할 수 있다면 얼마나 좋을까? 하지만 약물이나 치료를 통하지 않고 아내의 통증을 줄일 수 있는 방법은 없었다. 결국 인터넷 서핑과 유튜브를 뒤져가며 부산의 한 암요양병원에 계신 김진목 원장님이 유튜브 등을 통해 암환자들과 많은 소통을 하시고 암 정보를 많이 공유하고 계시다는 것을 알게 되었다. 그 자료에는 암환자의 통증 관리와 관련한 내용이 많이 담겨 있었기에, 아내를 위해 통증 관리 및 병이 조금이나마 나아지지 않을까 하는 기대로 우리는 부산 해운대로 달려가게 되었다. 부산은 처가 식구들이 있기도 하였고, 고향이었던지라 부산 해운대로 향하는 걸음이 낯설거나 무겁지 않았다.

이곳을 향한 가장 큰 이유는 그동안 내가 알지 못했던 통증 관리 도구인 페인잼머 치료기가 있다는 것을 알게 되었기 때문이다. 이 병원 입원 전에도 아내와는 참 많은 병원 투어를 다녔다. 주 치료 병원인 신촌 세브란스병원 외에도 부수적인 치료와 면역력을 끌어올리기 위해 부단히도 많은 노력을 이어왔다. 그중 하나로 한방 치료도 우리는 병행하였는데 부산 거제동에 위치한 부산한방병원에 입원하여, 통증 관리 및 컨디션을 잘 조절해오고 있었는데 아무래도 더 커버린 암 때문인지 부쩍 심해진 통증은 한방병원에서 제공해주는 치료만으로는 통증 조절이 불가능한 상태까지 와버린 것이다. 수소문 끝에 이곳을 찾아 입원 치료를 받기 위해 찾아가게 되었다.

참 많은 병원과 참 많은 시도를 했던 아내와 우리였다. 서울 세브란스 외에도 전국에 2차 치료로 좋다는 여러 한방병원과 여러 암요양병원들을 다녀보았던 우리다. TV에 나와 암을 치료했다는 사람들을 찾아다니기도 했던 지난 시간들이 떠올랐다.

이 병원은 그간 우리가 경험해보지 못한 통증 관리 전기치료기인 페인잼머 치료기가 있었다. 1회 비용이 대략 10만 원 정도로 작은 금액은 아니었지만 아내의 통증만 잡을 수 있다면 못 할 것이 없었다. 암 통증에 효과가 어느 정도 입증되었다 하는 장비였지만, 모든 장비가 모든 환자에게 동일하게 효과를 줄 수 있는 건 아니었다.

아내의 경우는 병변이 심하기도 하고, 통증이 너무 심해서이기도 했을 것이다. 아내는 이 의료기기로 통증 치료를 받는 것 자체가 너무 힘들고, 효과도 없는 것 같다며, 더 이상의 페인잼머 치료기로 통증 관리하는 것을 거부했다.

하지만 해운대 달맞이공원에 위치한 이 병원의 쾌적한 환경과 시설, 청결 등은 환자가 요양하기에 최적의 시스템을 갖추고 있었다. 많은 암 요양병원들이 그러하겠지만 안 좋을 것이 있으랴? 문제는 시간과 비용이다. 아내 역시 그곳에서의 입원 생활은 만족스럽다고 했다.

내가 아쉬운 것은 집에서 150킬로미터 정도의 거리라 아내를 매일 볼 수 없다는 것이었다.

나는 엄빠(엄마이자 아빠)이다

아내의 2차 병원에서 입원 기간이 길어질수록 집에서의 나의 역할도 커지고, 그에 따라 나의 능력도 커져가고 있었다. 어느덧 나는 집에서 아이들에게 아빠이자 엄마의 역할까지 잘 해나가고 있었다.

누구나 마찬가지지만 처음엔 서툴고 어색하기 그지없었다. 아이들의 준비물을 챙겨주는 것도 책가방을 챙겨주는 것도 다음날 입을 옷을 챙기는 것도… 다행히 원복을 입어 옷을 고르는 수고는 덜 수 있었지만 둘째는 자기결정권이 생기는 5세부터는 아침에 신을 신발을 선택하는 것에도 옥신각신하는 시간이 늘곤 했다.

어머님이 다행히 집에서 아이들의 식사와 기본적인 빨래 등은 해주셨기 때문에 차근차근 해나갈 수 있었고, 이 역시 아내의 부재로 오랜 시간 아이들을 챙기다 보니 이제는 나도 노하우가 생겨서 어머니께 폰카메라로 사진을 찍는 방법을 알려드리고, 아이들이 하원하면 알림장을 찍어달라고 해서 퇴근하며, 챙겨서 들어가기도 하고, 유치원의 다른 어머니와도 친분을 쌓아가며, 궁금한 것들을 물어보고 정보를 얻기도 했다.

그중 아내와 유독 친했던 첫째의 친구 나현이 엄마는 원에 필요한 준비물이 있거나 중요하게 챙겨야 할 것들은 나와 어머니를 챙겨 연락해주곤 했던 참 고마운 분이다. 알고 보니 아내보다는 한 살이 어리고 나와는 동갑내기 친구였다. 나는 이런 노하우가 쌓이고 주변인들의 도움으로 어느덧 엄빠가 되어가고 있었다.

비록 페인잼머를 통한 아내의 통증 관리에는 실패하였지만 이 병원의 원장님은 암과 관련된 통합의학에 대해 많은 공부를 하셨고, 이 분야에 많은 노력을 하시는 분이라는 것이라고 판단하였기에 더 신뢰할 수 있었고, 간호사들 및 병원 관계자 역시 모두 친절해서, 우리가 늘 기준을 가지고 선택했던 병원 선택의 기준에서는 합격점이었다.

면역 치료를 기반으로 풍욕 및 웃음 치료, 건강 산책 같은 프로그램들도 활성화되어 있었는데 평일에 혼자인 아내는 늘 프로그램 참여 후 활동사진을 나에게 찍어보내주곤 했다. 아내와 떨어져 있는 것은 아쉬운 일이었지만, 아내가 통증도 괜찮아지고 병원 생활에 만족한다 하니 감사했다. 하지만 지나서 생각해보면 아내는 내가 걱정하고 또 달려올까 봐 아프지만 괜찮다고 했을 것이다. 평일에 아내를 혼자 병원에 두는 것이 늘 신경 쓰이고 불편했다.

물론 병실에 다른 환자도 있고, 간호사가 있겠지만 직접적인 보호자인 가족 중 남편이 있고 없고는 아내에게도 꽤 영향이 있었을 것이다. 나는 평일 근무를 마치면 매주 금요일 퇴근 후에 어김없이 아이들을 데리고, 아내가 있는 병원으로 향했다. 평일은 직장과 가정에서 아이들을 돌보고, 주말은 아이들을 데리고 아내의 병원을 가는 생활이 시작되었다.

우리 남편은 슈퍼맨

아내는 늘 금요일에 얼굴을 볼 때면 나에게 쉬는 날도 없이 고생한다며 걱정했다.

"우리 남편 슈퍼맨인 건 알겠지만, 쉬는 날도 없이 이러다가 자기까지 몸 상하니깐 매주 안 와도 돼."

아내는 나를 더 챙겨주고 걱정하는 한없이 마음 착한 사람이었다. 늘 자신보다 신랑인 나를, 그리고 아이들과 가족을 생각하고 걱정하는 정말 착하고 마음 따뜻한 사람! 아내와의 시간들을 되돌아보면 우리가 부부의 인연을 맺기 전에도 아내는 그런 사람이었다.

"여보야~ 내가 즐겁고 행복해서 하는 일인데 뭐~ 아이들도 그렇고, 나하고 아이들이 자기 볼려구 주말만 손꼽아 기다리는 거 알고 있지? 건강해져서 돌아오면 그게 다 보상해주는 거니깐 자기는 아무 걱정하지 말고, 본인 건강만 신경 쓰시고, 건강해지시면 나는 그걸로 충분합니데이~!"

말은 나를 위해 안 와도 된다 하지만, 아내 역시 가장 기다리는 날이 나와 아이들을 만나는 주말인 것을 알고 있었다. 정말 그 당시는 사랑의 힘 덕분인지 평일은 일하고 주말은 아내를 돌보기 위해 부산을 갔다가 일요일 저녁 진주를 왕복하며 일주일을 보내도 정말 하나도 힘들지 않았다.

지금도 나에게 그때처럼 아내를 볼 수 있는 주말이 있다면…. 아내를 볼 수만 있다면, 부산이 아닌 강원도라도 당장 달려갈 수 있을 텐데….

그렇게 아내의 통증이 심해진 이후로는 나는 엄빠이자 슈퍼맨 남편이 되기 위해 노력하는 날들이 이어졌다.

02.

두통, 최악의 상황이 시작되다

여행 전 그리고 여행 중에도 아내의 통증은 계속되었지만 여행을 다녀온 이후 일주일이 지난 시점에 아내의 건강 상태가 급격히 나빠졌다.

가장 심했던 등의 통증은 지속되었고, 이번에는 지금껏 문제가 없었던 두통이 너무 심하게 오고 있었다. 지금껏 아내가 암치료를 하며, 부작용 혹은 암에 의한 통증으로 두통을 호소한 적은 없었기 때문이다. 나와 아내는 이것이 암으로 인한 통증일 거라고는 생각조차 하지 못했다. 최근에 다녀온 해외여행 때문에 지카바이러스 같은 감염성 바이러스로 아내에게 두통이 찾아온 것이라고만 생각하고 있었다. 아내는 두통약을 먹으며 조금 쉬면 괜찮아질 거라고 했지만, 나아지지 않는 통증을 견디며, 거의 3일을 버티고 있었다. 하지만 곁에서 지켜본 결과 아내의 상황은 약이나 휴식을 통해 나아질 상황이 아니라는 걸 깨닫고, 급히 지역에서 가장 큰 경상대병원 감염내과를 찾아갔다.

혹시나 뇌에 전이가 된 것은 아닌가 하는 생각도 못 하긴 하였지만, 그러한 생각을 하고 싶지도 않았다. 그래서 두통의 원인을 감염으로 믿고 싶었던 것이 더 컸던 것이다. 감염내과를 통해 진료를 받은 결과 아내의 상태를 좀 더 면밀히 검사하기 위해 입원 치료가 결정되었다. 아내는 병원으로 향하는 도중에도 심한 어지러움증과 구토로 인해 중간에 가다 서길 반복하는 등 거의 일상생활이 불가능한 상태까지 왔기 때문이다. 입원 치료 후에도 아내의 어지러움증을 완화시킬 수 있는 약들을 처방받고 치료가 이어졌지만, 좀처럼 차도가 없었다. 불길한 기운이 감돌며 '제발 뇌 전이만은 아니길….' 기도하고 바랐건만! 결국 뇌에 종양이 있다는 소견을 받게 되었다.

아내의 암진단 후 여러 많은 굴곡진 일들을 거쳐왔지만 정말 이번은 가슴이 철렁 내려앉는 순간이었다. 여러 충격적인 소식들에 무뎌질 것 같았던 나였지만, 뇌로 전이가 되었다는 사실은 나에게도 정말 너무나도 가혹하고 충격적이었다.

뇌까지 전이가 되었다는 것은 이미 다른 쪽에 전이가 많이 되어 원발 부위에서 가장 멀리 떨어진 뇌까지 올라갔다는 의미다. 아내의 몸 상태가 이제는 회복하기 힘든 수준까지 와 있다는 것을 의미하는 것이었다.

검사 결과를 확인하고 감염내과로 입원을 하였기에, 병원에서는 종양내과로 진료과를 변경하여, 수술을 하루빨리 진행하는 게 좋겠다고 말씀하셨다. 그날 병실에 찾아온 담당 레지던트 선생님과 면담을 했다.

"수술은 여기서 하는 게 낫겠습니까? 서울로 가는 것이 나을까요?"

"저희 선생님들도 유능하시고, 수술을 잘하시지만, 아내분이 워낙 젊으시고, 서울에서 치료를 계속 받으셨으니, 뇌는 중요한 부위이기도 하구요. 수술 경험이 조금이라도 더 많은 서울 병원에서 수술을 받으시는 방법을 생각해보셔도 될 것 같습니다."

그날 밤 우리는 다시 서울에 통화해 급히 진료 예약을 하고는 그다음 날 세브란스병원으로 향하게 되었다.

세 번의 암 수술 그리고 네 번째 뇌 수술

아내는 많은 치료를 이겨내왔다. 재발을 반복하면서 세 번의 암 수술을 하였고, 이번 뇌 수술까지 합하면 암투병 중 수술만 네 번이나 한 것이다.

항암은 벌써 100회 가까이 했으며, 방사선도 수십 회를 견뎌냈다. 아마도 어린 두 아이들과 사랑하는 가족들이 없었다면 불가능했을 것이다. 아내도 늘 나에게 이야기했다.

"여보, 나 이거 정말 힘든데 애들하고, 당신 없었으면 안 했을 것 같아."

서울에서 주치의 선생님께 여쭈어보았다.

"선생님, 근데 대장암이 이렇게 뇌까지 전이가 이루어지는 경우가 많습니까?"
"대개는 뇌까지 전이가 잘 안 됩니다. 보통 뇌까지 전이가 되기 전에 사망하는 경우가 많기 때문이지요. 아내의 경우는 장기 생존하다 보니 뇌까지 전이가 된 것 같습니다."

아내의 몸속에 있던 암세포들이 퍼지기 시작한 것이 이제는 뇌까지 전이가 된 것이다. 그래도 만 4년까지는 암을 몸에 지니고 있으면서도, 어느 정도 관리하고 있어 통증 없이 잘 지내왔는데, 기존 항암 약제들의 내성으로 약도 듣지도 않았고, 오랜 치료로 인해 아내의 면역력이 떨어진 것도 한몫한 것이다.
결국 아내는 기존 대장암 관련 주치의이신 안중배 교수님과 협진을 통해 뇌 수술을 결정했다. 뇌 수술에 앞서 만나 뵈었던 수술 담당 의사 선생님께서는 말씀하셨다.

"뇌 수술 후에도 뇌에 다시 암이 재발할 수 있기 때문에 전뇌 방사선치료를 병행하는 것이 좋겠습니다. 그리고 뇌에 전이된 종양이 환자의 수명에 영향은 거의 미치지 않습니다. 대부분 원발 부위와 그 인근에 전이된 암세포가 환자의 수명에 영향을 미치기 때문입니다."

아버지의 척추의 암 제거 수술처럼 이번 역시 삶의 질을 향상시키기 위한 수술일 뿐이었다.

뇌 전이로 인해 아내의 상태와 시간이 길지 않을 것이라고 직감하였지만, 뇌 수술을 담당하는 의사 선생님께 이야기를 듣고 나니, 상상하고 싶지 않은 그 시간이 점점 가까워지고 있다는 좋지 않은 생각들이 머릿속을 맴돌았다.

아내를 먼저 내보낸 후 기대 수명을 물어볼까도 생각했지만, 그것은 어찌 보면 정해진 운명에 얽매여, 바보같이 살아야만 할 것 같아 더 이상 묻지 않았다.

03.

내가 없을 수도 있잖아

아내의 투병 중이고 첫째가 여덟 살이 되던 해 학교 문제로 잠깐 다투었던 적이 있다. 아들의 초등학교 입학 문제로 집 근처 인근 두 개의 학교 중 고민하고 있었는데, 그중 하나가 현재 아들이 다니고 있는 국립 진주교대 부설 초등학교이고, 다른 한곳은 일반 공립 초등학교였다. 우리는 가능하다면, 아들을 진주교대 부설 초등학교에 보내는 걸로 이야기를 마쳤으나, 무슨 연유에서인지 갑자기 아내는 교대 부설 초등학교를 보내는 것이 걱정된다며 망설이고 있었다.

"이미 교대 부설 초등학교가 더 좋다는 것을 우리가 알고 있는데 갑자기 거기 보내는 게 뭐가 그리 걱정돼?"

"부설 초등학교는 엄마들이 자주 학교에도 가봐야 하고, 활동이 많은 것 같아서…."

그때 당시 나는 아내에게 살짝 화를 내고야 말았다.

"학교를 선택하는 데 아이 입장에서 생각해서 올바르게 교육 받고, 즐겁고 행복하게 교육을 받는 것이 우선이지. 왜 아이가 아닌 엄마 입장을 우선시해서 고민하냐?"

아내는 울먹이는 목소리로 나에게 대답했다.

"내가 없을 수도 있잖아…."

그 말을 듣고 아내에게 "왜 그런 소리를 해? 그럴 일 없으니깐 그런 걱정하지 마!"라고 큰소리치며, 오히려 더 역정을 내었지만, 아내의 그런 생각과 마음을 이해해주지 못해서 너무 미안하고 가슴이 아팠다. 그리고 다짐했다. 함께하는 시간 동안 아내를 더 행복하게 걱정 없도록 최선을 다하리라! 그리고 우리 아이들을 진심을 다해 사랑하고 최선을 다해 키우리라!

마지막으로 아내가 함께한 행사 승준이의 입학식,

그리고 끝내 참석하지 못한 아들의 첫 운동회

큰아들 승준이의 입학식은 아내와 함께한 마지막 공식 행사가 되었다. 아내는 아픈 몸이었지만 이쁘게 화장을 하고, 또 가발도 곱게 빗어 착용하고, 옷도 멋지게 차려입고, 승준이 입학식에 참석했다.

아내도 그랬겠지만, 그전까지는 승준이가 초등학교에 입학한다는 것이 실감이 나질 않았는데, 교복을 맞춰 입고, 학교 입학식에서 아들의 모습을 보니 드디어 우리 아들이 초등학생이 되었다는 것을 비로소 실감할 수 있었다. 승준이는 우리의 바람대로 진주교대 부설 초등학교 추첨에 합격하며, 교복을 입고 입학식에 참석하게 되었다.

입학식에서는 교장 선생님께서 부모와 학부모의 차이에 대해 말씀해 주셨다.

부모는 멀리 보라 하고 학부모는 앞만 보라 합니다.
부모는 함께 가라 하고 학부모는 앞서 가라 합니다.
부모는 꿈을 꾸라 하고 학부모는 꿈꿀 시간을 주지 않습니다.

우리는 학부모가 되었지만 좋은 부모가 되기로 결심했다. 우리의 아이들이 좀 더 현명하고 건강하게 자라길, 무엇보다 행복한 사람이 되기를 바라며 현명하고 좋은 부모가 되겠다고 다짐했다.

교복을 입은 우리 승준이의 모습은 너무도 사랑스럽고 귀여웠다. 이제는 그냥 부모가 아닌 학부모가 된 우리는 중학교, 고등학교 그리고 대학교까지 승준이를 잘 키우겠다고 다짐했다.

그리고 그때까지 아내에게 꼭 건강해달라고 부탁하고, 하나님께 아내에게 건강을 달라고 간절히 기도드렸다. 그리고 우리 가족 더 이상 아픈 환자 없이 건강하고 행복하게 살게 해달라고 기도드렸다.

하지만 이런 나의 기도와 바람과는 달리 아내는 뇌 수술 후 기존에 등과 가슴 쪽의 통증이 하루하루 더 심해져만 가고 있었다.

아내의 친정행

네 번의 수술과 더 이상 쓸 약이 없게 된 항암치료, 방사선치료를 통해 아내의 몸은 암으로 그리고 그 후유증으로 이미 망가질 대로 망가져 있었다. 그로 인해 통증도 상상 그 이상으로 커져만 갔다. 이러한 통증을 줄이기 위해 뇌 수술 이후 기존 계획된 방사선치료를 이어가기로 하였지만 아내의 상태는 하루가 다르게 쇠약해져만 갔다.

그런 아내의 몸 상태를 가장 정확하게 알고 있는 사람은 아내보다 나였다. 아내보다 더 주치의 선생님과 아내의 몸 상태에 대해 많은 이야기

를 주고받았기 때문이다. 아내는 심해진 통증으로 짐작은 했겠지만 나는 그간 많은 의료진들과의 진찰과 면담을 통해 축적된 데이터가 있었다.

이미 병원에서 더 이상 쓸 항암제가 없다고 했을 때 처가식구들에게 솔직히 말씀드리고 지금부터는 아내와 많은 시간을 함께하고, 추억을 만드는 일에 집중할 때라고 누차 말씀드렸다. 하지만 너무 강인하게 잘 참아오고, 지금껏 5년이 넘는 시간을 잘 버텨온 아내의 노력 때문에 나도 처가 식구들 역시 그런 최악의 상황을 생각하는 일들이 무뎌져가고 있었다.

처음에 1년밖에 살 수 없다던 사람이 5년을 넘게 그것도 건강하게 정상적인 생활을 하다 보니, 나를 제외한 다른 가족들은 아내의 병이 심각한 병인지를 인지하지 못하고 이 병에 익숙해져버리는 그런 상황까지 와버린 것이다.

처가에서는 통증이 심해진 아내를 보고, 그제야 심각성이 느껴졌는지 아내를 부산으로 데려가 간호하고 싶다고 했다. 수화기 넘어 아내의 목소리와 통증이 이전과는 다름을 확실히 느낄 수 있을 만큼 아내의 병은 하루가 다르게 날로 심해져갔다.

하지만 나는 이미 의료진을 통해서도, 또 현재의 아내 상태로 보아 아내와 함께할 수 있는 시간이 길지 않다는 것을 알 수 있었다. 아내가 부산으로 간다면 아이들과 그리고 나와 함께할 수 있는 시간이 줄어들 수밖에 없다는 사실이 두려워졌다.

이 사실이 아내를 처가로 보내는 것에 가장 큰 걱정이었다. 아내를 처가에서 돌보고 싶다는데 걱정되거나 싫을 만한 이유가 뭐가 있으랴? 나는 지금껏 치료해오며 모든 결정 단계의 선택은 아내에게 맡겼다. 아내에게 "여보, 이제 시간이 많지 않아. 얼마 못 살 수도 있어. 우리 가족 더 시간 많이 보내자."라고 말하며 잡고 싶었지만 차마 그럴 수 없었다.

아내는 처가 식구들과 함께 부산으로 향했다. 나와 어머니가 아이들을 돌보지만, 그래도 집에 있으면 이것저것 신경 쓰일 수밖에 없을 것이다. 그런 신경을 아이들을 보며 이겨내왔던 아내일 텐데 통증이 심한 아픈 몸으로 아이들을 보살피는 것이 내가 상상하는 그 이상으로 힘들었을 것이다.

아내의 몸 상태가 심해진 시점부터는 누차 처가에 시간이 많지 않다고, 아내와 시간을 많이 보내자고 말씀드렸지만, 시간이 많이 남지 않은 지금에 와서야 아내를 데려가서 돌보겠다 하니 늘 고맙고 감사한 처가 식구들이었지만 많이 서운하고 화가 나기도 했다.

나만의 생각이겠지만 마치 나와 어머니가 아내를 잘 돌보지 않아 아내가 몸이 안 좋다고 생각하고, 인사도 제대로 하지 않고, 급하게 아내를 데려가는 것 같아 마음이 많이 좋지 않았다. 이렇게 아내의 시간이 얼마 남지 않은 이 시점에 부산으로 아내를 데려가 혹시나 아내가 잘못되어 함께할 수 있는 시간이 더 줄어든다면 처가 가족들을 원망하거나 안 좋은 마음을 가질까 봐 걱정이 되기도 했다.

아내는 처가에서 잠시 쉬고 오겠다 하며 걱정 말라 하였지만 결국 그날 하루만 처갓집에 머물고, 심해진 통증 탓에 아내는 다시 처가 근처 부산한방병원에 입원하게 되었다.

결국 내가 걱정했던 이날은 아내가 집에 있는 마지막날이 되고 말았다.

04.

이별,
준비하셔야 합니다

2017년 3월, 이 시기는 나에게 유난히도 춥고, 무서웠던 달이었다. 나, 아버지, 아내의 긴 암투병 속에서, 그래도 1%의 희망을 안고 살았던 우리였다. 즐겁고 행복하게 살려고 노력하며 살아왔고, 1%의 가능성이 있다면, 그 기적이 아내에게, 우리에게 올 수 있다고 생각하고 믿고 살아왔기 때문에 더 그러했다.

승준이 초등학교 입학식 이후 아내 몸속의 통증은 날로 더 심해져갔고, 진통제 역시 최고 수준으로 끌어올렸지만 통증을 잡을 수 없는 상황까지 온 것이다. 너무 심한 통증 때문이기도 하였고, 다시 방사선치료를 통해 아내의 통증과 암을 조절할 수 있다는 희망을 가지고, 정해진 진료 예약 일자보다 서둘러 응급실을 통해 서울 세브란스병원의 입원 치료가 진행되었다.

지금껏 그래왔듯 아내는 다시 건강해지고, 또 그 건강을 유지하며, 암을 잡진 못하더라도, 이 상태로 건강을 유지하며 살아갈 수 있을 거라 믿었다.

하지만 걱정과 우려는 현실이 되고 말았다. 그곳에서 예상하지 못한, 그리고 생각하기도 싫었던 상황을 전달받고야 말았다. 회사와 아이들을 돌보느라 휴가를 다 쓰고 난 이후부터는 부산의 처형이 아내와 함께 서울행 열차를 타고 함께해주었다. 그러나 아픈 통증과 씨름하며 좁은 KTX의 좌석에서 몸을 이리저리 뒤척인 끝에 어렵사리 도착한 서울에서, 진료일자가 하루 남아 바로 병원으로 향할 수 없었다.

나는 습관이 되어버린 최저가 소비 습관으로 온라인을 통해 저렴하게 인근 숙소를 예약하여 보냈는데 4시 이후 입실이 가능하다 하여, 아내는 도착 후 바로 숙소로 들어가지 못하는 상황이 발생했다. 아내가 그토록 아픈 상황이면, 돈이 두 배로 들더라도 혹은 추가금을 주고서라도 즉시 입실할 수 있는 다른 숙소를 잡거나 더 비싼 숙소를 구해서 잠시나마 편히 쉴 수 있도록 해줬을 텐데…. 아내가 통증으로 고통받는데도 그걸 해결해주지 못한 게 아직까지도 마음에 걸리고 미안한 마음이 든다. 아내는 아무 말 하지 않았지만 처형 입장에서는 많이 섭섭하셨을 것이다. 세 명의 암환자가 투병하는 와중에도 우리 가족의 노력 덕분에 이제는 치료하는 데에 있어 금전적인 부분에서는 처음 암투병을 시작할 때에 비하면, 걱정을 조금 덜하고 치료를 할 수 있는 수준까지 되었기 때문이다.

숙소뿐 아니라 꼭 필요한 소비를 하는 데에 있어서 단순히 돈을 아끼기 위한 것이 아니었다. 세 명의 암환자가 생존하기 위해 어쩔 수 없이 몸에 배어버린 습관이었다. 잠깐의 통증이 지나고 나면 아내가 그전처럼 다시 건강하게 돌아올 거라 믿었다. 끝나지 않을 것 같았던 긴 투병 생활에 대처하기 위해, 지금껏 할 수 있는 최선을 다해왔다.

특히 돈이 없어 치료를 하지 못하는 상황을 만들지 않기 위해 필수적으로 소비해야 하는 부분들의 선택에 있어서는 최저가로 구매하여 돈을 준비해놓을 수 있도록 모든 정보력을 바탕으로 절약해왔다.

하지만 더 이상 치료조차 할 수 없는 상황이 되어 모든 게 부질없이 되어버렸다는 것을 알았을 때 우리 가족이 덜 먹고 덜 써서 지금껏 모은 돈을 아내를 위해 쏟아붓기로 마음을 바꿨다. 아내가 조금이나마 더 편하도록 내가 할 수 있는 최고를 해줘야겠다고 생각을 바꾸게 되었다. 그렇게 다음날 아내는 상태가 더 심해져 예정된 진료 시간보다 더 일찍 급하게 응급실로 향했다.

아내의 통증이 심하다는 것은 그만큼 상황이 좋지 않다는 것임을 알고 있었지만, 당연히 이번 역시 통증도 방사선치료를 통해 줄이고, 암의 크기도 줄여갈 수 있다고 굳게 믿고 있었다. 하지만 아내와 함께 간 처형을 통해 들은 상황은 생각보다 매우 심각한 상황이었다.

아내의 통증이 너무 심했던 터인지라 걱정이 되어 늘 나에겐 아버지 같은 서울 삼촌께 아내의 상황을 말씀드린 후 아내의 현 상태에 대해 정확히 확인해주실 것을 부탁드렸다.

그런데 잠시 후 아내로부터 문자 한 통이 왔다. "삼촌께서 호스피스 병동에 나를 보내려고 생각하셔서 당황스러워." 하고 문자가 온 게 아닌가! 응급실에서의 하루가 지나 병실로 이동하였을 때 서울 삼촌께서 주치의를 통해 "마음의 준비를 하고, 호스피스 병동으로 가는 것이 지금으로서는 최선의 방법입니다."라는 이야기를 들었다고 전해주셨을 때 나는 그 말을 믿을 수도 인정할 수도 없었다. 애꿎은 삼촌께 따져 물으며 화를 내고 있었다.

"삼촌, 왜 삼촌 마음대로 판단하셔서 호스피스 병동으로 가라 하시는 겁니까?"

사실 나는 삼촌에게 화가 났다거나, 따져 묻고 싶은 것이 아니었다. 그냥 당시의 상황을 부정하고 싶었던 것이었다. 그냥 그 상황을 벗어나고 싶었던 것이었다. 회사에서 삼촌과 통화 후 일도 손에 잡히지 않고, 아무것도 할 수가 없었다. 그 길로 회사에 연차를 신청하여 다음 날 서울행 버스를 타고, 세브란스병원 암병동에 도착했다. 도착하여 주치의 선생님을 빨리 뵙고 싶었다. 마음이 다급했다. 아니라는 말을 듣고 싶었다. 괜찮을 거라는 말을 듣고 싶었다. 방법이 있을 거란 말을 듣고 싶었다.

하지만 나의 바람과 기대와는 정반대로 늘 밝은 표정으로 나에게 긍정적인 이야기를 해주셨던 주치의 안중배 선생님께서는 마음을 편하게 가지라고 이야기해주셨다. 아내의 회진이 끝난 후 주치의 선생님에게 면담을 요청하여 재차 물었다.

"한 달 정도 예상되지만, 젊기 때문에 더 살 수도 있고, 반대로 시간이 더 짧을 수도 있습니다."

그 이야기를 교수님을 통해 직접 듣고 난 후에는 눈물이 왈칵 쏟아졌다. 지금까지의 시간이 주마등처럼 스쳐지나가면서, 더 이상 이제 할 수 있는 것이 없다는 생각과 아내와의 마지막이 진짜 다가온다는 생각에 소리 내어 펑펑 울고 말았다.

그런 안중배 선생님은 나의 어깨를 만져주셨고 "아이들이 어리니깐 힘내세요."라고 진심으로 격려와 응원을 해주셨다. 나 역시 4기였던 아내를 지금까지 오게 해주신 안중배 교수님께 진심으로 감사했다고 인사 드리고, 교수님께 한 번 안아봐도 되겠느냐 여쭈었다. 교수님도 나를 따뜻하게 안아주셨다. 흐르는 눈물이 멈추지 않았다.

다시 한 번 감사하다는 인사를 교수님께 드리고는 정신을 차리기 위해 노력했다. 아내에게 이런 모습을 보이지 않으려고, 화장실에서 세수를 하고, 흐르는 눈물을 닦았다.

그리고 곧장 사회복지사 선생님께서 오셨고, 아내와의 이별 준비를 위한 절차에 대한 안내와 함께 아내의 컨디션이 허락한다면, 가족이 있는 가까운 병원으로 하루 빨리 옮기는 것이 좋겠다고 이야기하셨다. 그리고 아름다운 이별을 준비하기 위한 현실적인 이야기들을 하나씩 해나가고 있었고, 나는 하나하나 메모하며 마음의 준비를 하기 시작했다.

05.

시한부
판정

아내가 정말 짧은 시한부 선고를 받기 전까지는, 사실 가까운 친지와 지인들을 제외하고는 나뿐 아니라 아내의 투병 상황을 알리지 않았었다. 나도 아내도 건강하게 살 수 있다고 믿었고, 또 건강히 회복된다면 암환자였던 지난날들은 그저 스쳐지나간 과거의 일부이기 때문이다.

시한부 선고는 많은 데이터를 바탕으로 계산하여 선고하겠지만, 시한부를 선고하는 이유는 이후의 치료 목적이 치유를 지향하는 치료가 아닌 연명치료 그리고 마지막까지 삶의 질을 높여주는 치료로 바뀐다는 것을 공식화하는 데 있었다.

그리고 시한부 선고는 최대한 짧게 선고한다. 가령 3개월을 선고 받았는데, 환자가 3년 넘게 살아 있는 것은 문제가 되지 않는다. 오히려 나처럼 환자와 가족들은 선고받은 시간보다 오래 생존한 것에 감사할 것이다. 하지만 시한부 3개월을 선고받은 환자가 1달 안에 사망을 하게 된다면 원망의 소리나 책임 추궁을 당할 수 있기 때문이다.

그러므로 시한부는 죽기까지 남은 시간이 아니라, 확실히 살 수 있는 시간을 말한다. 이 시간을 잘 보내는 것이 환자와 가족들에게는 너무 중요하다. 더없이 소중한 시간이다. 아내와 아버지가 천국으로 가고 없는 지금, 시간을 함께 보낼 수 있다면, 그 시간의 가치는 얼마나 될까? 시한부 선고를 받고, 자책하고 슬퍼하기에는 시간이 길지 않다. 가족들과 행복한 시간, 소중한 추억을 만들 수 있는 게 무엇일까? 더욱더 많은 고민과 생각으로 잠 못 이루는 밤이었다.

내가 죽어?

사회복지사 선생님은 나와 가족들과의 면담뿐 아니라 곧장 아내에게도 본인의 몸 상태를 정확히 알려주고, 이별을 준비할 수 있도록 알려주고 가셨다. 사회복지사 선생님의 말씀을 들어보고 나니 왜 그렇게 하는지에 대한 이해가 되었다.

본인의 상태를 모르는 상태에서 갑작스런 죽음, 가족들과의 이별을 받아들이는 것은 남아 있는 우리 가족에게나 또 떠나야 하는 아내에게도 제대로 된 작별 인사도 못하고 가는 더 허망한 이별이 될 수 있다는 것을 깨달았다. 예상대로 아내는 어처구니가 없다는 반응이었다.

"저 선생님이 나보고 곧 죽을 수도 있다고 하는데 내가 죽어?"

아내의 질문에 어떤 대답을 해야 할지 순간 생각이 나지 않았다. "여보, 지금 건강 상태가 좋지 못하니깐 최악의 상황을 이야기해주신 것 같은데 그럴 수도 있다는 걸 감안하고 준비하면서, 열심히 치료해서 이겨나가면 될 것 같아." 하고 애써 나오는 울음을 참아가며 아내에게 거짓말을 이야기할 수밖에 없었다. 그리곤 멀리 떨어진 화장실로 달려가 흐르는 눈물을 들키지 않고 닦아내려했지만, 눈물이 멈추지 않았다.

아내도 의료진의 이야기와 나와 가족의 표정, 눈을 통해 아마 이 상황을 충분히 인지하였을 것이다. 나 역시도 이 현실을 받아들이기 싫고, 받아들일 수가 없는데 아내는 어떤 마음이었을까? 아내는 본인의 죽음을 받아들이지 못했다. 아니 받아들이기를 거부하였던 것 같다. 그게 나였더라도 같은 마음이었을 것이다.

그것은 아마도 아직 한참 어린 여덟 살 승준이와 여섯 살 예린이가 눈에 밟혀서이기도 하다.

아내의 상태를 듣고 나자 시간이 많지 않음에 마음이 조급했다. 하루라도 아이들에게 엄마의 얼굴을 더 보여주고 싶었고, 집에서 더 많은 시간을 아내와 함께 있고 싶었다.

하지만 현재의 몸 상태로는 집으로 갈 수 있는 상황이 아닌지라 지역 의료기관인 경상대 아름다운 (호스피스) 병동 관계자와 실시간으로 통화하며, 바로 전원 후 입원 치료를 받을 수 있도록 요청했다.

병동 관계자분들은 타 병원 환자이지만, 친절한 응대는 물론 호스피스 병동으로 전원할 수 있도록 여러모로 배려해주고 도와주었다.

서울 신촌 세브란스병원에서 경남 진주의 경상대병원으로는 사설 구급차를 이용할 수밖에 없었는데 그 비용이 60만 원이나 들었다. 하지만 더 이상 돈이 문제가 아니었다. 그보다 더 큰 문제는 아내의 건강 상태였다. 아내가 좁고 흔들리는 앰뷸런스에서 진주까지 무사히 갈 수 있는지도 문제였다. 다행히 주치의 선생님께서 레지던트 선생님을 동행해서 보내주시어, 의료진을 동행한 채 진주로 향했다.

아내의 건강 상태는 매우 좋지 않았다. 통증도 통증이지만 신체의 여러 기능들이 이미 많이 나빠진 상태라 구급차도 가다 서다를 반복하고,

중간에 상황이 여의치 않으면 지역 응급실로 들어가야 하는 상황이었다. 도로 위에서 아내를 객사로 보낼 수는 없기 때문이었다.

우리는 그렇게 험난한 진주행을 선택했다. 시간이 없었다. 그럴수록 나 역시 아이들이 더 눈에 밟혔고 아내 역시 마찬가지였다.

아내는 본인의 생사가 오가는 상황에도 정신이 들 때면 스마트폰을 들고, 아이들의 옷과 아이들에게 필요한 물품들을 살펴보고 주문했다. 마지막 순간까지도 아내는 아이들 생각뿐이었다. 본인을 위해서는 비싼 옷 한 번, 비싼 가방 한 번 안 산 인색한 사람이었다.

나 역시 마찬가지였다. 아마 그건 본인이 죽을 거라는 생각을 하지 않았기 때문에 우리가 더 열심히 사는 이유이기도 했다. 그런 아내를 위해 나는 하고 싶은 것들을 다 해주고 싶었다. 내가 할 수 있는 노력을 다해 좋은 집에 살게 해주고 싶었고, 좋은 차를 타게 해주고 싶었다. 좋은 음식을 먹여주고 싶었고, 좋은 병원에 데리고 가고 싶었다.

'나의 인생의 목표가 더 이상 없어지면 어떻게 하지?'라는 두려움이 밀려왔다. 하지만 우리는 서로가 이런 노력으로 함께하였기에 힘든 시간이었지만 그 시간마저 행복했고 이겨낼 수 있었다. 우여곡절 끝에 차 안에서 여러 번의 고비를 넘겨가며 사이렌을 켠 채 달린 구급차는 어렵게 진주 경상대병원 응급실에 도착할 수 있었다.

06.

오늘 넘기기 어려울 것 같습니다

아내와 함께 도착한 경상대병원 응급실은 마치 영화 속 한 장면처럼 긴박하게 돌아가고 있었다. 긴급 환자였기에 많은 의료진들이 모였고, 급하게 응급실 안으로 향했다.

이미 서울에서 많은 의료기기와 장치들을 달고 내려온 터라 침대로 이동 후에는 서울의 장비들을 모두 제거하고 경상대병원의 장비들로 교환하고 침대도 옮겨야 하는데, 아내의 상태가 너무 좋지 않았다. 이제 내가 할 수 있는 것이 아무것도 없다는 사실에 한없이 나약함을 느끼고 말았다. 아내가 시한부 판정을 받은 이후로는 정말 속이 타들어가는 심정이었다.

아내가 이렇게 아파하고, 힘든 시간을 보내고 있는데 내가 아무것도 할 수 없는 현실이 너무 서글펐다. 죽을 날만 기다리며 어떠한 희망도 가질 수 없는 사실이 그때까지의 투병 기간 중 가장 힘들게 만들었다.

60만 원이 드는 거금을 들여 응급차를 타고, 급히 집 근처 대학병원으로 내려온 이유는 아이들 때문이었다. 하루라도 더 아이들과 함께하고 싶었다. 아내 역시 마찬가지였으리라….

하지만 나의 바람과는 달리 경상대병원 응급실로 온 아내는 이미 좋지 않은 몸 상태로 장시간 이동하며 컨디션이 더 나빠진 상황이었다.

응급실의 담당 의사는 담담하게 이야기했다.

"상태가 너무 좋지 않아 오늘을 넘기지 못할 수도 있겠습니다."

정말 하늘이 무너지는 심정이었고, 앞이 보이지 않았다. 아무 생각도 나지 않았다. 어쩌면 마지막이 될지도 모르는 지금 이 순간에 안 좋은 모습이라도 아이들에게 엄마의 얼굴을 보여주어야겠다는 생각과 아내에게도 아이들을 보여주어야겠다는 생각밖에 없었다. 하지만 부모님들께서는 아이들이 충격받을까 봐 걱정하셨고, 또 한 가지 문제점은 응급실의 보호자 출입이 한 명으로 제한되어 있다는 것이었다.

집에서 아이들을 보살피고 있던 어머님의 마음도 얼마나 초조하고, 힘드셨을까? 6년이라는 시간을 매일같이 함께 생활하며, 힘들고 행복하고 또 즐겁고 때론 눈물 나던 그 모든 순간을 함께 동고동락했던 며느리, 어린 두 핏덩어리 아이들을 보면서 아버지의 죽음보다 며느리의 죽음을 앞두고 훨씬 더 힘들어하셨던 어머니셨다. 지금 이 순간 내가 할 수 있는 최선은 아내 곁을 지키며, 마지막이 될지 모르는 이 시간을 가족과 함께 보낼 수 있는 방법을 찾는 일이었다.

의사 선생님께 간곡히 부탁을 드리고 또 부탁드렸다. 지금 마지막이 될지 모르는데, 아이들이 어리니 얼굴만이라도 보고 엄마의 임종을 지킬 수 있도록 병실을 좀 내어달라고 간곡히 애원했다. 하지만 현재 병실도 없을뿐더러, 환자의 상태가 위중하여 응급실에서 일반 병실로 옮길 수 없다는 답변을 받았다. 응급실은 당직 의료진이 항상 모든 환자를 주시하고, 살펴보며 돌보고 있지만 병실은 그렇지 않다는 이유에서였다.

또 하나는 임종을 앞둔 환자를 병실로 옮기는 것 자체가 쉽지 않은 것도 있었다. 1인실이 아니라면 병실에 있는 다른 환자나 가족에게 미치는 부정적 영향도 무시할 수 없기 때문이다. 나는 응급실 당직 선생님께 눈물로 호소하고 또 부탁했다. 그리고 관련하여 요청할 수 있는 모든 사람을 찾아가 부탁하고 호소했다.

그러는 사이 아내의 상태는 갑자기 더 나빠지면서, 호흡이 가빠지고, 맥박이 느려지면서 아내의 초점이 점점 흐려지는 것이었다. 직감적으로 아내가 죽을 수도 있겠다는 생각이 들었다. 응급실 내에 모든 의료진이 또다시 다급히 뛰어와서 모여, 아내를 지키고 있었다. 내가 할 수 있는 건 기도와 아내에게 마지막일지도 모르기 때문에 내가 꼭 해주고 싶은 말은 해주는 것이었다.

"여보야, 많이 사랑해! 그리고 정말 고마워~ 나에게 좋은 친구, 좋은 아내로 지금껏 함께해줘서 너무너무 행복했어. 그리고 지금도 행복해. 다시 태어나도 꼭 우리 만나자. 승준이, 예린이 그리고 예쁜 우리 가정 만들 수 있게 해줘서 너무너무 고마워. 아무 걱정하지 마! 아이들은 앞으로도 행복하게 지낼 수 있도록 내가 최선을 다해서 돌볼게! 우리 모두 너무너무 보고 싶을 거야! 그리고 항상 그리울 거야! 우리 항상 같이 하자. 걱정하지 마! 영원히 함께할게. 천국에서 하루는 이승에서 10년이래, 먼저 가서 1주일만 있으면 내가 금방 따라갈게. 사랑해."

나의 외침이 너무 큰 소리였을까? 깨어난 후 아내는 나에게 신랑이 그렇게 울면서 소리치는데 도저히 눈을 감을 수 없었다고 이야기했다. 그리곤 나는 열심히 기도하기 시작했다.

"하나님, 그간 이 힘든 시기에 늘 저의 기도를, 우리의 기도를 들어주셨지 않습니까? 주님 덕분에 아내가 오랜 시간 우리 가정에 함께할 수 있었음에 감사드립니다. 주님, 하지만 한 가지 소원이 더 있습니다. 제발 아내가 다시 한 번 깨어나 아이들 얼굴을 보고 주님 곁에 갈 수 있도록 허락해주십시오. 간절히 기도드립니다. 아이들이 엄마 얼굴을 보고 갈 수 있도록 주님, 이번 한 번만 더 저의 기도를 들어주십시오. 간절히 기도드리고 또 기도드립니다."

호흡이 가쁘고 맥박이 없던 아내는 서서히 호흡이 돌아오고 맥박도 안정되었다. 나의 이야기와 나의 기도를 아내가 모두 들은 것인가? 하나님께서 나의 기도를 들어주셨던 걸까? 나는 두 가지 다라고 생각한다. 여전히 깨어나지는 못했지만, 이내 아내의 호흡과 맥박이 돌아온 것이다.

레지던트 선생님도 딱한 나의 사정을 직접 보고 들으면서, 새벽 시간이었지만 교수님께 직접 통화를 하며, 도와주기 위해 무단히 애썼고, 나의 눈물을 보며 같이 눈물을 흘려주시곤 했다. 지금도 이 레지던트 선생님께 감사한 마음이 너무나도 크다. 우리를 위해 노력해준 부분은 말할 것도 없거니와, 아픈 가족의 마음을 헤아려주고 같이 눈물 흘려주는, 환자의 보호자의 마음을 함께할 줄 아는 이분은 나중에 진정한 의사가 되리라 확신한다.

그렇게 응급실에서의 정신없는 하루를 어렵게 넘긴 우리는 죽을 고비를 겨우 넘기고, 다음 날 오전, 드디어 병실로 옮겨가게 되는 기적을 만들고 있었다.

07.

엄마, 좀 천천히 가면 안 돼?

어렵사리 병실로 가게 된 아내와 내가 간 곳은 일반 병실이 아닌 임종실이었다. 아내의 혈압과 맥박 호흡은 정상으로 돌아왔지만 산소호흡기에 의지하고 있었고, 의식도 없었다. 나는 그때 태어나 임종실이란 것이 있다는 것을 처음 알았다. 단순히 1인실인 줄 알았는데 병실에 TV 같은 것은 없고, 오디오에 찬송가와 불경 등의 CD가 구비되어 있었다. 일반 병실과는 크게 다를 바는 없었고 오히려 따뜻하고 온화한 느낌으로 병실 내부가 꾸며져 있었다.

임종실은 특별 침실이라고도 하는데, 병원에서 임종할 사람을 위해 마련해놓은 방을 말한다. 종합병원급의 병원이나 요양병원 등에는 필수로 운영하도록 되어 있는 곳이었다.

임종실로 옮기고 난 후 급히 어머니와 아이들을 호출했다. 드디어 노력 끝에 어머니와 아이들을 볼 수 있는 준비가 된 것이다. 그리고 부산에 있는 처가의 가족들에게도 연락하여, 이제 마지막일지도 모르니, 급히 오셔야겠다고 연락을 취했다.

지금껏 간절히 바라고, 노력해서 안 된 일이 없었다. 어렵사리 임종실로 올라온 뒤 나는 또 하나의 목표가 생겼다. 아내가 깨어나 다시 한 번 대화 나누고, 시간을 함께하는 꿈을 꾸게 되었다.

엄마에게 편지, 그리고 돈

어릴 때부터 엄마가 아파서 다른 아이들보다 더 많은 시간을 함께하고 돌봐주지 못했던 두 아이들은 어느새 훌쩍 자라 나이에 비해 생각이 굉장히 성숙하고, 어른스럽게 자라버렸다.

때론 주위의 지인들도 말씀하시길 어른스러워 대견하기도 하지만 너무 빨리 어른스러워져버린 그 모습이 안타깝기도 하다고 하셨는데 나 역시 마찬가지였다. 특히나 벌써 5학년이 되어버린 큰아들은 어느새 본인보다 주변 타인을 더 챙기고 배려할 만큼 철이 너무 많이 들어버렸다. 내가 아들을 이렇게 만들어버린 건 아닌가 하는 생각이 든다.

승준이에게는 엄마가 하늘로 갈 수 있다는 사실을 알려주었고, 아들도 그 사실을 인지할 수 있는 나이가 되었다. 어릴 때부터 유독 엄마를 잘 따랐고, 동생이 일찍 태어나 시기할 법도 했지만 시기하거나 질투 한 번 없이 동생을 잘 챙기고, 엄마의 빈자리에도 너무나도 잘 자라준 고마운 아들이다. 아들은 엄마가 많이 아프다는 것을 내가 알려주기 전부터 알고 있었고, 또 하늘나라에 갈 수도 있다는 사실도 이미 알고 있었다.

"승준아! 엄마가 많이 아파서 하늘나라 천국에 갈 수도 있을 것 같은데…."

이제 여덟 살밖에 안 된 어린 아들, 늘 씩씩하고 밝은 아들이지만 아들의 사슴 같은 두 눈망울에 눈물이 맺히기 시작했다.

"준아, 사람은 누구나 하늘나라에 가고, 또 엄마는 천국에 가는 거니깐 우리가 엄마를 자주 못 보는 게 섭섭하긴 하지만, 엄마에게는 좋은 일이잖아. 엄마 그동안 많이 아파서 힘들었는데 엄마 천국에 가면 이제 더 이상 아프지도 않고, 예전처럼 머리도 이쁘게 자라나고, 엄마가 더 행복할 수 있는 곳에 가는 거니깐 우리가 조금 아쉽고 섭섭하더라도, 너무 많이 울거나 슬퍼하지 않을 수 있지?"

그제야 아들은 눈물을 닦으며 물었다.

"아빠, 그러면 엄마 언제 천국에 가? 내일 가? 조금 천천히 가면 안 돼?"

나도 모르게 흐르는 눈물을 닦아냈다. 아들 앞에서 울지 않으려고 무단히 노력하였지만 흐르는 눈물을 도저히 막을 수 없었다. 애써 울지 않은 척하며 대답했다.

"하나님이 부르시면 갈 거야. 승준아. 조금 있다가 갈 수도 있고, 우리가 생각하는 것보다 엄마가 조금 더 빨리 갈 수도 있어."

이렇게 착한 우리 아들은 이날도 엄마에게 준다며, 손편지와 돼지 저금통의 돈을 모두 털어서 가지고 왔다. 엄마가 편지를 좋아한다는 사실을 알고 난 후부터는 자주 편지나 쪽지를 써주던 착한 아들이었다. 편지의 내용은 이랬다.

"엄마 건강하세요~ 엄마 사랑해요~ 낳아주셔서 감사합니다. 아프지 마세요. 정말정말 사랑해요~ 엄마 돈 드릴게요."

천국에 가는 엄마에게 용돈을 줄 생각을 한 기특한 아들을 보며, 병실에 있는 모든 가족들이 울지 않을 수가 없었다. 승준이의 편지와 엄마에게 준 용돈을 보며, 주위의 어른들이 모두 소리 내어 울기 시작했다. 아직 어린 예린이는 이 상황을 잘 모르는지 무겁고 숙연한 분위기가 어색한 듯 표정이 얼어 있었다. 아마도 그 분위기가 좋은 분위기가 아니라는 건 느껴졌기 때문일 것이다.

승준이와 예린이는 엄마의 손을 주물러주고, 따뜻이 안아주었다. 의식이 없는 아내였지만 아이들의 목소리와 스킨십에 아내는 조금씩 반응을 보였다. 이 세상의 모든 엄마들이 다 위대하다고 하지만, 아내는 정말 위대한 엄마이자, 대단한 아내였다. 다섯 번의 수술, 100번 넘는 항암치료와 방사선치료를 이겨낸 건 바로 아이들과 가족 덕분이었다. 이날도 아들의 편지와 용돈, 둘째 딸 그리고 모든 가족들이 임종실에 모여 간절히 바라고 기도했기 때문일까? 곧 임종을 맞이한다고 모든 가족이 모인 가운데 아내는 그렇게 임종실에서도 하루를 버티고, 또 그다음 날까지도 삶의 끈을 놓지 않은 채 힘겹게 버텨가고 있었다.

사투 속에 죽었다 살아나기를 반복하다

아내는 그렇게 응급실에서 하루 그리고 임종실에서 3일을 버티다 기적적으로 깨어났다. 하지만 또 다시 하루 만에 아내는 혈압이 떨어지고 호흡이 불규칙해지고 있었다. 간호사 및 주치의 역시 또 다시 오늘을 넘기지 못할 수 있다는 이야기를 했다.

한 번 들었던 이야기이고, 그럴 수도 있을 거라 생각했지만 그래도, 또 한 번의 기적을 경험하고, 희망을 품던 나에게는 여전히 듣기 싫은 이야기였고, 견디기 힘든 시간이었다. 그리곤 그날 새벽 아침 아내의 혈압 수치가 떨어지고, 호흡이 매우 불안정하여, 의료진은 또다시 마지막으로 보고 싶은 가족들을 모두 부르는 게 좋겠다고 했다. 또 한 번 새벽 시간에 집에 있는 어머니와 아이들을 황급히 불렀다. 이번에는 정말 시간이 더 급박하게 느껴졌다.

어머니에게도 재촉하고 또 재촉하여 서둘러 와야 아이들이 얼굴 한 번이라도 더 볼 수 있다고 전화 드렸다. 정말 이렇게 가버린다면 진짜 마지막 인사도 못 할지도 모른다는 생각에 택시 기사님을 바꿔달라고 하여 사정하고 또 부탁하여, 정신없이 병원으로 어머니와 아이들이 뛰어들어오고 있었다.

아들은 이번에도 손편지와 함께 엄마 곁으로 달려왔고, 둘째 역시도 삐뚤삐뚤하지만 '엄마 사랑해요'라는 메모를 손수 적어왔다. 어머니는 안타까운 눈물만 연이어 흘리시고, 며느리에게 "수고했다. 고맙다."라는 작별 인사를 하며, 사랑한다고 며느리를 안아주셨다.

금방이라도 숨이 멎을 것만 같았던 아내의 상태는 또다시 가족이 도착하여 온기를 불어넣는 순간 기적같이 다시 조금씩 살아 돌아오고 있었다. 줄어들었던 소변량과 짙어졌던 소변색이 옅어지기 시작했으며, 다시 한 번 맥박과 호흡이 정상으로 돌아오고 있었다.

아내의 삶에 대한 의지와 아이들에 대한 사랑 그리고 온 가족의 기도, 주님의 은혜 덕분이었다. 그렇게 아내는 또 한 번 사경을 헤매다 호흡을 되찾았고, 그날 저녁 급기야 아내는 다시 눈을 떴다. 그리곤 이번에는 의식까지 되찾았다. 정말 기적 같은 일이 벌어지고 있었다.

사실 뒤돌아 생각해보면 내가 아팠던 그 이후부터, 그리고 아버지, 아내가 투병하면서의 하루하루가 모두 기적 같은 날들이었다. 하지만 이번 경우는 더 특별하게 느껴졌다. 정말 이런 기적이 이어진다면 아내의 몸 속에 있는 암세포도 기적처럼 사라지면서 다시 살 수 있는 가망성이 단 1%도 없는 것은 아니지 않을까 하는 큰 기대를 가지게 되었다. 아니, 가지고 싶었다. 그렇게 깨어난 아내는 나와 아이들을 알아보곤 환히 웃어 주었다.

08.

마지막 희망

임종실에서의 1주일 그리고 다시 일반 병실로

병원을 통해 물어보지 않아 정확하진 않겠지만, 지금껏 경상대병원 내 임종실에서 가장 오래 생존하여 살았던 사람이 아내가 아닐까 싶다. 임종실은 정말 임종을 앞둔 환자들이 가는 곳이기 때문이다.

아내는 의식도 명확해지고, 호흡이나 맥박 등 전반적인 수치가 좋아지며, 서서히 다시 회복하고 있었다. 일반 병실이 아닌 임종실에 있었던 아내는 병원에서 "임종실에는 더 이상 오래 머무르기는 어려울 것 같습니다." 하며 일반 병실로 이동해야 한다고 이야기를 전해주셨다.

일반 병실로 이동한다는 것은 참으로 기쁜 일이지만 앞으로의 상태를 장담하지 못하는 상황에서 임종실은 1인실이라 편히 아이들이 자유롭게 왕래하며 사용할 수 있었는데, 아쉽게도 본 병원에 1인실이 남아 있지 않았다. 아내를 위해서는 모든 것을 쏟아붓겠다고 맹세한 나였지만 병실이 없는 탓에 결국 2인실 일반 병실로 이동하게 되었다.

아내는 소변줄 및 산소마스크를 착용하고 있었지만, 뚜렷하게 의식을 회복하였고, 폐가 좋지 못해 기침이 조금 있는 것 빼고는 서울에 가기 전처럼 명확한 의식으로 돌아와 나를 맞아주었다. 그리고 늘 그랬던 것처럼 아내가 서울 병원에 항암치료를 다녀온 그때처럼 더 건강한 몸으로 내 곁에 돌아올 것 같은 기분이 들었다. 아니 그런 상황이 일어나길 간절히 바라고 있었다.

드디어 완화 병동으로 입실하다

그렇게 2인 병실로 옮긴 지 하루 만에 호스피스 병동에, 그것도 하나밖에 없는 1인실 자리가 나오게 되었다. 간절히 바랐던 일들, 간절히 기도하고 꿈꿨던 일들은 이 순간 역시 우리 가족에게 어김없이 이루어지고 있었다.

수개월 이내 시한부 판정을 받으면 말기암환자로 분류된다. 나에게 닥치지 않을 거라 믿고, 알고 싶지도 않았던 호스피스 병동이었지만 막상 눈앞에 닥쳐서 알아보려 하니 정신이 없었다. 누구보다 긴박하고 어렵게 우리는 호스피스 병동을 갈 수 있게 되었기 때문이다. 완화 병동으로 옮기고 가장 좋은 점은 가족들이 자유롭게 면회하고, 또한 아내의 통증을 더 세밀하게 간호해줄 수 있는 부분이었다. 일반적으로는 수명 연장을 하지 않고, 고통을 덜어주는 완화 치료가 목적이기도 하지만, 생명 연장을 위한 치료 중에도 암으로 인한 통증이 너무 심하다면 주치의 및 호스피스 주치의 선생님과 진료 후 호스피스 병동을 이용하기를 추천한다.

아내는 서울에서 의료진에게 이제 이별을 준비해야 한다는 통보와 본인의 몸 상태를 듣고, 그 후 경상대병원으로 전원하여서도, 죽을 고비를 몇 번이나 넘기고, 결국 호스피스 병동까지 올 수 있었다. 와서도 삶에 대한 희망의 끈을 놓지 않았다.

나 역시 마찬가지였다. 많은 기적들로 인해 다시 희망을 가질 수 있었기 때문이다. 통증에 대한 적절한 치료가 호스피스 병동에서는 잘 이루어졌기에 암세포가 많이 퍼져 있던 등의 통증을 거의 느끼지 못할 만큼 아내는 평온한 시간을 보내고 있었다.

나 또한 다시 평온한 모습으로 돌아온 아내를 보며, 또 한 번의 기적이 일어날 수도 있다는 희망과 기대를 가지고 있었다. 오늘을 넘기지 못한다는 의료진의 예상을 두 번이나 비껴가며, 기적처럼 일어난 아내를 보면서, 그리고 1년밖에 살지 못한다던 아내가 만 6년 가까이 살아온 지금의 기적을 떠올리며 아내와 나는 다시 한 번 희망을 품게 되었다.

아내도 모처럼 깨어나 의식도 찾고, 통증에서 벗어나 평온한 얼굴이었지만, 나에게 "빨리 방사선도 해야 하고, 근본적인 치료를 해야 병도 나아가면서 퇴원도 하고 집에 돌아갈 텐데…." 하며 걱정스러운 표정으로 이야기했다. 의식을 또렷이 되찾은 아내는 여전히 삶의 끈을 놓치도, 놓고 싶지도 않았던 것이다. 이제 막 깨어난 아내에게 나는 현실을 있는 그대로 이야기할 수 없었다.

"여보~ 일단 몸부터 추스르고 지금처럼 잘 이겨나가면 다시 방사선 치료도 받고, 암의 크기도 줄이고, 또 퇴원도 해서 집에 금방 갈 수 있을 거야."

죽었다 생각한 아내와 오랜만에 이런저런 많은 대화를 나누며, 호스피스 병동에서의 하루가 지나가고, 그렇게 새로운 완화 병동에서 새로운 생활이 시작되었다.

아내를 위해 아이들을 위해 우리는 완화 병동 내 유일한 1인실을 사용했다. 우리집이 경제적 여유가 있어서가 아니었다. 일부 보험으로 병원비를 지원 받을 수 있는 부분도 있었지만, 어린 두 자녀와 가족들이 언제든 편하게 아내와 시간을 보내도록 하는 것, 아내가 편하게 지낼 수 있는 것이 그때의 나에게는 가장 가치 있는 일, 돈보다 더 우선적인 일이었기 때문이다.

나는 아내가 의식이 돌아온 후로 큰아들과 함께 병원에서 생활을 시작했다. 그 이유는 단 한 가지였다. 이제 시간이 얼마 남지 않았기 때문이다. 유독 엄마의 사랑을 많이 받기도 하였고, 너무 어른스럽게 잘 자라줘서 미안한 아들에게 해줄 수 있는 마지막 선물 같은 시간이었다. 아내가 깨어난 후 아내도 물론 그랬겠지만 내가 행복했던 이유는 경상대병원 호스피스 병동에 있으며, 아내의 통증을 거의 완벽하게 조절할 수 있었던 것이다.

마약성 강한 진통제 덕이긴 하겠지만 아내가 아프지 않은 모습만으로도 너무 행복한 시간이었다. 또한 아내와 다시 대화를 나눌 수 있다는 것만으로도 기적 같은 시간들이었다.

오랜만에 아내가 아프지 않고 편안한 모습을 보니 그보다 더 행복할 수가 없었다. 그리고 입맛이 조금 돌아온 아내에게 먹고 싶은 것들을 다 사주고, 해주고 싶었다. 아내는 임신을 하였을 때도 그랬지만, 고생하는 나를 배려해서 늘 먹고 싶은 것이 없다고 말하는 사람이었다. 아무거나 다 괜찮다고 말하는 사람이었다. 늘 괜찮다며, 지금도 충분히 잘 먹고 있어서 딱히 먹고 싶은 게 없다고, 본인보다 나를 더 배려하고 생각했던 착한 아내.

그런 아내가 깨어난 다음날 병원에서 나온 죽을 먹고 난 후, 나에게 처음 먹고 싶다고 말한 음식이 있었는데 그것은 라면이었다. 기분이 묘했다. 아버지 역시 돌아가시기 전 라면을 언급하셨던 일이 떠올라 나는 이번만은 아내를 위해 꼭 라면을 끓여주리라 약속했다. 사실 취사가 금지된 병실은 컵라면 외에는 방법이 없었지만 나는 아내에게 세상에서 가장 특별한 라면을 끓여주고 싶었다. 맛있으면서도 건강도 챙길 수 있고, 특별한 기억이 남는 라면을 만들어주고 싶었다.

어머니에게 부탁하여, 집에서 1회용 가스버너와 냄비를 챙겨와서, 아이들과 함께 라면 끓이기 프로젝트에 돌입했다. 먼저 마트에서, 건강에 좋은 전복과 해산물 등을 구매한 후 라면을 사서, 직접 라면을 끓이기 시작했다.

물론 병원에서 취사를 하는 것을 절대 해서는 안 되는 일이다. 하지만 1인실을 사용하였기에, 그리고 아내가 깨어난 후 처음으로 먹고 싶다고 한 음식인 라면을 컵라면으로 대충 주고 싶지 않았기 때문에 나는 내가 할 수 있는 최선의 노력을 하기로 했다.

급하게 사온 전복과 해산물을 깨끗이 씻고 넣어 혹시나 병실에 누가 올까 눈치를 보면서 라면 끓이기 작전이 시작되었다.

중간에 간호사 선생님 및 병원 관계자가 올까 조마조마했지만, 라면은 조리 시간이 많이 걸리지 않아 짧은 시간에 '전복 해물라면'을 완성할 수 있었고, 아내와 아이들에게 라면을 퍼다 주었다. 라면이 먹고 싶다던 아내였지만 막상 라면을 만들어주어도 많이 먹진 못했다. 하지만 아이들과 함께 정성으로 만든 라면을 맛있게 먹어주는 모습에 먹지 않아도 배가 부를 만큼 더 없이 행복한 시간이었다.

얼마 남지 않은 시간이었지만 아내를 위해서, 그것도 병원에서 끓인 세상에서 단 하나뿐인 전복 라면은 우리에게는 평생 기억에 남을 행복 라면이었다.

마지막까지 큰 힘을 주었던 금산교회 교인들

시한부 판정 후 언제 어떻게 될지 모를 아내의 건강 상태를 목사님 및 교회 관계자분들께 말씀드린 후로는, 매일매일 목사님과 전도사님 그리고 교회의 지인분들이 찾아와주셨다. 아내가 깨어 있을 때나 또한 뇌 전이로 인해 아내가 깨어나지 못할 때도, 늘 한결같이 찾아와 아내와 우리 가족을 위해 기도해주셨다. 깨어나지 못하고 누워만 있는 아내를 간호하며, 하루하루 지켜보는 것 외에 아무것도 해줄 수 없는 무력함을 느끼며 지쳐가던 나에게 그 시간은 큰 위안이 되었다. 물론 아내에게도 마찬가지였을 것이다.

다시금 의식을 잃어버린 아내에게 내가 해줄 수 있는 것이라곤 아내의 소변을 비워주는 것, 얼굴과 몸을 닦아주는 것, 그리고 몸이 굳지 않도록 안마를 해주는 것밖에 없었다. 그것밖에 해줄 수 없다는 그 사실이 너무 힘들었지만, 그거라도 해줄 수 있는 그 시간마저도 나에게는 너무나도 소중한 시간이었다. 그리고 행복한 순간이었다.

어머니가 오실 때면 아내가 이렇게 누워만 있다 하더라도, 정신만 돌아와서 함께 있어준다면 평생을 이렇게 보내도 좋겠다 하며, 대화를 나누곤 했다. 어머니 역시 이렇게 착한 며느리를 하나님이 꼭 필요하다 하셔도 빨리 데려가셔야 하느냐며, 그래도 조금만 더 우리 곁에 있게 해달라고 기도를 드리셨다.

아프고 난 후부터는 교회를 빼먹지 않고 참 열심히 다니던 아내였다. 아내와는 이사 그리고 병원 입원으로 인해 뜻하지 않게 금산교회 예배에 참여하지 못하게 되었다. 대신 병원에 있는 참 많은 교회를 나와 함께했다. 여러 교회 중 우리가 교인으로 등록하여 열심히 다녔던 금산 교회를 통해 참 좋은 사람들도 많이 만나고, 행복한 순간들을 함께 기뻐해주는 이웃들이 생기게 되었다. 그 시간들로 인해 우리는 더 열심히 투병을 할 수 있었다.

항상 헌신적인 사랑으로 대해주시는 목사님의 기도는 고통 중에 있는 아내와 나 그리고 우리 가족에게 더 없이 큰 힘이 되었고, 또한 사랑으로 우리 가족을 위로해주시고, 함께해준 금산교회 교인분들 모두에게 이 지면을 빌려 다시 한 번 감사를 드린다.

09.

아내의 임종을
지키고 싶습니다

나는 이 말을 믿는다.

"좋은 사람에게는 좋은 사람이 늘 함께한다."

그래서 내가 늘 좋은 사람이 되고자 노력하며 살아왔다. 완벽한 사람이 될 수는 없겠지만 좋은 사람으로 주변에 좋은 영향을 주는 사람이 되고자 노력하며 지냈다. 회사에서는 본부장님을 비롯해 팀장님 등 조직의 모든 구성원들이 정말 많은 도움을 주었다.

아내의 병원 치료에 더 이상의 쓸 약이 없어, 내가 할 수 있는 마지막 노력이 아내가 원하는 공기 좋은 곳에서, 전원생활을 하며 요양하는 것이었다.

회사에서는 경남 진주 지역을 그간 부산에서 출퇴근 형태로 운영하였으나, 임시 POST 운영 형태로 상주하여 근무할 수 있도록 배려해주었다. 그 덕분에 우리 가족은 2014년부터 부산을 떠나, 진주로 이사하여, 전원주택 단지에서 투병 생활을 이어갈 수 있었다.

사실 당시 더 이상 방법이 없다면 퇴사까지 결심하고 있었던 나였다. 아내를 위해서 할 수 있는 모든 걸 다 해야겠다는 생각이 간절하였기에…. 직장의 단절 없이 경제 활동과 아내의 병간호를 함께 병행할 수 있는 유일한 곳이었던 진주.

당시 회사에서는 어려운 구성원의 사정을 보고, 정말 힘든 결정을 내려주었다. 또한 이후 아내의 상태가 급격이 나빠졌을 때도 마찬가지였다.

"아내의 임종을 지키고 싶습니다."

임종을 앞둔 상황에 호스피스 병동에서 발만 동동 구르고 있던 그때도 마찬가지였다. 회사는 여름휴가와 남은 연차를 모두 몰아서 쓸 수 있도록 배려해주었고, 아내의 마지막을 함께할 수 있도록 도와주었다.

아내의 마지막이 외롭지 않도록 임종을 지킬 수 있게 해주었고, 아내와 얼마 남지 않은 시간을 함께할 수 있도록 배려해주었다. 이는 어떠한 금전적인 가치와도 비교할 수 없는 것이었다. 좋은 조직에 좋은 동료들의 도움이 있었기에, 아내도 나도 우리 가족이 더 열심히 최선을 다해 살 수 있었고, 그 결과 대장암 4기에 평균적으로 예상하는 수명보다 훨씬 오랜 시간을 함께할 수 있었다고 믿는다.

침대를 이동하여 봄의 꽃내음을 맡다

경상대병원에서도 역시 친절하고 마음 따뜻한 간호사 선생님 덕분에, 아내의 정신이 가끔씩 돌아올 때마다 나와 우리 모두에게 좋은 추억을 만들고 싶었다. 생각해보면 그렇다. 아내와 함께 온 진주에서 집도 이쁘게 꾸미고, 집에서 많은 추억을 남기는 일들도 많았지만, 그 기억이 오래 남지 않는 이유가 있다. 여행을 많이 다녔던 이유이기도 하다. 새로운 장소에서의 새로운 기억이 우리 머릿속에, 우리 마음속에 더 오래 남기 때문이다.

호스피스 병동에 있으면서도 아내는 침대에 여러 가지 의료 보조기구들을 착용하고 있었다. 그래도 4월의 봄내음을 아내에게 맡게 해주고 싶었다. 임종을 앞둔 아내였지만, 간호사 선생님 및 봉사활동 하시는 분들께 아내에게 봄의 기운과 냄새를 맡게 해주고 싶다고 부탁드렸더니 간호사 선생님께서 흔쾌히 도와주시겠다고 하시어, 여러 각종 의료 장비가 달려 있던 아내의 병상 침대를 그대로 이동시켜, 1층으로 내려왔다.

비록 병원 로비 1층 입구가 다였지만 , 4월의 봄 날씨 그리고 공기가 약간 차갑긴 해도, 밝은 햇살과 이쁘게 피어난 꽃들을 통해 봄을 느끼기에 충분했다. 그렇게 그 4월의 어느 하루도 우리에게 소중한 추억의 한 장을 장식하며, 시간은 지나가고 있었다.

병동 내 사회복지사 선생님과 간호사 선생님은 우리 젊은 부부의 안타까운 사연을 접하고는 아이들에게 엄마에 대한 추억을 남길 수 있도록 동영상 제작 서비스를 지원해주었다. 온 가족이 모여 병원에서 다 함께 가족사진 및 식사할 수 있는 프로그램도 제안했지만, 나는 아이들에게 엄마에 대한 기억을 남겨주는 것이 우리에게 더 의미 있는 일이라는 생각에서였다. 아내에게 이야기하였더니 아내 역시 그거부터 하자고 이야기했다.

환자복이 아닌 집에 있는 이쁜 옷과 가발도 챙기고, 아내가 평소 쓰던 화장품을 챙겨서 병동에서 마련해준 기도실을 이쁘게 꾸며 아이들을 위한 메시지를 남기기기로 했다. 눈물이 많은 나는 촬영 내내 더욱이 아내 앞에서 눈물을 흘리지 않으려 노력하였지만, 쉽지 않았다. 애써 참아낸 눈물이 조금씩 떨어지려 할 때 아내 몰래 후딱 소매로 눈물을 닦아내곤 했지만 나중에 찍어놓은 영상을 보니, 부어 있는 눈과 붉은 눈시울에 맺혀 있는 눈물은 감출 수가 없었다.

아내는 몸도 힘들고 폐가 안 좋아 숨 쉬는 것도 산소호흡기를 통해 어렵게 하는 그 상황에서도, 혼신의 힘을 다해 촬영에 임했다. 산소호흡기도 잠깐 제거하고, 촬영 내내 웃는 얼굴을 아이들에게 보여주기 위해 최선을 다했다. 영상을 보니 아내의 눈에도 눈물이 고여 있었다. 아내 역시 나처럼 흐르는 눈물을 참고, 아이들을 위해 그 시간에 임했을 것이다.

영상을 찍으며 아내 역시 시간이 얼마 남지 않았다는 것을 이제는 확실하게 인지하고 있었다. 촬영은 매년 돌아오는 아이들의 생일과 입학, 졸업, 먼 훗날 있을 결혼식, 그리고 미래에 태어날 손주, 손녀 탄생을 축하하는 메시지까지 넣어 마쳤다.

나는 찍으면서도 서글펐지만, 훗날 이 영상을 틀어주지 않을 수 있는 기적을 하나님께서 주시기를 간절히 기도하며, 영상 촬영에 임했다.

아이들에게는 이 영상을 내년부터 보여줘도 될까? 아니면 시간이 조금 더 지나서 보여주는 게 맞는 걸까? 고민스러웠다. 할머니와 내 주위에 좋은 지인들이 아이들이 밝게 클 수 있도록 엄마의 빈자리로 슬퍼하지 않도록 최선을 다하고 있는데, 이 영상이 잘 이겨내온 아이들에게 엄마를 너무 그립게 만드는 계기가 되는 것은 아닐까? 혹은 그 그리움으로 힘들어하진 않을까? 하는 걱정이 앞서기도 했다.

어른이 된 나도 아내의 기억이 떠오를 때면 힘들다. 그리고 마음 한구

석이 아프다. 그래서 집안 곳곳에 위치했었던 아내의 사진과 아내와의 추억들을 모두 숨겨놓았다. 사실 아내가 없기 전까지는 그 기억을 오래도록 간직하고 싶었다. 하지만 현실은 그렇지 못했다.

인생에 있어서 정답은 없다. 여러 개의 해답만 있을 뿐! 나는 과거에도 지금도 현재의 우리 아이들, 내 가족이 가장 행복할 수 있는 길이라고 믿는 것에 늘 그래왔던 것처럼 최선을 다하며 살고 있다. 영상은 아이들에게 매년 생일마다 보여주곤 있는데 내 걱정과는 다르게 이 영상이 아이들에게 더 좋은 힘이 되어주고 있다.

기적일까? '현재 상태면 외출, 외박 다녀오셔도 되겠습니다'

정말 기적 같은 일이었다. 죽었다가 깨어난 아내가 또다시 서서히 몸 상태가 회복되고 있었다. 짙어졌던 소변색도 돌아오고, 호흡과 맥박이 천천히 정상으로 돌아와 산소호흡기도 제거하고, 소변줄도 제거하는 상태까지 진전된 것이다.

아내는 조금 힘들어하고 피로해하였지만, 진통제를 잘 활용하여 몸의 통증도 관리해가며, 모처럼 편안한 모습이었다. 나는 그런 아내를 데리고 빨리 산책을 나가고 싶었다. 날씨가 아직은 쌀쌀하였지만 오랜만에 깨어난 아내 그리고 몸속에 여러 의료 장비들을 다 털어버리고 함께 손을 꼭 잡고 산책을 함께 하고 싶었던 것이다. 어쩌면 이전까지는 아주 평범한 일이었지만, 다시 건강해진 아내와 평범한 일상을 함께 하고 싶었던 아주 큰 내 욕심일 수도 있었다.

봄을 맞이하려고 준비하는 그 계절은 병원을 둘러싼 가로수에 많은 벚꽃을 한창 피우고 있었다. 우리는 비록 휠체어였지만 아내와 병원 내 주차장을 돌면서 실컷 벚꽃 구경을 하곤 다시 병실로 돌아왔다. 그리고 주치의 선생님 회진 시간에 현재의 상태를 말씀드리고, 주말에 아내를 데리고 집에 다녀오고 싶다고 말씀드렸다. 다시 깨어난 후 병원 생활이 길어지며 집에 가고 싶어 하던 아내였다. 부산 처가로 내려간 이후 거의 2달 여간 집을 떠나 있었던 것이다.

암 수술을 포함한 병원의 많은 치료 중에도 이렇게나 길게 아내가 집을 비운 적은 없었다. 아버지 임종 전에도 마찬가지였지만, 집을 많이 그리워하며 병원에서 집으로 돌아가고 싶어 했다. 주치의 선생님은 지금 몸 상태라면 외출, 외박 충분하다고 말씀해주셨다. 이 기쁜 소식을 모든 가족들에게 전했다.

"지금껏 많은 기적이 있었습니다. 두 번이나 이미 죽었다가 돌아온 아내입니다! 다시 또 더 큰 기적이 일어나지 말란 법도 없을 것 같습니다. 이번 주에 우리 외출 신청해서 집으로 돌아갑니다!"

엄마 곁을 지켰던 착한 아들 병동 마스코트 승준이

승준이가 두 살 때부터 엄마가 아팠으니, 승준이가 세상을 알 때쯤부터 나와 아내는 계속 투병 생활을 해나가고 있었다. 물론 아내 역시 밝고 긍정적인 사람이라 아이들에게 늘 밝은 모습을 보여주려 노력하였지만, 100번이 넘는 항암치료와 다섯 번의 수술을 하는 동안 어쩔 수 없이 많은 시간을 아이들과 떨어져 지낼 수밖에 없었다. 아내와 서울의 병원에 갈 때면 이제 막 걸음마를 떼고 걷던 첫째 아들을 참 많이 데리고 다녔다.

기차 타는 것을 유독 좋아했던 아들은 서울 가는 것을 무척이나 좋아했다. 엄마와 함께 병원에 아들이 함께 갈 때는 아내는 늘 몸이 힘들고, 아프고, 피곤해도 승준이에게 좋은 추억을 만들어 주고자 노력했다.

그래서 아들이 서울 병원에 함께할 때면 우리는 늘 근처에 있는 공원이나 키즈 까페, 놀이공원을 데려가려고 노력했다. 아들에게는 엄마와 함께 간 서울 병원 투어가 좋은 추억으로 남아 있을 것이다. 엄마의 부재로 어른스러운 아들은 뭐든 혼자서도 척척 잘 해내고, 늘 본인보다 다른 사람을 많이 배려하는 여덟 살 같지 않은 아들이다. 엄마의 좋은 성격을 닮아서이기도 할 것이다.

그런 승준이는 엄마가 깨어난 이후로부터 집에 가지 않고, 나와 호스피스 병동에서 함께 생활했다. 좁은 병실 안에 있는 것이 지루하기도 하고, 심심하기도 할 텐데, 잠자리도 불편하고 모든 것이 편치 않았을 그 병실에서 아들은 아빠를 도와주고, 아빠는 아들을 도와 엄마와 함께 병동에서 생활을 시작했다. 병원에서 등하교를 하며, 엄마, 아빠가 있는 그 병실은 우리의 집이 되어가고 있었다.

식사는 병원에서 나오는 보호자 식사를 신청하여, 어머니께서 추가로 만들어주신 밑반찬과 함께 식사를 하였고, 병원 내에 샤워실이 잘되어 있어 생활하는 데 큰 불편함은 없었지만, 어린 아들에게 병실 생활을 하게 하는 것이 미안한 일이었다. 엄마, 아빠와 함께 생활해줘서 너무 대견하고 든든하며, 자랑스러웠던 첫째 우리 승준이!

어머니를 비롯한 어른들은 아이들이 병원에 있는 게 좋지 않다고 말리셨지만, 엄마 곁을 지키고, 아빠를 도와주겠다는 어린 아들의 의지는 확고했다. 그렇게 아들과 나 아내 이렇게 셋이서 경상대병원의 아름다운 병동에서의 동거 생활이 시작되었다.

여덟 살 꼬마 아이가 엄마 곁을 지키는 모습을 보고는 의료진이나 병원에 계신 분들이 대견하다며 칭찬해주었고, 인사성이 바르며 착하고 씩씩한 아들은 어느새 호스피스 병동의 마스코트가 되었다.

10.

이젠 안녕, 최선을 다했던 나의 아내 박현주

호스피스 병동에서의 생활이 약 20여 일쯤 지나서였다. 아내의 몸이 계속해서 좋아질 거라는 기대 때문에 아내와 나는 토요일에 외출하여 하루를 집에서 자고 다시 병원으로 오려고 계획을 세웠다.

그런데 토요일부터 아내의 몸 상태가 서서히 나빠지기 시작했다. 아내는 컨디션이 안 좋은 거니깐 그냥 오늘은 병원에서 쉬고, 내일이나 모레 외출을 하자고 하여 그러자고 했다. 그런데 다음날도 아내의 컨디션은 돌아오지 않았다. 그리고는 갑작스럽게 경련이 오기 시작했다. 뇌 경련이었다. 경련도 문제지만 더 큰 문제는 경련의 속도였다. 아내는 2분은 정상적으로 있다가 또 2분은 심하게 경련을 하고 있었다.

급히 의료진을 불렀다. 경련과 관련 약제를 투여했지만 아내의 경련에 차도가 없었다. 급기야 신경외과 교수님에게 협진을 요청하여, 확인해보았지만 일전에 뇌 수술을 했던 곳에 재발했을 가능성이 크다며, 원하시면 검사를 통해 확인해보겠지만, 지금으로써는 이러한 검사들이 환자를 더 힘들게 할 수도 있다는 답변만 돌아오고 있었다. 문제는 뇌뿐만 아니라 폐 쪽에 있던 암의 크기도 커지면서, 여생이 점점 줄어들고 있다는 것이었다.

뇌 쪽에 이상이 오니, 다른 방법이 없었다. 잠깐의 경련 후 다시 의식이 돌아온 아내는 괜찮다고, 아무 기억이 나지 않는다며, 힘들지 않다고 했지만 그것을 지켜보는 가족들은 너무 힘든 시간이었다.

결국 경련을 줄이는 방법은 진정제를 투여하여, 아내를 재우는 방법밖에 없는데 그럴 경우 깨어나지 못할 수도 있다는 답변을 들었지만 가족들과 상의 후 아내를 편안하게 해주는 게 현재로선 최선의 방법이라 판단했다.

이제는 더 이상 아내를 위해 할 수 있는 게 없었다. 그리고 아내와 함께할 수 있는 것도 없었다. 진정제를 투여한 후 아내는 깊은 잠에 들었다. 아내는 이미 임종과 관련한 각종 증상을 보이고 있었다.

지금껏 아내의 투병을 함께하며, 한 번도 힘들다고 생각한 적이 없었다. 인간은 적응에 빠른 동물이라, 내가 처한 상황이 힘들다 생각하면 힘들고, 힘들지 않다 생각하면 힘들지 않다. 뭐든 처음이 힘들지 익숙해지면 당연한 것이 되어버리고, 쉬운 일이 되어버린다. 아내의 투병 생활의 간호도 마찬가지였다.

아내와 함께하는 서울, 하동, 부산 등 여러 병원을 쉼 없이 다니면서도 힘든 적이 없었다. 힘들다고 생각하지 않아서이기도 하지만 이 힘든 시간 뒤에 좋은 시간이 올 거란 기대와 목표 그리고 희망이 있었기 때문이다.

진정제 투여 후 잠든 아내와 있는 시간은 너무나도 힘든 시간이었다. 아내의 생각을 물을 수도 없었고, 아내와 추억을 공유할 수도 없었으며, 아내와 대화를 나눌 수도 없는 그 시간, 아내의 죽음을 기다리는 그 시간은 너무나도 서글프고, 답답하고, 힘든 시간이었다.

그렇게 아내는 진정제에 의해 잠이 든 후 다시 깨어나지 못하고 약 2주를 더 버티다 2017년 5월 8일 어버이날에 천국으로 갔다.

주변 지인 중에는 아이들에게 엄마의 기일을 기억하기 쉽게 그리고 어버이날에 함께할 수 있도록 좋은 날에 갔다고 하고, 또 다른 이들은 어버이날에, 부모님 가슴을 더 아프게 하는 날에 갔다고도 했다.

이젠 안녕, 최선을 다했던 나의 아내 박현주

오랜 시간 병마와 싸워가며, 최선을 다해온 아내였지만 그런 아내는 글을 쓰는 지금 우리 가족 곁에 없다. 완치 수기를 작성하고 싶다던 그녀의 바람은 이루어지지 않았지만, 그녀가 꿈꾸던 완치를 위해 해왔던 노력들, 그리고 그 과정에서 얻은 암과 관련한 많은 정보들과 경험담, 암치료 및 암을 이기고자 하는 모든 분들에게 우리 가족의 13년 간의 기록과 모든 경험을 공유하고자 책을 쓰게 되었다.

그리고 아내가 나에게 남긴 유산. 그녀가 남몰래 하고 있던 후원과 봉사들을 남아 있는 내가 대신 이어가고자 하는 소명을 가지게 되었다. 비록 아내가 꿈꾸던 나와 아내 모두의 투병 성공 스토리를 전하지는 못하였지만, 암투병으로 고생하는 환자뿐만 아니라 어쩌면 더 애태우며, 지켜보며, 가슴 졸이는 암환자들의 보호자를 위해 오랜 시간 모아온 정보와 경험을 이 책에 담아 선물하고 싶다.

나는 나의 아내 박현주가 너무나도 자랑스럽고, 사랑스러우며, 감사하다. 그의 남편으로 인생에 한순간을 살 수 있었던 것은 내 인생에서 가장 큰 행운이었다. 아내는 엄마로서, 아내로서, 며느리로서, 모든 자리에서 늘 최선을 다하는 사람이었고, 각각의 역할에서 늘 최고였던 사람이었다. 그녀와 함께했던 투병 기간은 힘든 시간이 아니라 행복했던 시간이었고, 한순간 한순간이 즐거웠던 순간이었다. 아내는 결국 투병 6년차에 첫째의 초등학교 입학식까지만 함께하고는 5월 8일 어버이날에 세상을 떠나고 말았다.

장례식

이제 여덟 살, 여섯 살이 된 아이들은 이 상황이 어떤 상황인지 어리둥절했을 것이다. 나는 병원에서 일러준 대로 큰아이와 작은아이에게 차근차근 상황을 설명해주었지만, 이제 여섯 살이 된 둘째는 그저 친척들이 많이 찾아오고, 시간을 함께 보내고 있으니 엄마가 하늘나라에 간 줄도 모른 채 있었다.

그런 둘째는 장례식장에 계속 두지 않고, 친지들이 집으로 데려와 할머니와 친척들이 돌아가면서 돌보았다. 첫째는 이미 엄마와의 이별을 준비할 수 있도록 많은 대화를 나누었고, 호스피스 병동에서 의식이 없는 엄마와 계속된 시간을 통해, 엄마와의 이별을 실감하고 있었다. 하지만 아이가 엄마가 이 세상에 없다는 것을 제대로 인지하게 된 것은 아내가 죽은 날이 아닌 아내의 입관식에서였다.

입관식에 첫째를 데리고 가는 것을 고민했지만 그래도 엄마의 마지막 모습이기에 아이를 포함한 가족 모두가 참석했다. 아내는 이미 살아 있을 때 아내의 모습이 아니었다. 평소 모습이 아닌 관 속에서 망자가 하는 낯선 화장을 하고, 삼베옷을 입고 있는 모습에 아이는 많이 놀라기도 하고, 그 모습을 보고 오열하는 어른들의 모습에 적지 않은 충격을 받은 듯했다. 아들은 평소하지 않던 과격한 행동을 하고, 엄마의 죽음을 받아들일 수 없다는 듯 씩씩대며 화를 내고 있었다. 아들에게 트라우마가 될 수도 있겠지만 그렇다고 엄마의 마지막 모습을 보여주지 않을 수도 없었다.

죽음을 맞이한 엄마의 모습 역시 우리 아들에게 엄마의 모습이기 때문이다. 그런 승준이를 더 따뜻하게 안아주고, 사랑한다고 속삭여주며, 괜찮다고 다독여주었다. 그리고 시간이 좀 지나 아이들에게 입관식에서 엄마의 모습을 물어보니 둘째 아이에게는 그 모습조차 아름다웠다고 말한다. 의사를 불러 엄마를 살리고, 또 엄마를 안아주고 싶었다고 한다.

엄마와의 관계가 어떤 아이들보다 좋았던 우리 아이들 그리고 누구보다 아이들을 향한 사랑이 간절했던 그녀였기에 그날 아내의 입관식에서의 모습은 무서운 모습이 아닌 아름다운 모습으로 영원히 기억될 것이다.

생각해보면 우리나라는 너무 죽음을 두려워하고, 금기시해왔던 것 같다. 죽음 역시 삶의 일부이다. 외국의 경우는 투명한 관에 얼굴을 보이게 해서 작별인사를 하기도 한다. 목사인 삼촌께서도 늘 죽음은 끝이 아니라, 새로운 시작이요. 인생을 어떻게 사느냐에 따라 다르겠지만, 죽음 이후 천국을 가게 되면, 축복받을 일이니 삼촌이 돌아가시더라도 슬픈 장례식이 아닌 행복의 장례식이길 소원한다고 말씀하셨다.

나 역시 잠시 이별이라 생각한다. 다른 이들보다 조금 더 빠른 이별이 아쉽고 슬프지만, 남은 아이들을 잘 키워서 천국에서 다시 만날 그날을 기약하며, 아이들과 남겨진 가족에게 최선을 다하리라 다짐했다.

아내의 장례식에는 정말 많은 분들이 함께해주셨다. 아내와 내가 그간 주변에 피해를 주지 않고, 크게 남을 돕진 못했지만 작은 선행들을 지속하면서, 바르게 살려고 노력해왔기 때문일 것이다.

또한 어린아이들을 두고 떠난 젊은 나이의 아내가 안타까워서이기도 하고, 또 그 아이들을 키워나갈 젊은 홀아비가 안타까워서 그리 가깝지 않은 분들까지 어려운 먼 발걸음을 해주셨다. 아내의 장례식을 치르기 시작하며, 6년간 아내의 암환자 보호자로서 그리고 10여 년간 암환자로서의 여러 생각들이 내 머릿속을 주마등처럼 스쳐지나가고 있었다.

고환암을 앓던 그 시기에 아내와 결혼을 약속한 그날, 상견례를 했던 날, 우리의 결혼식, 큰 아들의 임신 소식, 신혼여행, 첫째 그리고 둘째가 태어난 날, 아내가 암진단을 받던 그날 투병하며 전국을 돌아다녔던 약 6여 년의 투병의 시간까지….

그렇게 나는 우리는 사랑하는 아내 박현주를 하늘로 보냈다.

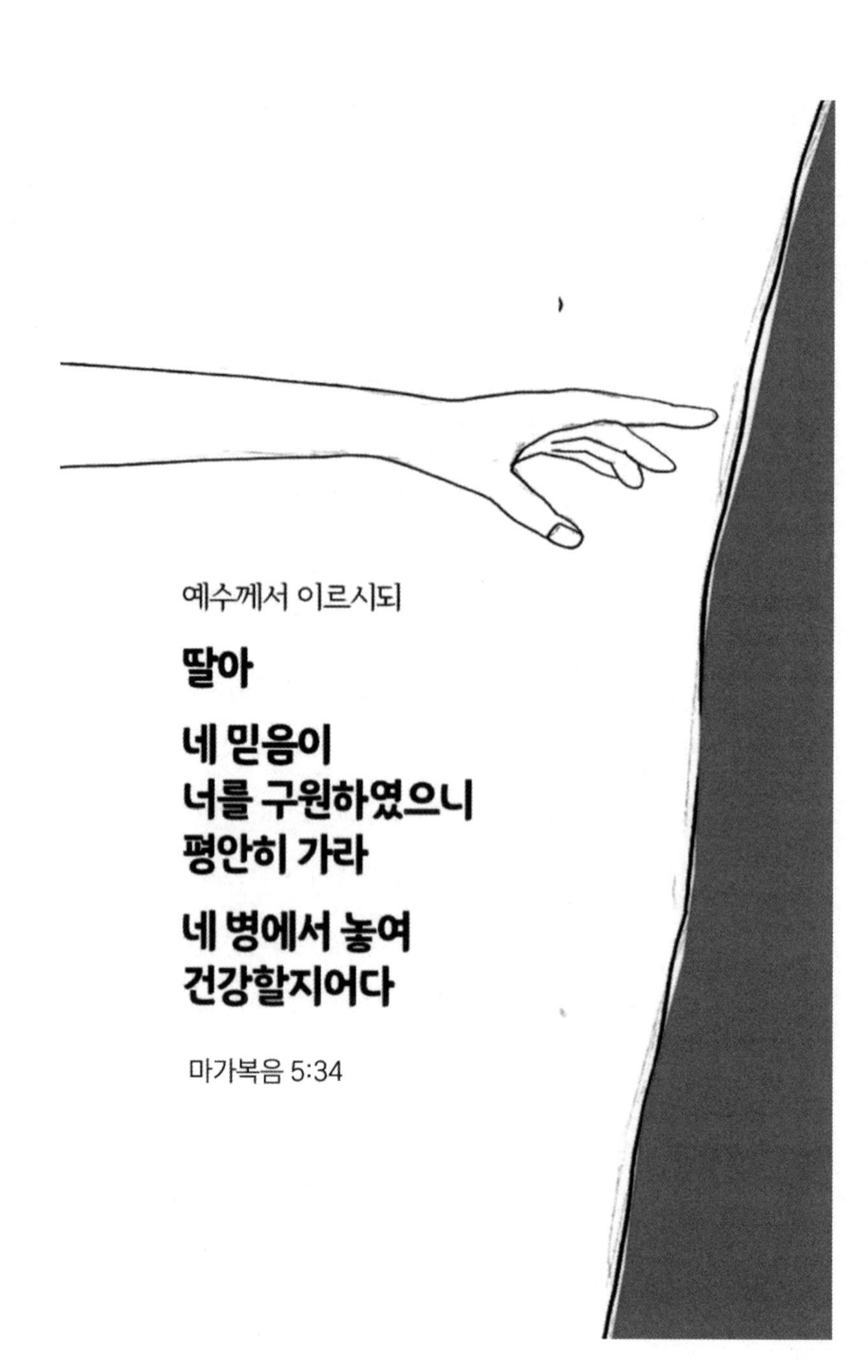

예수께서 이르시되

딸아

네 믿음이
너를 구원하였으니
평안히 가라

네 병에서 놓여
건강할지어다

마가복음 5:34

11.

아내의 마지막 선물,
유산 그리고 숙제

기적같이 두 번을 살아 돌아온 아내. 인생의 마지막까지 그녀의 하루하루는 어떤 하루였을까? 아내 역시 이미 서울 세브란스병원에서 통보를 받았기 때문에 본인의 시간이 얼마 남지 않았다는 사실을 알고 있었지만, 나도 아내도 애써 그 사실을 부정하려 했었다.

그도 그럴 것이 기적 같은 일들이 계속적으로 일어나고 있었기 때문이다. 더 큰 기적이 일어나지 말란 법도 없기에 실낱같은 희망을 가지고 하루하루를 보내던 어느 날이었다.

아내는 병원에서도 아이들 생각뿐이었다. 승준이가 학교에서 필요한 것들 그리고 둘째 예린이가 입을 블링블링한 여자아이 옷을 인터넷으로 주문하는 시간이 많아졌다. 아무래도 아들의 옷은 내가 주문해주기에 충분했지만 딸의 옷을 주문하는 일은 쉽지 않다는 것을 아내도 잘 알기 때문이었을까?

아내의 쇼핑 목록에는 예린이 관련 물품으로 가득 차 있었다. 아내의 투병 기간 동안 한동안 집을 비우고 완화 병동에 있었던 나는 장례식이 끝난 후 아내의 선물들을 확인할 수 있었다.

회사 다닐때 깨끗이 입으라고 나를 위한 셔츠, 아이들과 집안일 도맡아 하시느라 고생하셨던 어머니의 영양제, 승준이 옷, 아내가 가장 많은 시간을 쓰며 쇼핑 목록에 담았던 예린이의 이쁜 여자아이 옷들이 집에 택배로 도착해 있었다. 그녀의 마지막 하루하루가 어땠을지 이 선물들을 통해 짐작하고 느낄 수 있게 되면서 많은 눈물이 쏟아졌다.

아내는 나에게 많은 선물과 함께 남겨준 유산들(봉사활동과 소아암환자 후원), 그리고 숙제(암 정보 책)를 주고 갔다. 그녀가 남몰래 했던 선행과 봉사들을 더 키워나갈 것이다. 나는 더 열심히 살아갈 것이다. 아내의 몫까지 아이들과 가족들을 위해 그리고 이제는 나와 우리뿐 아니라 주변을 돌아보며 내가 가진 것을 나누는 삶을 실천하는 사람이 될 것이다.

12.

영화 〈코코〉
"기억한다는 것은 무슨 의미일까?"

아내가 떠난 후 아이들과의 추억을 위해 선택한 영화 〈코코〉. 아무 생각 없이 보다가 펑펑 울고 나온 애니메이션 영화이다. 어떤 내용인지 모르고, 아이들을 위해 선택한 영화였지만 다른 이들보다 나에게는 더욱더 특별한 의미를 가지는 영화였다.

'죽음'을 주제로 했지만 전혀 어둡거나 슬픈 영화가 아니라 밝고 활기차게 마무리되면서, 잔잔한 감동과 새로운 숙제를 안겨준 영화이기도 하다.

이 영화는 살아 있는 자들이 망자들을 기억하지 않을 경우 영원히 사라진다는 진짜 죽음, 진짜 이별을 막기 위한 주인공 미구엘의 노력을 그리고 있다. 기억을 잃어가고 있는 코코 할머니에게 그녀의 아버지가 불러주던 노래 'Remember me'를 불러주며, 추억을 상기시키고, 그녀의 아버지 헥터는 영원히 죽지 않은 채 우리로 치면 제삿날과 같은 '망자의 날' 살아 있는 이들과 죽은 이들과 함께 서로를 기억하며 행복하게 축제를 즐기는 모습으로 막을 내린다.

이 영화를 통해 내가 가지게 된 삶과 죽음의 가치관을 다시 한 번 상기시키고, 아버지와 아내, 이모 등 지금은 고인이 된 사랑하는 사람들을 다시 한 번 생각하게 해주고, 고인이 돌아가신 날들을 우리도 축제처럼 행복한 날로 만들어야겠다고 다짐했다.

이 영화를 접하기 전에도 그랬지만 아버지와 아내가 천국으로 간 그날은 슬픈 날이 아닌 그들을 추모하고, 사랑하는 마음을 다시 한 번 상기시키면서 추억하는 날로 만들고 싶다.

아버지와 아내의 제삿날이면 나는 생전에 고인들의 사진을 정리해서 모아 집에 있는 대형 TV 화면으로 사진을 함께 보고 기억하며, 기도를 드리고 있다. 우리는 기독교 집안이라 제사를 모시지는 않지만 생전 아버지와 아내가 좋아하는 음식을 만들어놓고, 함께 먹으며, 기억하고 기도드리고 있다.

"승준아, 예린아~ 할아버지하고 엄마 절대 잊으면 안 돼~!"

아이들에게 행복을 강요하지는 않지만 천국에 있는 천사 같은 엄마와 인자한 할아버지가 우리에게 있었다는 사실만으로도 우리는 충분히 행복한 사람이라고. 그리워하고 기억한다는 것이 얼마나 소중한 감정인지, 그리고 기억할 수 있도록 많은 추억을 만들었던 가족 여행을 통해 소중한 기억들을 오랫동안 간직할 수 있음에 다시 한 번 감사함을 느끼게 하는 영화였다.

에필로그

*

나는 소망한다, 우리 가족이 더 행복하기를

암은 나에게 다양한 경험을 주었다.

한편으론 아픔과 고통, 시련을 주었지만, 또 다른 한편으론 긍정적인 마인드, 희망, 소중함, 간절함을 통해 더 열심히, 행복하게 살아야 하는 이유를 만들어주었다.

나의 암투병을 시작하면서 그리고 아내와 아버지, 가족들의 암투병을 옆에서 함께하면서, 지나간 과거에 얽매이지 않으려고 노력했다. 그리고 그렇게 지내왔다. 이미 지나간 과거는 되돌릴 수도 바꿀 수도 없기 때문이다.

병원 치료 중 자주 봤던 검진 결과에서도 마찬가지였다. 결과가 좋지 않으면, 앞으로 더 좋은 결과를 만드는 일에 집중하려 했고, 방법을 찾아왔다. 그리고 긍정적인 생각으로, 내가 원하는 결과를 머릿속에 생생하게 그려보았다.

암이 주는 불안감, 걱정, 출구가 보이지 않는 답답함 이러한 것들이 절대 나의 인생을, 우리의 마음을 꺾을 수 없다. 하나님은 감당할 수 있는 고통만을 주신다. 희망을 만들어내는 것은 하나님이 만들어주시는 것이 아니라 내가 만드는 것이다.

0.1%의 가능성이라도 있다면, 당당히 도전하고 기회를 만들어보자. 그 0.1%가 내가 될 수 있다.

나도 그러하였지만, 아내 역시 지금껏 노력 없는 행운을 기다려본 적이 없다. 늘 그 노력을 통한 행운을 만들기 위해 노력했다. 그리고 그 모든 행운은 나의 행복보다 우리 가족 모두의 행복을 위한 행운을 만들기 위해, 간절히 기도하고 꿈꾸었다.

아이들에게 물었다.

"승준아, 예린아! 행복해?"
"응, 아빠. 우리는 행복해, 우리는 행복한 사람, 행복한 가족이야."

저마다 행복의 가치는 다르다. 하지만 언제부터인가 사람들은 보편적인 행복의 가치가 곧 나의 행복의 가치라고 틀에 가두는 경우가 많다. 좋은 집, 좋은 차, 많은 돈 특히나 금전적인 부에 그 틀을 가두는 경우를 많이 보았다. 주위를 둘러보면, 돈이 많은 사람들이 꼭 행복한 것만은 아니라는 것을 쉽게 찾을 수 있다. 또 혹자는 우리 아이들을 보며, "재들은 엄마가 없어 불쌍한데, 어떻게 행복하다는 거지?" 하며 의문을 던질 수도 있다. 실질적으로 그런 의문 섞인 눈빛을 받은 적도 있다.

힘든 시련 속에서도 나와 아이들이 행복할 수 있는 이유는 뭘까?

우리는 투병 과정에서도, 그리고 아내와 아버지가 천국으로 떠난 지금도, 우리가 행복한 사람들이라고 생각하고 있고, 정말 행복한 가족이기 때문이다. 우리가 서로 사랑하기 때문에… 그리고 더 많이 사랑해야 할, 그리고 사랑할 수 있는 우리가 있기 때문에….

그리고 나와 우리 가족은 지금도 그 행복을 위해 다양한 도전들을 이어가고 있다.

끝으로, 이 책을 집필하기까지 저를 비롯해 아버지, 아내 투병 기간 동안 많은 도움을 주신 모든 가족들, 세브란스병원의 안중배 교수님, 박현정 임상 간호사 선생님, 부산한방병원 방선휘 병원장님, 다온자연요양병원 전 진료원장 박양규 원장님, 경상대병원 호스피스 병동의 강정훈 교수님 외 간호사 선생님 및 사회복지사 선생님, SK텔레콤 부산마케팅 본부 구성원, 진주마케팅팀의 대리점 직원 및 관계자분들, SIA 모든 구성원들, 또 곁에서 늘 응원하고 격려해준 친구들에게 진심으로 감사의 말을 전하고 싶다.

암으로 인해 먼저 천국으로 간 사랑하는 아버지 김경홍, 아이들의 엄마이자 아내인 박현주에게 이 책을 바친다.

이 책을 쓰게 된 가장 큰 동기는 우리처럼 처음 암진단을 받았을 때 만약 암을 겪었던 사람들을 통해, 비록 간접 경험이라 할지라도 암에 대한 정보를 조금 더 쉽게 많이 얻을 수 있었다면, 결과는 예측할 수 없지만, 암을 치료해나가는 과정을 조금 더 쉽게, 조금 더 즐겁게, 조금 더 후회 없이 여러 방법들을 더 고민하고, 시도해볼 수 있지 않았을까 하는 마음에서였다.

이 책을 참고 삼아 한 명이라도 더 많은 환자와 그 가족들이 후회 없는 인생을 살기를 진심으로 기원한다.

부록

*

1 국가 암검진 지원 서비스

암환자 의료비 지원사업 소개

암환자 의료비 지원사업은 저소득층 암환자를 대상으로 정부가 암으로 인한 의료비를 지원하는 사업이다. 2002년 만 15세 이하 소아 백혈병 환자 지원사업으로 시작한 암환자 의료비 지원사업은 지속적으로 지원 범위와 대상자를 확대해 현재 만 18세 미만 소아 암환자를 비롯하여 성인 의료급여수급자와 건강보험가입자 중 국가암검진 수검자, 그리고 폐암 환자를 지원하고 있다. 암환자 의료비 지원사업의 목적은 저소득층 암환자에게 의료비를 지원하여 경제적 부담을 줄이고, 의료이용 장벽을 낮추어서 암환자들의 암치료율을 향상시키는 것이다.

암환자의료비지원사업 대상자 및 지원내용

구분	소아 암환자	성인 암환자		
		의료급여수급자	건강보험가입자 (국가암검진수검자중)	폐암환자
선정기준	• 건강보험가입자 : 소득재산조회(기준충족 시) • 의료급여수급자 : 당연선정 • 차상위계층(건강보험증 C,E 코드해당자) '의료급여'로 인정	• 당연 선정 • 차상위계층(건강보험증 C,E 코드해당자) '의료급여'로 인정	• 신규지원 중단 – 단, 21년 6월 30일까지 국가암검진을 수검하신 분 중 만 2년 이내에 5대암을 진단받은 경우는 기존과 동일하게 신청 후 지원 가능 – 1월 건강보험료 기준 충족	• 의료급여: 당연선정 • 건강보험가입자 : 신규지원 중단 – 단, 21년 6월 30일까지 진단받은 경우는 기존과 동일하게 신청 후 지원 가능 – 1월 건강보험료 기준 충족

지원암종	• 전체 암종	• 전체 암종	• 5대 암종(위, 간, 대장, 유방, 자궁경부암)	• 원발성 폐암(C33–34)
지원기간	• 최대 만 18세까지 연속(신청기준 만 18세 미만)	• 연속 최대 3년	• 연속 최대 3년	• 연속 최대 3년
지원금액	• 백혈병 : 3,000만원 • 기타 : 2,000만원 (조혈모세포이식 시 3,000만원) • 본인일부부담금 · 비급여 본인일부부담금 구분없음	• 급여 · 비급여 구분없이 연간 최대 300만원	• 본인일부부담금 : 200만원	• 의료급여수급자 : 급여 · 비급여 구분없이 연간 최대 300만원 • 건강보험가입자 : 본인일부부담 200만원
지원항목	• 본인일부부담금 • 비급여본인부담금	• 본인일부부담금 • 비급여본인부담금	• 본인일부부담금	• 본인일부부담금 • 비급여본인부담금

2 수술 후 건강관리 및 일상생활 : 습관의 중요성

암수술 후 건강관리는 기본적인 것부터 시작하였다. Back to the basics! 그리고 기본적인 것들을 꾸준한 훈련으로 습관을 만들기 위해 노력했다. 우리 몸속에는 모두 미세한 암세포가 있다. 대부분은 죽지만 몸속의 면연력이 떨어지면, 암세포가 제대로 자리잡으며, 몸을 망가뜨리게 된다.

나는 암수술 전 PET 검사를 통해 다른 부위에서 병소가 발견되지 않았고, 수술 외에 기타 치료는 계획이 없었기 때문에, 면역력을 높이는 데 주안점을 두었다. 결국 면역력을 키우는 것이 암을 예방하는 길이요, 암을 치료하는 길이다. 그러면 '건강을 위한 가장 기본적인 것은 무엇일까?'라는 질문을 나에게 던져보았다. 면역력을 올리기 위해 가장 기본이면서 필수적인 요소는 무엇이 있을까?

식사, 수면, 휴식, 운동. 이 4가지가 가장 먼저 떠 올랐다.

반대로 나의 몸을 망칠 수 있는 요인은 무엇이 있을까? 바로 술, 담배, 불규칙적 식습관 등이었다. 나는 바로 나의 생활 패턴을 점검하기 시작하였다.

그동안 불규칙적이었던 기본적인 4가지 요인들의 생활 패턴을 규칙적으로 바꾸고, 인스턴트 위주의 식사를 어머님께서 직접 관리해주셔서 자연식으로 바꿨으며, 담배는 원래 피우지 않았기 때문에 문제가 없었지만, 당시 갓 사회생활을 시작했던 내가 술을 멀리하는 것은 나의 의지와 관계없이 어려울 수도 있는 부분이었다.

일단 나의 의지로 조절할 수 있는 친구 및 지인 등의 편한 대인관계에서 술은 멀리하고 그것을 대체하기 위해 사우나나 커피 그리고 식사 모임으로 대인관계 형성 방법을 바꿔 보았다.

특히 식사는 너무 많은 양을 먹지 않으려고 노력했고 늘 같은 양을 먹으려고 노력했다. 현대인의 질병 중, 특히 사망원인 1위의 주요 질병인 암은 못 먹어서 생기는 게 아니라 너무 많이 먹어서 생기는 병이라 한다. 특히 대장암의 경우 더 그렇다. 암(癌)이란 한자에서 볼 수 있 듯 입구(口)가 세 개나 있다. 몸에 좋은 최고의 음식은 적게 먹는 것이라고 전문가들은 말한다.

성인들은 대화를 나눌 수 있는 곳이 많지 않다. 대부분 술자리다. 술을 마시지 않고 친구들과 만나고 많은 대화를 나눌 수 있는 곳을 고민해보니 2군데가 있었는데 하나는 커피숍, 하나는 목욕탕(사우나)이었다. 남자들끼리 커피숍은 익숙하지도 않을뿐더러 커피를 그리 좋아하지도 않아 가고 싶은 생각이 별로 없었다. 나는 후자인 사우나를 택했다.

사우나를 통해 몸의 체온을 올리는 것이 면역력을 높이는 데 도움이 되고, 온

천수가 건강에 좋다 하여, 늘 친구와 사우나에서 만나 술자리에서처럼 즐겁게 대화하고 시간을 함께 보내곤 했다.

이는 나에게 크게 2가지의 큰 효과 있었다. 하나는 친구와의 관계를 더 돈독하게 할 수 있었고 또 하나는 건강에도 무척 도움이 되었다. 온천의 효과는 잘 알려져 있듯, 피로를 해소해주고, 고혈압, 근육통에 특히 효과가 있다. 온천의 주요 요소 중 하나인 미네랄은 우리 마음에도 필수요소인데, 피부에도 좋고, 체내에 쌓인 독소를 없애주고 노화를 방지해주는 효과가 있다.

건강관리에는 운동만큼 좋은 것도 없다. 나는 꾸준히 반복해서 할 수 있는 운동을 선택했는데, 집 앞 2분 거리의 운동장을 아내와 함께 매일 걷기로 했다. 임산부인 아내에게도 운동이 필요했고, 함께 걷다가 뛰기를 반복하며, 매일 30분에서 1시간 정도 약간 땀이 날 정도로 운동했다.

가장 좋았던 것은 아내와 함께 할 수 있고, 또 대화를 할 수 있다는 점 그리고 밤하늘을 보면서 바깥 공기를 맡으며 운동할 수 있는 점들이 좋았고, 무엇보다 거리도 가깝고 둘이 함께하기 때문에 매일 빠지지 않고, 서로를 챙겨서 나갈 수 있다는 장점이 있었다.

아무리 좋은 것이라 할지라도 내 몸을 살리기 위해 가장 중요한 것은 습관이다. 시간, 날짜 등을 정해놓고 꾸준히 훈련하여 좋은 습관을 만들어보자. 행동하고 또 행동해보자. 행동이 반복되면 습관을 만든다.

tip)

특정시간 운동, 비타민 등 챙겨 먹어야 할 것 등 꼭 해야 할 일은 스마트폰 어플리케이션을 통해 메모하고 알람을 맞춰두면 할 일을 놓치지 않고 할 수 있다.

혼자는 어렵다. 환자 혼자 어려운 상황을 감내하는 것도 어렵고, 운동 등의 관리를 혼자하려고 하면 막막하고 어려울 수밖에 없다. 하지만 가족이나 가까운 연인 친구가 함께 한다면 훨씬 쉽게 할 수 있다.

3 암환자의 근력운동

환자에게 운동을 많이 하라는 이유는 무엇일까? 그 이유는 바로 면역력이다! 환자든 아니든 결국은 면역력을 키우는 것이 암을 치료하는 길이요, 암을 예방하는 길이다. 면연력을 올리는 데에 운동만 한 것이 없는데 그중 가장 기초 중의 기초는 바로 근력운동이다. 암환자들은 수술 및 항암치료, 방사선 치료 등으로 기초체력이 많이 떨어져 있는 경우가 많다. 근력운동 중 가장 안전한 운동법은 우리 몸을 이용해 근육을 키우는 운동이다.

평소 1주당 150분, 하루 20~25분 정도면 충분하다!

약간 빨리 걷기와 같은 중등도 운동 혹은 가벼운 조깅과 같은 유산소 운동을 병행하면서 주 2회 정도 근력운동을 병행하면 좋다. 여러 연구결과에서도 알 수 있듯 암환자에게 운동량은 암의 재발이나 이후 생존율과 관련이 아주 깊다. 암환자에게 운동이 반드시 생존율을 연장시키거나 암을 치료하는 기능이 있는 것은 아니지만, 적절한 운동은 신체기능 촉진, 피로 회복, 스트레스 해소 등 여러 측면에서 삶의 질을 향상시키는 것만은 확실하다. 또한 이러한 것들이 암치료에 있어서 충분히 보조적인 역할을 하는 것 역시 분명하다. 반대로 운동을 하지 않을 경우는 근육이 감소하면서 암치료의 부작용을 높여, 환자의 생존율을 낮추는 원인이 된다. 충분하고 올바른 영양섭취와 더불어 근력운동을 병행하면, 근육기능 향상과 면역세포인 림프구가 활성화 돼 면역력이 증가하고, 치료에 긍정적인 효과를 낸다.

일단 움직여라!

어렵게 생각하지 말고, 집 안에서 스트레칭을 하거나 건물 계단을 오르는 것만으로도 훌륭한 운동이 된다. 처음이 어렵다!~ 용기 내어 한 번 실행해보라!

4 온천욕

항암 방사선 치료중인 환자는 백혈구 수치 및 면역력이 떨어져 있기 때문에 감염에 취약할 수 있으니, 주의해야 하고, 본인 몸 상태에 따라 반드시 주치의와 상의한 후 결정해야 한다.

*** 효과적인 온천욕팁**

1) 음식물이 소화된 식사 후 1시간 후

2) 입욕 전 생수 한잔 마시기

3) 입욕 전 샤워 : 노폐물 제거

4) 입욕 후 수건보다는 자연건조

5) 냉탕, 온탕을 번갈아 사용할 것 – 냉탕 : 1~2분 / 온탕 : 10~15분

5 건강 기도

솔직한 마음을 간절하게 진정성 있게 털어놓기! 자주하기!

기도 시간을 정해서 하는 습관을 기르는 것은 쉽지 않았다. 나는 식사 시 3번, 잠자리 들기 전 이렇게 기도를 하는 습관을 만들 수 있었고, 기도하고 싶을 때면 때와 장소를 가리지 않고, 이미 이루어진 것처럼 짧고 임팩트 있게 기도했다. 기도의 형식이나 시간 이러한 것들은 전혀 중요하지 않다.

6 건강명상

① 집에 있는 의자 중 가장 편한 의자에 앉아 쿠션을 대고 앉는다.

② 허리는 쿠션을 이용해 최대한 곧게 펴보자.

③ 눈을 감고, 내 몸에만 집중을 한다.

④ 평소에 불편했던 곳을 느끼며 머리부터 목, 어깨 순으로 시작해 내려간다.

⑤ 불편한 곳이나 평소 통증이 있는 곳은 좀 더 명상하며 집중한다.

⑥ 집중하는 동안은 이 부위가 치유된다고 생각하고 느껴본다.

⑦ 천천히 내려오며 집중하고, 불편함이 없어졌다고 느껴본다.

⑧ 5~10분 한두 번 반복하며, 매일 꾸준히 해보자~!

⑨ 평소 좋아하는 조용한 힐링 음악과 함께라면 더 좋은 명상을 할 수 있다.

⑩ 꼭 시간과 장소를 정하지 않고도, 잠깐의 여유가 있을 때 잠깐 눈을 감고 서서 해도 좋다!

이와 더불어 매일 아침잠에서 깨어나면 오늘 해야 할 일을 머릿속에 그리며 성취목표, 실행방안과 시기를 다짐하며 1분 명상을 실시했다.

7 웃음 치료사 김완태의 웃음 처방

- 큰 웃음 하루 3번 : 특히 식후 30분 약을 먹는다 생각하고! 하루 3번 크게 웃어보자
- 작은 웃음 하루 4번 : 식전 30분, 그리고 잠자기 전 총 4번
- 박장대소 : 언제든지 마음껏 소리 내고 웃자

우리는 아이들과 함께 매번 이 웃음을 지금껏 실천하고 있다. 혼자 하면 쑥스

럽기도 하고 안 하던 것을 하다 보니 처음에 많이 어색하고 어려운 것도 사실이다. 하지만 돈도 들지 않는 이 치료약을 포기할 수 없었다. 아이들과 함께하니 웃음 바이러스가 있어 처음에 억지로 웃는 것들이 진짜 웃음으로 바뀌었고 이제는 놀이처럼 아이들과 어울리며 웃으며 어울릴 수 있어 좋다.

이렇게 실컷 웃고 나면 아이들을 사랑하는 마음이 더 커진다. 그리고 웃음에도 목표의식과 억지로 웃는 것도 즐거울 수 있도록 실컷 잘 웃고 나면 아이들이 좋아하는 사탕 혹은 비타민을 하나씩 챙겨준다.

웃음은 심혈관 및 호흡기 질환에 긍정적인 효과를 발휘한다. 웃음 역시 운동과 마찬가지로 보약 중의 보약이다. 특히 돈 들이지 않고 얻을 수 있는 보약이니 많이 웃도록 노력해보자.

*** 암환자 웃음치료 시 주의할 점**

항암치료나 방사선 치료 중인 환자는 골수 억제로 혈소판 수치가 급격하게 줄어 출혈이 일어날 수 있으므로, 손뼉을 크게 치는 박장대소는 삼가야 한다.

백혈구 수치가 떨어져 면역력이 떨어져 있는 환자들은 쉽게 감염될 수 있으므로, 사람이 많이 모인 곳에서 웃음 치료를 받는 것을 유의하고, 본인의 상태에 대한 확신이 없다면, 가급적 사람 많은 곳에 가지 않는 것이 좋다.

또한 항암 및 방사선 치료 중인 암환자는 전신 건강 상태가 쇠약하기 때문에 전문 의료인이 진행하는 웃음치료에 참여하길 권한다. 이는 혹시나 모를 변수 응급 상황 발생 시 대처할 수 있기 때문이다.

요즘은 대부분의 종합병원 그리고 암요양병원 및 한방 암병원 등에서 웃음 치료 프로그램을 운영하므로 참여해보길 권한다.

내가 좋아하는 사람, 내가 만났을 때 행복하고 즐거운 사람들을 찾아서 만나보자. 한 TV 프로그램에서 유명 연예인이 이런 말을 하는 것을 들은 적이 있다.

"인생에는 2종류의 사람이 존재한다. 나와 맞는 사람 그리고 나와 맞지 않는 사람! 짧은 인생! 내가 좋아하는 사람만 만나도 시간이 부족하다. 맞지 않는 사람들을 억지로 만나서 맞추려고 스트레스 받지 말고, 내가 좋아하고 사랑하는 사람들과 더 많은 시간을 함께하자."

전적으로 동감한다. 좋은 사람, 좋은 기운을 주는 사람, 밝고 긍정적인 사람을 만나면 나 역시 그 기운을 받아 몸이 가볍고 좋아지는 기분이 들기 마련이다.

좋은 사람을 만나면 많이 표현하라!

"덕분에 행복해, 고마워, 사랑해!"

8 지방에서 서울 병원으로 가는 대중교통 시간 및 비용 등의 팁!

아내와 아버지의 경우 서울 신촌 세브란스병원을 주 병원으로 치료를 하였는데, 우리 가족은 부산에 거주하고 있어 KTX를 주로 이용했다. 환자가 서울까지 가려면 체력도 중요한 부분인데, 장시간 차를 탄다면 환자의 컨디션을 자칫 나쁘게 할 수 있기 때문이다.

신촌 세브란스병원은 서울역에서 가까웠으며, 지하철로도 이동하기 좋았다. 지하철 하차 후는 병원에서 무료로 운영하는 셔틀버스를 이용해도 되지만, 도보로도 멀지 않아 컨디션이 좋을 때는 운동 삼아 걸어서 내원하기도 했다.

아버지와 아내는 2주에 한 번 있는 이 항암치료를 받기 위해, 내원해야 했기에 아이들을 제외한 어머니와 나 역시 보호자로 매달 한 달에 2번씩 서울에 올라가야만 했다. 아버지의 간호는 어머니가, 또 아내의 간호는 내가 이렇게 2인 1조가 되어 서울 신촌세브란스 병원에서의 투병생활이 시작된 것이다.

첫 번째 문제는 아이들의 육아와 비용이었다. 아이들의 육아는 어린이집에서 오전을 보내고 나면, 오후에는 치료 주기가 아닌 부모님이나 우리가 맡아서 하였다.

더 큰 진짜 문제는 비용이었다.

KTX를 이용할 경우 교통 관련 비용만 한 달에 왕복 4회, 88만 원이라는 돈이 필요했다. 뿐만 아니라 택시, 지하철 비용 외에도 항암치료 일정이 보통 2박 3일 그리고 때로는 검사가 필요할 땐 3박 4일 일정으로 진행되어서, 하루 정도는 병실 입원을 하지 못한 채 외부에서 숙박이 필요했기 때문에 숙식비와 간식비 등을 합치면 치료 외적으로 드는 비용이 한 달에 100만 원이 훌쩍 넘는 비용이 고정지출로 나가게 되었다.

장기적 관점에서 어떻게 하면 이 고정비용을 줄일 수 있을까 연구하고 또 고민했다. 일단, 각 사용처 별 줄일 수 있는 부분들을 찾기 시작했다.

먼저 병원을 가기 위해, 버스나 지하철을 통해 정류장에 내릴 때는 택시를 이용하지 말고, 병원에서 운영하는 셔틀버스 시간을 확인하여 활용하거나 도보를 이용했다.

특히나 서울의 각 대학병원, 종합병원 등의 1차 대형병원들은 이처럼 자체 셔틀버스를 운영하는 곳이 많기 때문에 병원을 가기 전 사전에 탑승 위치, 시간 등을 확인하면, 병원을 이용하는 데 비용적인 부분은 물론, 다양한 편의정보를 활용할 수 있다.

1) KTX

KTX 이용은 부산에서 서울을 가기 위해 가장 좋은 방법이지만, 문제는 비용이다. KTX 비용을 아끼기 위해서 주로 사용한 방법은 사전 구매였다. 병원에서 항암이나 방사선 등의 치료가 있을 때는 진료가 끝남과 동시에 다음 치료 일정을 받아볼 수 있다. 출발 2일 전까지 KTX를 예매하면 10에서 최대 30퍼센트 저렴하게 탈 수 있다.

또한 나의 경우 함암치료 당시에는 회사와 제휴할인 서비스가 되어 있어 평일 목요일 전에 진료가 잡힌 날에는 직원 제휴할인을 통해 할인받을 수 있었다.

KTX 제휴할인은 프로모션형 할인이기 때문에 그때그때 바뀌는 편이다.

시기에 따라 변경될 수 있으나 대략적인 KTX 할인 프로그램은 아래와 같다.

① 인터넷 특가 할인

탑승일 30일 전 오전 7시부터 판매 개시하여 예매 가능하다.

경쟁이 심해서 주요시간대는 판매 개시와 동시에 마감되는 경우가 많다.

② 4인 동반석 할인

마주보고 앉아가는 4인 동반석, 15~35% 할인(성인 기준)

'다자녀행복' 등록회원 이용 시 50% 할인

③ 청소년 드림 할인

청소년 인증을 받은 경우 승차율에 따라 지정된 좌석을 10~30%까지 할인받을 수 있다.

④ 힘내라 청춘(만 25세~33세 청년)

해당되는 사람은 인증 후 승차율에 따라 10~40%까지 할인 가능

⑤ 맘편한 KTX(임산부 할인)

임산부 확인서, 신분증을 제시하시면 특실 좌석을 일반실 가격으로 제공(특실 요금 40% 할인)

⑥ 공공할인(장애인 및 노인 할인)

장애 1~3급 50% 할인. 아내의 경우 일시적 장애 4급을 받았다. 이를 통해 평일 30% 할인을 받아 이용할 수 있었다. 장애 4~6급 노인 토, 일, 공휴일 제외 30% 할인노인 토, 일, 공휴일 제외 30% 할인

⑦ 모범납세자 할인

국세청에서 정한 모범납세자 중 10%~최대 30% 정도의 할인

하나투어에서 직접 예매 가능하며, 네이버나 다음 등의 검색사이트에서 하나투어 사이트에 접속하여 예매 가능

⑧ N카드 할인

이용구간과 이용횟수를 정한 N카드 구매 후 유효기간 내에 주중 주말 구분 없이 할인승차권 구매 가능, 기본 15%~최대 40%.

지방에서 KTX를 이용하는 환자의 경우 8번 항목의 N카드 할인이 가장 쉽고, 가장 저렴하게 사용할 수 있는 할인 방법이다.

⑨ 기차누리 할인

코레일 멤버십회원 중 기초생활수급자 30%할인 가능

⑩ 다자녀행복 할인

멤버십 회원 중 만 25세 미만 자녀 2명 이상을 둔 회원(인증절차 필수)

최소 3명 이상 이용 시 30% 할인

상세한 내용은 코레일 홈페이지나 앱을 통해 확인할 수 있으며 프로모션 등은 종종 변경되는 경우가 있으니 확인후 이용하는 것이 좋다.(코레일: 1544-7788)

2) 비행기

제주도의 경우 선택의 여지 없이 비행기를 이용할 수밖에 없지만 기타 부산 대구 등의 지역에서도 비행기를 고려해 볼 수 있다. 하지만 대구의 경우는 서울까지 1시간 40분밖에 걸리지 않기 때문에 비용 측면에서, 항공과 철도 중 저렴한 곳 그리고 집에서 공항 및 역의 거리, 공항 및 역에서 병원까지의 거리를 감안하여 선택하는 것이 좋다.

우리가 사는 경남 진주 인근, 경남 사천 등의 기타 소도시에도 공항이 있는 곳은 꽤 있으나 운항 편수가 많지 않을뿐더러 비용이 비싼 편이니, 소도시에서 비행기편을 이용할 때는 비행기 운항 시간과 진료시간 등의 상황 등을 고려하여 선택해볼 수도 있다.

교통수단 선택 시 가장 중요한 것은 환자의 컨디션이다. 특히나 항암치료나 방사선치료는 정기적으로 치료가 필요하기에 환자의 컨디션이 가장 중요하다. 여러 가지 방법의 대중교통 수단 중 환자가 가장 선호하는 것, 혹은 가장 편하게 느끼는 교통수단이 가장 적합한 이동 방법이다.

비행기의 가장 큰 장점은 역시나 시간이다. 대부분의 국내는 1시간 안에 서울까지 도착할 수 있다. 하지만 공항과 자택 그리고 공항과 병원의 이동 거리를 감안해서 고려해보면 일부 지역은 자칫하면 버스나 KTX보다 더 많은 시간이 걸릴 수도 있으니, 공항에서 병원까지의 이동시간을 충분히 고려해보아야 한다.

단점은 금액이다. 대중교통 수단 중 비용이 가장 비싼 편이다. 하지만 최근 팬데믹으로 인해 요즘 저가 항공 및 각종 프로모션 등이 제공되고 있다. 저가 항공사 기준 유류할증료를 포함해서 최저가 프로모션으로 잘 찾으면 1만 원 대에 서울까지 갈 수도 있다. 버스 요금보다 저렴한 금액으로 빠르게 서울로 갈 수 있는 셈이다. 하지만 이는 프로모션 금액이다. 진료시간이 맞다면 이러한 프로모션 할인 상품을 이용하면, 버스보다 저렴한 금액에 비행기로 이동할 수도 있다. 하지만 이 역시 KTX 인터넷 할인처럼 사전에 예매해야만 특가상품을 이용할 수 있다.

3) 고속버스, 시외버스

최대 장점은 접근성과 저렴한 금액이다. 대중교통 중 가장 저렴하며, 보통 접근성이 가장 좋은 곳에 터미널이 위치하고 있다. 2번째 장점은 좌석의 안락함이다. 우등 버스를 이용하면 금액 차이가 얼마 나지 않는데도 리무진 좌석으로 서울로 이동할 수 있다. 특히나 요즘은 버스 전용차선을 충청권부터 운영하고 있어, 차가 막혀서 시간이 많이 걸리는 부분은 적다. 운행 편수가 많다는 것, 대부분 예매가 필요 없이 현장 구매가 쉽다는 것도 역시 버스의 장점이다. 또한 터미널 대부분이 서울의 중심에 위치하고, 있어 병원과의 접근성이 좋다.

단점은 다른 대중교통 수단에 비해 시간이 오래 걸린다.

부산 출발 – 서울 도착 기준 시간은 아래와 같다.

버스 : 3시간 40분

비행기 : 55분

KTX : 2시간 40분

최근에는 프리미엄 고속버스도 생겼다. 비행기로 치면 비즈니스 클래스, 열차로 치면 특실로 비교할 수 있겠다. 좌석이 160도까지 기울어지는 전자동 좌석 조정과 조절식 목베개 및 충전기 포트 등 교통수단 중 환자의 입장에서는 가장 편안하게 이동할 수 있는 수단이 생긴 것이다. 개인별 모니터가 있어 TV 시청 및 음악감상도 가능하다. 또한 혼자 이동할 때는 좌석 사이에 커튼을 칠 수 있어 나만의 공간을 만들어 쉴 수 있다는 장점도 있다.

4) 자가용

아무리 가까운 거리라도 자가용을 환자가 직접 운행하여 병원으로 가는 것은 추천하고 싶지 않다. 운전 자체가 굉장한 체력이 요구되는 부분이라, 컨디션에 영향을 미칠 수 있고, 항암치료 이후 피로도 및 컨디션이 저하될 수 있어 보호자가 동행하여 운전해가는 것이 아니라면 자가용은 지양해야 한다. 또한 항암치료 및 수술 시에는 병원에서 제공되는 무료주차 시간이 제한적이므로, 기름값 및 통행료, 주차비 등을 고려하면 여러 가지 교통수단 중 가장 비싼 방법이 될 수도 있다.

차라리 대중교통+택시를 이용하는 것이 비용적인 측면 그리고 무엇보다 나의 경험상으로는 환자에게 가장 좋은 방법이다. 장기간 투병 시에는 치료비 외의 기타 비용도 무시할 수 없으므로 체력이 허락한다면 택시보다 지하철이나 버스를 추천하고 싶다.

4기 이상 되는 환자에게는 흔히 "돈을 주고 시간을 산다"라는 말을 환자나 환자 보호자 가족 사이에 많이 하곤 한다.

암치료를 하기 위해서는 환자의 컨디션도 중요하지만, 환자를 케어해야 하는 보호자의 컨디션 역시도 암치료 과정에 있어 매우 중요한 포인트이다.

암치료에 있어서 치료비용 그리고 무엇보다 치료비용 및 기타 부대비용 등을 점검해보고 잘 준비한다면, 앞으로의 치료를 더 다양한 방법으로 효율적이고, 환자에게 좋은 방향으로 준비할 수 있을 것이다.

9 지방 환자들을 위한 유용한 숙소

1) 암요양병원

최근 암환자들의 증가로 인해 암요양병원이 많이 생겨나고 있다. 수술, 항암, 방사선 치료를 받으면서 다양한 후유증이 발생하기도 하는데 이 후유증 치료 및 관리를 위해 암요양병원을 이용하면 효율적이다.

필자의 경우에는 암요양병원을 서울 쪽 대형병원에 바로 입원이 안 될때 숙소로 활용하기도 했다. 암요양병원 역시 실비보험 처리가 가능하니, 병원 입원 전 확인 후 입원을 결정하는 것이 좋다.

암요양병원 선택 시 따져볼 만한 내용들을 공유해보려고 한다.

① 접근성

대학병원과 가까이 위치해 있는가?

대부분의 환자들이 항암치료를 통원이나 입원을 통해 받는데 이때 부작용과 후유증으로 응급한 상황이 발생될수도 있다. 시시각각 변하는 환자의 상태를 바로 본 병원으로 가서 관리를 받을 수 있는 접근성을 따져보아야 하고, 더 나아가 환자 이송서비스가 가능한 곳이면 좋다.

② 식단 관리를 통한 면역 프로그램

암에 맞서 이겨낼 수 있도록 특히나 방사선, 항암치료 환자들에게는 건강한 몸상태를 유지하기 위한 몸에 필수적인 영양소 섭취가 필요하다. 그래서 식단관리를 병원에서 기본적으로 하겠지만 식단표를 보면서 병원의 식단도 직접 살펴봐야 한다.

③ **치료효과를 증진시켜주는 프로그램**

병을 이겨내기 위해서는 몸과 마음의 상태가 무엇보다 중요하다. 식단 외에 다른 기타 환자 케어 프로그램도 살펴보고 병원을 선택하는 걸 추천한다. 또한 한의학과 협진이 있는지도 봐야 한다.

이러한 3가지를 잘 고려해서 암요양병원을 선택하신다면 단순히 숙소로서의 활용뿐 아니라 보조치료를 통해 암과 싸워 이겨나가는 데 크게 도움이 될 것이라서 추천한다.

2) 한방병원

아내의 경우 한방병원 입원을 통해 침과 뜸 그리고 한약으로 면역력을 올리는 치료를 함과 동시에 병실에서 잠과 식사를 해결할 수 있었고, 외출을 이용해 본 병원에 통원하며 방사선치료까지 받을 수 있었다.

한방병원도 이제는 암환자 치료 시 보험 적용이 된다. 지방 환자의 경우, 특히 방사선치료 중인 환자 중 면역력이 많이 저하되었거나 부수적인 치료로 암치료를 극대화하고자 하는 환자들이 암보험 및 실비 보험에 가입되어 있다면 주저 없이 한방병원을 추천하고 싶다. 혹은 보험이 없다 하더라도 숙박업소의 비용과 엄청나게 많은 차이가 나지 않고 치료도 겸할 수 있어 방사선치료 등을 위해 서울로 오는 지방환자들에게는 꼭 추천한다.